THE TALE OF ODD-JACKAL

一代奇豺

沈石溪 ◎ 著

【編者薦言】

一代豺王的抉擇

朱墨菲

牠可以是主人身邊忠心不貳、善解心意的好狗；牠也同樣可以是豺群中統馭眾豺的一代豺王。只是，當兩邊都要牠作出選擇時，牠該怎麼辦？

對一隻同時擁有豺與狗兩種血統的混血豺狗來說，究竟該如何在豺與狗之間尋求真我的認同，又該如何在兩邊取得平衡？

一次狩獵的追逐，使得獵狗洛戛和母豺達維婭意外地結為連理，更因此產下了白眉兒這隻兼具豺與狗雙重血統的「怪物」。在大自然的演進裡，不同物種的混搭其實並不稀奇；然而不幸的是，豺與狗這兩種動物，卻是水火不容的兩極，一輩子視對方為不共戴天的仇人，牠們雖然外貌看似接近，但性情與生活型態卻天差地別，尤其是與人類的互動關係上，更是南轅北轍。在這種情形下出生的白眉兒，幾乎已經注定了牠悲劇的一生。

當然，如果白眉兒始終生活在叢林中，與眾豺為伍的話，頂多被視爲「苦豺」，一輩子無法出人頭地而已；然而，命運總是弄人，偏偏又讓牠遇到了阿蠻星——這個改變了牠一生的人類。他給牠家的溫暖，讓牠找到自己存在的價值，體會到什麼是榮譽感。牠願意爲他付出一切！

不過，先天的血統、性格是騙不了人的，這終究成了牠的原罪，牠被迫要在兩者之間選邊站，不論選擇的是那一邊，都將造成牠心中的遺憾。感情的牽絆，成了一條無形的線在拉扯；情感與理智的天平，永遠無法平衡。牠只能不斷地在小我的情感與大我的理智間痛苦掙扎，在人類的招降與族群的生存中徘徊。最後，只有選擇死亡，做爲牠的依歸。

白眉兒可以說是老天爺玩笑下的犧牲品，牠沒有辦法決定自己的出生，更不能挑選自己的血統；牠盡力在不同的族群中扮演最適當的角色，卻無法理解爲什麼豺與狗從來都不把牠視爲同類?!原來，錯誤的不是牠的血統，而是牠那顆希求兩全的心。

事實上，狗的馴順與豺的野性原本就是矛盾與衝突的，牠不可能在這兩種不同的族群中兩面討好，牠無法既做驍勇的豺王又做忠貞的獵狗。儘管牠用叫聲和搖尾來改變自己是豺的事實，但是，牠身體裡永遠流著豺的血，烙著豺的性格，這是牠身上怎麼也抹不去的印記。因此，牠以爲自己可以聰明地周旋在兩者之間，但仍不時在狗性和豺性間矛盾動搖，終究失去了真我，迷失在自我認同的混淆中，成了非狗非豺的「奇豺」。而牠究竟是披著豺皮的

狗，還是披著狗皮的豺？連牠自己也搞不清楚了。

最後，當牠又回到叢林，成爲一代豺王時，牠已經走上一條無法回頭的不歸路。一旦決定了效忠的對象，就只能忠於自己的抉擇，承擔所有的後果。或許，殞身在背叛牠所信任的人類手裡，終究是牠最好的宿命吧。

THE TALE OF ODD-JACKAL

一代奇豺

CONTENTS

開篇的故事

槍聲一響，豺群立刻化整爲零，嘩啦一聲潰散了。

一位四十來歲滿臉絡腮鬍子的漢子從岩石背後站起身來，拍拍蹲在身邊的一條大黃狗的後腦勺，喝了聲：「洛戛，快上！」

頓時，青灰色的岩石叢中飛出一股黃飆。

假如是岩羊群、馬鹿群或野牛群，遭遇伏擊，總是互相擠在一起順著一個方向逃跑，誰都害怕逸出群體會成爲獵人和獵犬追捕的目標。食草動物這一特性，恰巧幫了獵人和獵犬的忙，在追捕中永遠也不會犯方向路線的錯誤，追到最後，總能撿到一隻筋疲力盡掉了隊的獵物。豺要比岩羊、馬鹿、野牛狡猾得多了。豺群遭遇到伏擊，就像炸了窩似地朝四面八方逃散。

綠色的樹林裏，東南西北到處都是豺悲哀的嚚叫，到處都有豺紅色的身影在晃動。

假如換成一條普通的草狗，或者換成一條初出茅廬缺乏狩獵經驗的小獵犬，肯定會先去追逐離自己最近的那隻豺，追到半途，突然發現另一隻豺離自己更近些，於是便丟棄先前的目標，改換追擊的路線。如此這般更換了三五次目標後，所有的豺都會逃得無影無蹤的。豺群四散逃命的目的，就是要混淆追逐者的視線，動搖追逐者的決心，分散並消耗掉追逐者的體力，在追逐者猶豫彷徨徘徊時，尋找死裏逃生的機會。

洛戛是不會輕易上當受騙的。

洛戛不是日曲卡山麓常見的那種粗腰短腿，看起來呆頭呆腦的土狗。牠的母親是尕瑪爾草原國營農場一條身價很高的進口牧羊犬，牠的父親是昆明軍犬學校畢業、正在日曲卡雪山哨所服役的一條軍犬。在牠身上，既有英國哈利亞犬、德國迷你篤獀犬和愛爾蘭雪達犬等名貴西洋血統，又有雲南高山犬和本地土狗的遺傳基因，或許還隱匿著一星半點狼的血脈。豢養牠的主人，獵戶寨村長阿蠻星，用一頭犛牛外帶七張冬狐皮的昂貴代價，把牠從國營農場那位鷹勾鼻的牧羊人手裏換了來。

牠也確實值這筆錢。在牠身上完美地體現了雜交優勢。牠體格高大，差不多是當地土狗的兩倍；牠四肢細長，寬胸窄腰，身體呈漂亮的流線型，奔跑起來快疾如風，即使以善跑著稱的長耳兔，一旦被牠盯上，也很少有逃脫的；牠唇吻尖長，一口結實的犬牙白得像冰粒，泛動著寒光，能一口咬穿堅韌的熊皮；牠長著一身黃毛，光滑得就像用水晶石磨過，還能奇異地變幻色彩；進入紅山土地帶，牠緊縮茸毛，金紅色的毛尖湊成一片，整個身體就變成金黃泛紅；進入枯黃的深秋草原，牠蓬鬆開茸毛，金紅色的毛尖下面便是一片純粹的土黃，這使牠很容易蒙蔽獵物。

牠雖有洋狗的高貴，卻沒有洋狗的嬌氣；牠有本地土狗吃苦耐勞的特性，卻沒有本地土狗的窩囊猥瑣。牠跟隨阿蠻星已一年多，無數次攆山狩獵，積累了豐富的追捕經驗。

面對四散潰逃的豺群，洛戛就瞄準一隻毛色豔紅的母豺窮追猛攆。母豺上山牠上山，母豺下坡牠下坡，母豺鑽灌木叢，牠也跟進灌木叢，不受任何干擾，一心一意拚命追擊。不一會兒，牠和母豺之間的距離越縮越短，已聽得見母豺吭哧吭哧的喘息聲了。

母豺拐了個彎，踩著一片罌粟花朝前飛奔，呦嘔呦嘔，向同伴發出求救的叫聲。

突然，一叢稠密的罌粟花裏躥出一隻黑耳朵公豺，斜刺著從洛戛面前躥過。黑耳朵公豺離洛戛實在太近，豺尾幾乎蹭著洛戛的狗鼻子了。看起來黑耳朵公豺已累得口吐白沫，似乎還跛了一條前腿，仄仄歪歪跑得很慢。洛戛只需一個撲咬，就可以咬住那條骯髒的豺尾，彷佛是一個可以白撿的便宜。但洛戛並沒有改變自己的追擊路線。牠明白，一旦牠掉過頭去追黑耳朵公豺，這傢伙立刻就會跑得比兔子還快。

豺是種高智商的詭計多端的動物，黑耳朵公豺嘴角邊的白沫是假的，跛腳也是佯裝出來的，目的就是要讓牠產生容易捕捉的錯覺，把那隻毛色豔紅的母豺從困境中解救出去。牠已經跑累了腿，假如丟棄跟牠同樣勞累的母豺，而改追精力充沛的黑耳朵公豺，是無法追攆得上的。

洛戛仍然緊緊盯著母豺不放。對付豺，重要的就是鍥而不捨，窮追到底。母豺的速度漸漸放慢，囂聲也變得低沉嘶啞，淒淒慘慘。洛戛曉得，照這樣追下去，用不了多長時間，母豺就會累癱在地，在牠凌厲的撲咬下徒勞地掙扎兩下，便成為牠口中的獵物。

當牠叼著母豺回到阿蠻星身邊時，主人一定會伸出繭花粗糙的手撫摸牠的脊背，賞給牠一根骨頭的。這麼一想，牠追得愈發起勁了。

又有兩隻公豺從山茅草裏冒出來，攔在母豺與洛戛之間，豺眼凶光閃爍，張牙舞爪似乎要和洛戛作困獸鬥。洛戛毫無畏懼地迎頭衝過去。牠曉得，豺不像狼，有跟獵人和獵犬殊死拚搏的膽魄。豺深知人的厲害，尤其懼怕人手中握有的那桿能噴火閃電的獵槍。只要獵槍炸響，空氣中瀰散開刺鼻的火藥味兒，豺便心無鬥志，不敢戀戰。再說牠洛戛體格高大，這兩隻公豺果真膽大妄為敢攔住廝殺，也不是牠的對手。

果然，兩隻公豺見洛戛躥到面前，呦——地怪囂一聲，分左右兩頭逃進草叢。

洛戛對兩隻色厲內荏的公豺看都不看一眼，狗尾巴平平地和脊梁形成一條直線，腳下生風，繼續朝疲於奔命的母豺追去。

豺群的車輪戰術失效了，沒有誰有勇氣跳出來同體魄和狼不相上下的洛戛較量，都曉得這討厭的狗有獵人和獵槍撐腰，誰惹得起呀。豺群一隻隻溜之大吉，整個豺群都逃遠了，只拋下孤零零的一隻母豺。

母豺繼續頑強地奔逃著。

洛戛離母豺只有二十多步遠了。突然，母豺一個左拐彎，朝一片紅松樹林跑去。

洛戛很納悶，紅松樹林稀稀落落，既沒有灌木可以隱蔽，又沒有洞穴可以躲藏，對正在逃避強敵追蹤的母豺來說，無疑是條死路。難道這隻母豺已逃得昏頭昏腦糊裏糊塗了？不，不可能。豺生性狡黠，不可能在危急關頭犯傻的。母豺一定想搞什麼鬼名堂了，洛戞想，心裏便警覺起來。

瞧這母豺，一面奔逃還一面偏仄腦袋偷偷朝左側窺探。洛戞順著母豺的視線瞥了一眼，立刻識破了母豺的心計，母豺是在玩聲東擊西的把戲哩。母豺假裝往紅松樹林跑，其實真正的逃跑路線是左側那塊紅土坡！母豺是想利用身上那層保護色來逃過劫難。

動物身上皮毛的色彩在進化過程中，往往變得和周圍的環境非常協調，這有利於隱蔽自己，逃避天敵，求得生存。日曲卡山麓的豺多為紅色或褐紅色，因為這一帶土質為紅色，尤其是怒江兩岸，由於水土流失嚴重，大塊大塊山坡沒有植被覆蓋，裸露出褐紅色的酸性土壤。豺一走上怒江江畔的山坡，幾乎與大地融為一色，即使以千里眼著稱的金雕，也很難在一片炫目的紅土中識別出豺的身影來。

一旦讓母豺逃進那塊紅山坡，母豺就會像魚游進水似的輕鬆自在。母豺隨便跳到哪塊土坷垃旁，突然弓起脊背靜止不動，要讓牠洛戞好一陣找，才能辨明哪幾塊是山土，哪一塊是豺背。而母豺已小憩了一陣，喘過氣緩過勁來，又飛也似地奔逃了。狗的嗅覺和聽覺都極其靈敏，視覺卻相對來說要弱一些。和帶有自然保護色的母豺在紅山坡上周旋，就像只睜開一隻狗眼在撲敵，當然對洛戞不利。

決不能讓母豺的詭計得逞。

母豺果然是在玩聲東擊西的把戲，眼看就要逃進紅松樹林了，突然一個九十度的急拐彎，嗖地一聲朝左側那塊紅山坡躥去。幸虧洛戛早有準備，不然的話，準會被慣性帶著朝前滑去，等返過身來，已貽誤了時機，彼此拉大了距離，母豺就贏得充裕的時間逃進紅山坡了。

就在母豺剛剛轉身的瞬間，洛戛一甩狗尾，四爪騰空，緊跟著在空中完成了拐彎動作，不但沒浪費時間，還爭得了時間，把自己和母豺的距離又縮短了一半。

現在，一條黃毛大公狗和一隻紅毛小母豺已差不多首尾相銜，近在咫尺了。

洛戛暗中使勁，準備進行兩級前撲。這是牠捕獵的拿手好戲。狗的前撲和躥躍是兩碼子事，雖然姿勢有點雷同，都是兩條後腿用力朝後蹬，兩條前腿齊嶄嶄朝前挺舉，但內在的差別卻是很大的。前撲時脊梁先弓後挺，狗尾豎直，腹部收縮，腰肌大幅度繃彈，狗頭儘量朝前探伸，落地時，四隻狗爪做摟抱撕扯狀；而躥躍時，狗身體的各個部位動作都很節制。一個躥躍最多能跨出一米，一個前撲卻能達到兩米開外。躥躍可以不間斷地連續進行，前撲卻不行。前撲時，所有的意念、勇氣和力量都集中在狗爪狗牙上，準備落到獵物身上後，立即和獵物扭成一團。假如前撲落空，一般的草狗銳氣頓減，要好一陣才能緩過勁來；就算是訓練有素的獵狗，前撲落空，奔跑的姿勢已經散了形走了神，要重新進行第二次前撲，需要好幾秒鐘才能把散了形走了神的姿勢重新收攏回來。

能不停頓不間斷地連續進行兩次前撲的狗是十分罕見的。洛戛是狗中的佼佼者，在這方

面可說是獨領風騷。牠憑著極其靈敏的反應和極其協調的動作，一次前撲落空後，在四爪落地的一瞬間，散了形走了神的奔跑姿勢會奇蹟般地恢復原狀，眨眼間，身體又能像支箭朝前飛出去，簡直比澳洲袋鼠還俐落。牠就憑這套兩級前撲的技巧，捕捉了無數隻極善奔跑的麂子和岩羊。

洛戛又跟在母豺後面追了幾步，冷不防撲了起來。牠沒有吠叫，不叫的狗才善咬。母豺驟然間加快了速度，吱溜一下躥到前面去了。這在洛戛的意料之中。豺不可能像蠢笨的豪豬那樣一次前撲就撲倒的。牠剎那間又進行第二次前撲。母豺已經是竭盡全力在飛奔了，但速度還是比不上狗的前撲來得快。洛戛計算得十分準確，第二次前撲的落點正好是在母豺的脖頸上。牠的兩隻前爪可以穩穩地摟住豺的腦殼，兩隻後爪踩住豺背，把豺蹬翻，在豺驚慌掙扎之際咬住豺的頸窩。

洛戛犯了一個強者最容易犯的錯誤，就是輕敵。牠低估了母豺應付危機的能力。

被洛戛緊追不放的母豺名叫達維婭，是埃蒂斯紅豺群中最年輕漂亮的單身雌性。今年剛滿三歲，三歲是豺的黃金年齡，體力、精力和智力都處於鼎盛時期。達維婭曾跟獵狗打過兩次交道，憑著豺聰慧的頭腦，是很容易就把獵狗甩脫掉的。牠沒想到這一次這條大黃狗卻這麼難以對付，簡直是軟硬不吃，智商似乎也特別高。豺的拿手好戲諸如接力奔逃、車輪戰術等等都騙不了牠，簡直像個無法擺脫的幽靈。

當洛戛第一次前撲時，牠使出吃奶的力氣一陣狂奔，總算倖免於難。牠以為大黃狗前撲落空後追擊速度會減慢，牠可趁機拉大彼此間的距離。牠沒想到討厭的大黃狗能連續兩次前撲。幸好牠兩隻尖尖的豺耳貼在腦殼上，一面飛奔，一面諦聽身後的動靜。牠聽見尾後的空氣再次被撕裂，一股刺鼻的狗氣味再次從空中散播下來。

眼看四隻狗爪就要像張網罩住自己身體了，牠急中生智，猛然剎住腳步。嗖——大黃狗的身影掠過牠的頭頂飛到前面去了。好險啊，狗屁股竟坐在牠的豺頭上了。這不大雅觀，卻是一個反咬一口的好機會，也讓大黃狗嘗嘗豺的厲害！牠閃電般地朝大黃狗的後腿咬去。

大黃狗的動作比牠快捷，牠的豺嘴還沒來得及噬咬，大黃狗兩條後腿猛地往後蹬踢，動作很像是馬在尥蹶子。牠沒有防備，被踢中下巴頦，身不由己朝後仰倒。

牠沿著怒江旁的山脊線奔逃，一個仰倒，咕咚咕咚順著山坡朝怒江滾落下去。幸好坡勢不太陡，又長著一層鬆軟的狗尾巴草，沒傷著筋骨。一直滾到江邊，才好不容易翻爬起來。這一跤跌得牠暈頭轉向，還沒回過神來呢，大黃狗已順著斜坡居高臨下、氣勢洶洶朝牠壓了下來。牠沒有其他選擇，只好朝怒江逃去。

怒江正值汛期，兇猛的洪水夾帶著大量紅山土，在落差很大的峽谷間暴跳如雷。水位漲得極高，把地勢較低的樹林和草地都浸沒了。一層一層的浪互相撲擊著、噬咬著，吐出一團一團渾濁的紅泡沫。

豺雖然會游水，卻只能在風平浪靜的水塘裏游游，不可能從濁浪翻滾的怒江泅渡過去。母豺達維婭實在被逼急了，望見江邊有一棵枝杈繁茂的珍珠栗樹泡在淺水灣裏，便不顧一切

地跳了上去。

達維婭沒想到，自己這一跳，不僅改變了自己的命運，也改變了整個埃蒂斯紅豺群未來的命運。

洛戛後悔自己不應該冒冒失失跟著母豺跳到珍珠栗樹上來。牠求勝心切，以為母豺已被自己逼到絕境，只要跟著母豺跳上這棵躺在江邊的珍珠栗樹，就能在樹梢的盡頭把母豺咬翻逮住。

洛戛做夢也沒想到，自己跟著母豺跳上去後，剛才還穩穩當當停擱在江岸的珍珠栗樹忽然間活動起來，還沒等牠反應過來是怎麼回事，珍珠栗樹已載著牠還有那隻該死的母豺，駛離了江岸，迅速漂向江心。

這事其實並不離奇。洪汛期，怒江兩岸經常發生滑坡現象，整棵整棵的樹被滑落的山坡帶進怒江，順著浩浩蕩蕩的江水漂流而去。這棵珍珠栗樹就是從上游漂來，又被沖到岸邊，剛巧一根彎曲的樹枝掛住江邊的一塊礁石，就像船被拴上樁一樣停擱下來。母豺跳上去後，那股衝力使本來就掛得不牢實的樹枝從礁石上脫鉤；洛戛緊跟著往上跳，就像一根無形的竹篙猛撐了一下，珍珠栗樹便又順流而下了。

母豺逃到樹冠，抱著一根丫形樹枝；洛戛趴在樹根的一塊老疙瘩上，彼此相距約二十米。

開始，洛戛還想繼續完成主人交代的追捕任務。母豺待在樹冠，三面環水，無路可逃。牠伸開帶鉤的狗爪，抓住粗糙的樹皮朝前挪動。剛爬了兩三米，珍珠栗樹漂離了水面較爲平靜的淺水灣，進入湍急的江心，猛烈晃蕩起來，牠用狗嘴咬住伸出水面的細樹枝，四隻狗爪緊緊摟抱住樹幹，才勉強沒被搖落江中。

無窮無盡的水浪接踵而來，珍珠栗樹猛烈地起伏顛簸。洛戛雖是傑出的獵狗，卻從未經歷過水上鍛練，很快就頭暈腦脹了。連站也站不穩，還怎麼撲咬呀，牠不得不放棄繼續向母豺攻擊的念頭。牠想，反正母豺已是網中魚，籠裏鳥，就讓牠多活一會兒，等珍珠栗樹漂回岸後再收拾也不遲。

但願這棵珍珠栗樹只是在同牠洛戛開個小小的玩笑，在江心漂游玩耍一陣，就會靠岸停泊。

牠的希望很快落空了，珍珠栗樹漂進江心，就像被穿了鼻繩的牛，被激流牢牢地牽拉著，在蜿蜒的怒江裏順流而下，絲毫沒有要靠岸的意思。

太陽在烏雲中若隱若現，日光由東邊升至當頂，又向西邊傾斜。

也不知是珍珠栗樹在水裏浸泡的時間長了，在悄悄下沉，還是水流改變了樹幹的位置，洛戛所處的樹根部位一點點地被淹沒到水下去了。起先，江水漫到牠的膝關節，又漸漸漲到牠的頸部。牠必須重新找個安全的地方。牠觀察了一下，整棵珍珠栗樹地勢最高的當然是樹冠，但細嫩的樹枝搖晃得很厲害，能否爬上去實在沒把握。除了樹冠，就屬樹幹和樹冠的分

杈部位最理想了，隆出水面有半尺多高，幾根茁壯的枝杈像個托盤，很穩當哩，還有不少樹皮瘢節和樹瘤能踩穩抓牢。牠艱難地摳住樹皮，一寸一寸地往前爬，也不知爬了多長時間，總算如願以償，爬到了樹杈部位。

這時，珍珠栗樹漂進地勢峻峭的峽谷。驚濤拍岸，訇訇如雷。珍珠栗樹越駛越快，不時被激流拋向空中，又跌落在江心的磯石上，樹枝紛紛折斷，樹冠像被一把巨大的剪刀在不斷地修枝剪葉，越來越小。

母豺達維婭也開始向樹杈運動。

達維婭不是瞎子，當然看見洛戛正趴在樹杈上。牠再爬過去，顯然是在向敵手靠攏。但牠已經沒有其他選擇了。牠已處在樹冠的最前端，江水不斷湧上來，把牠潑得精濕。

豺跟狗一樣，是陸上走獸，不諳水性，也畏懼洶湧的江水。珍珠栗樹順著水浪搖晃，牠已被搖得噁心嘔吐。四隻豺爪要死死摳住樹皮，才勉強不被水浪捲進漩渦中去。時間一長，四隻豺爪僵硬麻木，若再繼續在樹冠上待下去，堅持不了多久恐怕就會失足掉進江裏。

動物同時面臨兩種以上的危險，會有一種避重就輕的本能。對達維婭來說，江水和洛戛都是牠的死對頭，但江水要比大黃狗兇惡得多了。一旦掉進江去，來不及掙扎，就會被惡浪吞噬掉。大黃狗雖然也很厲害，但同咆哮的怒江比較起來，就要遜色得多，危險也小一些，對方真要撲咬，自己起碼還可以作一番廝殺拚鬥。

很快，母豺達維婭也爬到了樹杈。豺和狗之間的身體距離只有半米遠了。對洛戛來說，獵物近在咫尺，只須輕輕往前一躍，即可抓住母豺，但牠似乎已失去了攻擊的興趣。牠只覺得頭昏眼花，四肢發軟。現在頂要緊的是保全自己的性命，自己的命都快保不住了，還奢談什麼狩獵追捕。再說，珍珠栗樹正在激流裏起伏顛簸，也很難向母豺進行有效的撲咬，假如真的廝扭起來，怕是要一起滾進江去的。牠雖然對主人很忠誠，但還沒有傻到要同獵物同歸於盡的程度，主人不在眼前，這同歸於盡的義舉主人看不見，也就失去了意義。

對洛戞來說，只能違心地和母豺和平共處。

珍珠栗樹還在無休止地漂流。

牠們彼此相隔半米，犬科動物靈敏的嗅覺無法不聞到對方身體的氣味。嗅覺在哺乳類動物中扮演著魔術師的角色。陌生的氣味會刺激敵對情緒，熟悉的氣味會產生友善情感。慢慢地，洛戞對母豺的身體氣味由陌生變得熟悉起來。對達維婭來說，大黃狗的氣味似乎也不怎麼令牠討厭了。

在共同的遭遇面前，敵對情緒自然而然地減弱下去。

假如沒有隱藏在水面下的那塊暗礁，假如沒有那次猛烈的碰撞，獵狗洛戞和母豺達維婭也許就這樣面對面僵持著，在一種特定的環境下保持著暫時的和平。一旦珍珠栗樹靠岸，和平便自動結束，又恢復到生死對壘的狀態。

洪汎期波濤滾滾的怒江裏不是沒有過這方面的先例。曾經在一塊由幾棵大樹糾纏組合成的浮島上，一隻雪豹和一頭羚羊同在激流中漂了兩天，彼此就像一起乘坐命運之舟的客人，

沒有仇恨的眼光，沒有血腥的殺戮，雪豹甚至都沒向羚羊發出一聲恫嚇的吼叫。可是兩天後浮島漂進一道L形河床，擱淺在沙灘上時，豹和羊之間的和平便被劃上了句號，同患難的友誼也被一筆勾銷。那隻雪豹一跳上岸，就毫不猶豫地撲上去把羚羊撕成碎片。

猛烈的觸礁發生在翌日清晨。

珍珠栗樹在熹微晨光中漂過異常險峻的銅鑼峽，駛入一段開闊的江面，水勢相對來說平緩了許多。漂流了差不多一天一夜，洛戛已精疲力竭，特別是在過銅鑼峽時，珍珠栗樹在浪尖谷底箭也似地穿行，折磨得牠全身骨頭都快散架了。現在好了，珍珠栗樹緩緩地浮在水面上，腦袋不像剛才暈得那麼厲害了，牠有一種緊張過後的鬆弛感。牠鬆開了摳住樹皮的爪子，活動活動麻木的關節，半蹲起身子，舔舔腹部濕漉漉的茸毛，舔掉點水珠，不至於太難受了。

天邊露出一抹玫瑰色與橘黃色混雜的霞光，天色也有點暗淡。就在這時，珍珠栗樹觸礁了。那是一塊暗礁，誰也看不見。珍珠栗樹直直地一頭撞上去，砰的一聲，正在漂流的樹突然間刹住了。

公平地說，這碰撞並不算特別猛烈，但洛戛毫無思想準備，狗爪也沒摳緊樹皮，身體被一股強大的慣性夾帶著，向前跌去，不偏不倚跌到母豺達維婭身上。達維婭是背朝著下游，也被這意外的觸礁弄得仰面向後倒去，但有根很粗的樹枝橫在牠背後，擋住了牠。牠背靠著樹枝，兩條後腿直立著，兩隻前爪在空中舞動。就在這時，洛戛朝牠滾了過來。

假如洛戛還能掌握方向，是決不會朝母豺跌滾過去的。樹杈又狹小又滑溜，牠已失去了平衡，母豺只要用前肢踢蹬牠一下，牠就會被踢進江裏去餵魚。母豺這個站立姿勢很容易用前肢踢蹬牠的。當牠跌滾進母豺懷中去的時候，狗嘴裏發出一聲無可奈何的嘆息般的哀號。牠閉起了狗眼，絕望地等待這致命的踢蹬。可是，牠身體搖晃了幾下後，重新在樹杈上站穩了，尖銳的豺爪也沒落到牠身上。牠睜眼一看，母豺兩條前肢朝外撐開，用柔軟的胸腹阻止了牠繼續跌滾。母豺兩條前肢似乎還朝內彎曲著做出摟抱狀，扶穩了牠東倒西歪的身體。牠注意觀察母豺臉上的表情，唇吻聳動，眼睛瞪得老大，一副驚詫的表情，看不出有什麼厭惡感。牠還注意到母豺兩隻前爪銳利的爪鉤還縮在爪鞘裏，這是一個非常重要的友好的表示。

母豺其實已經把洛戛看作是同病相憐的夥伴，同舟共濟的難友。達維娅是雌性動物，比較起來，雌性動物更難忍受孤獨。對達維娅來說，在隨時都有可能葬身魚腹的險境中，哪怕有一個對頭在身邊，總比獨自在風浪中掙扎要好得多。

洛戛重新站穩後，往後退了一步。現在，這兩個冤家對頭彼此只相隔幾寸遠了，不僅身體靠近了，那遙遠的心理距離，也大大縮短了。

這時，珍珠栗樹漂出了水勢相對平緩的江段，又漂進落差陡峭的峽谷。怒江從巨岩上奔流直下，江水像條紅色瀑布掛在石壁上。珍珠栗樹直線垂落下去，轟的一聲巨響，殘剩的一點樹冠被砸得粉碎。母豺達維娅後半個身體靠近樹冠，隨著折斷的樹枝，兩條後腿和整個臀部滑進江去，只有兩隻前爪還摳在樹幹上。

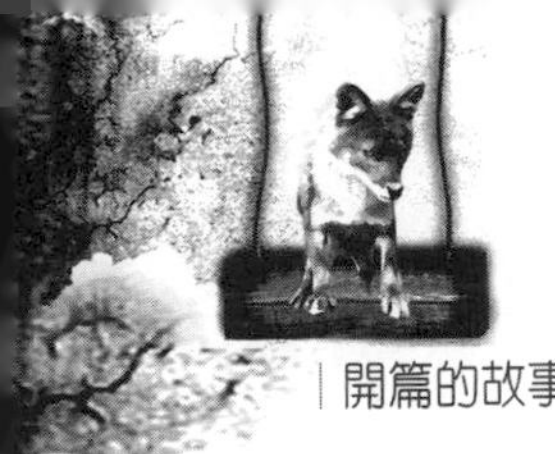

牠拚命掙扎，無奈水流湍急，樹幹圓溜溜，樹皮長時間浸在水裏，有點酥軟，也有點滑膩，掙扎了半天也沒能攀爬回樹幹上去，反而越掙扎越糟糕，身體漸漸往下滑，差不多整個兒都泡在水裏了，只有豺頭和豺脖還勉強露出水面。水的衝力太大，牠支持不住了，呦呦怪叫著，求援的眼光投向大黃狗。

假如洛戛執意要把母豺置於死地，現在是最好的機會了。不用牠動，只要扭過臉去裝著什麼也沒看見，什麼也沒聽見，再等兩三分鐘，這隻母豺在這個世界上就算玩完了。可是，牠獨自待在這棵珍珠栗樹上，似乎也太孤單了。

動物會有這麼一種心理，有個伴兒共同承擔風險，起碼在感覺上風險就會小些。牠用後肢勾住樹疙瘩，前爪深深摳進樹皮，探出狗頭，一口叼住母豺的後頸窩。剎那間，獵狗生涯養成的習慣使牠產生了一種神秘的衝動：狗牙下是柔軟的豺皮，豺皮下是滑動的血管，血管背後是硬梆梆的頸椎骨。牠最喜歡的殺戮方式就是咬碎獵物的頸椎骨。牠曾經多次用這種手段結果了野兔和松鼠的生命。牠此時已叼住了母豺的後頸窩，可謂天賜良機，牠不用擔心母豺會反咬一口，牠也不用太費事，只消用力將狗嘴閉合，就會傳來豺頸斷裂的脆響。

牠的肚皮早餓了，這要命的漂流還不知什麼時候能結束呢。豺肉雖然沒麂子肉可口，倒也能充饑果腹。可是，牠總覺得有一種無形的力量迫使牠放棄這獵殺的念頭。假如剛才不是母豺擋了牠一下，觸礁時，牠恐怕早就跌進江裏殞命了。罷罷罷，就算一隻葫蘆換兩隻瓢，誰也別虧了誰。牠四條狗腿用力屈蹲，把母豺拉上樹幹來。

母豺達維婭被洛戛從水裏叼上來後，蜷縮在洛戛身邊，豺和狗的身體緊緊貼在一起。兩個身體貼在一起，互相支撐，互相取暖，互相依傍，才能抗得住這驚濤駭浪。說真的，整棵珍珠栗樹就樹杈中心部位最安全，而樹杈的中心部位面積實在太小，容下一狗一豺而又要彼此保持一定的警戒距離，那幾乎是不可能的。

達維婭靠在洛戛身上，豺眼裏最後一點敵對的警惕與仇恨也消失了。牠信賴地把腦袋枕在洛戛的腰際，彷彿洛戛已脫胎換骨變成一隻可以生死相依的大公豺。

本來嘛，豺和狗就是同種異族的動物，並非像貓與鼠、獴與蛇那樣是天敵。洛戛之所以把達維婭作爲自己的捕獵對象，是因爲豢養牠的主人阿蠻星對豺感興趣。現在主人被拋在遙遠的地方了，將在外，君命有所不從嘛。而達維婭之所以對洛戛仇恨，完全是因爲洛戛威脅到自己的生存，現在這種威脅已被同舟共濟的命運化爲烏有，仇恨也就自然地煙消雲散了。再說，洛戛把牠從水中解救出來，感激之心自然而然衍生出脈脈溫情，徹底取代了緊張和對峙。

其實，這世界本來就沒有那麼多的仇恨。

當天半夜，珍珠栗樹終於泊岸了。在路過一段S形江灣時，一股激流把珍珠栗樹沖出江心，沖進一條支流。支流的水和怒江的水從兩面推搡著珍珠栗樹，幾下就把珍珠栗樹拋到江邊的砂礫上。

達維婭跟著洛戛搖搖晃晃爬上岸來。這完全是塊陌生的地界，根本嗅不到一點兒牠所熟悉的埃蒂斯紅豺群的氣味。動物對陌生地界總懷有一種恐懼心理，牠緊緊尾隨著洛戛，不斷地用舌頭舔那條狗尾巴。這是犬科動物中弱者對強者乞求保護的特殊的身體語言。

剛上得岸來，漆黑的夜空突然電閃雷鳴，閃電像柄寒光閃閃的利劍，一次又一次挑破夜的胸膛，把大地照得一片慘白。驚雷彷彿就在頭頂炸響，震得江隈微微顫抖。突然，天空飄下一隻橘紅色火球，鑽進崖頂一棵突兀挺拔的松樹裏，靜默了一會兒，松樹迸濺出一團耀眼的藍光，驚天動地一聲巨響，峽谷飄散起一股刺鼻的焦糊味。那棵根深葉茂的松樹被從中間炸成兩片，連同被炸裂的岩石，轟隆隆滾落進怒江裏。

怒江短暫地喧囂了一陣，很快就恢復了常態。

這是怒江峽谷十分厲害的球狀閃電。

達維婭嚇得心驚膽顫。那刺眼的閃電，那震耳欲聾的驚雷，都使牠不停地發出呦呦怪嚣，向同伴表達自己內心的極度恐懼。

洛戛雖然也天生畏懼閃電驚雷，但到底是雄性，在雌性面前不能太草包了，就壯起膽子走在前頭，冒著傾盆大雨在崎嶇泥濘的山道上奮力攀登。

算牠們運氣好，不一會兒就在離江岸不遠的一座小山腰上找到一個石洞，鑽進洞去，撲鼻而來一股草腥味和羊膻味，原來是一頭岩羊躲在洞裏避雨呢。

雨聲和雷聲太響了，直到洛戛和達維婭鑽進洞口，岩羊才發覺危險，勾起一對彎刀似的羊角拚命往洞外躥。倘若只有洛戛或者只有達維婭，是休想把這頭岩羊阻截住的。被困在洞裏的岩羊有一種死裏求生、不顧一切的瘋狂，那對羊角細長尖銳，無比堅硬，無論是豺皮還是狗皮都能捅出血窟窿來。和這樣一對羊角正面硬頂是要吃大虧的。讓岩羊躥出洞去，那就更無法擒捉。洛戛和達維婭在怒江漂流了一天一夜多，筋骨都差不多泡酥軟了，決無可能在漆黑的雨夜追上善於在陡崖上攀緣跳躍的岩羊。好在是一狗一豺，才沒讓岩羊從眼皮底下逃掉。

洛戛和達維婭配合得如此默契，簡直神了：嗅到羊膻味後，洛戛扭腰閃在左側的洞壁，達維婭輕輕一跳貼在右側的洞壁。岩羊的腦殼剛剛躥到洞口，洛戛一下撲到羊背上，岩羊直起身來想把洛戛甩下背去，達維婭已咬住了岩羊的一條後腿。倒楣的岩羊受不了這雙重夾擊，咕咚一聲倒在地上。

團結就是力量。團結萬歲！

牠們早就饑腸轆轆了，溫熱的羊血，糯滑的羊腸，爽口的羊肉，吃得好不痛快。吃飽歇足後，牠們在溫暖乾燥的石洞裏很快睡著了。牠們太累了，一覺睡到大天亮。等待牠們的，是更嚴峻的考驗。

生活，不可能一帆風順。

珍珠栗樹泊岸的地方叫野猴嶺，離日曲卡山麓足足有四百里。

野猴嶺，顧名思義，就是由猴子佔領並統治的地盤。那是一群兇悍的斷尾猴，猴尾巴比兔尾還短，紅臉黑身，約有七八十隻。這一帶沒有老虎、豹子和其他猛獸。山中無老虎，猴子稱大王。達維婭和洛戛很快就領教了猴群的厲害。只要牠們跨出石洞，討厭的猴子就蹲在陡峭的石崖上衝著牠們大聲咆哮，攪得牠們無法安寧。牠們外出覓食，成群的猴子便尾隨在牠們背後的樹上，一見有獵物出現，不管是獐子還是麂子，便齊聲吶喊，還使勁搖晃樹枝，弄得嘩啦啦響，獵物便飛快地逃遁了。又不是吃你們猴肉，你們心疼個屁呀。達維婭憤憤地想，但沒法和這些猴子評理去。

一連幾天，達維婭和洛戛遭到猴群連續不斷的騷擾和搗亂。野猴嶺一帶有許多馬鹿和羚羊，但被猴群攪得什麼也逮不著，牠們饑餓難忍，只好啃食在水塘裏已泡得腐爛發臭的動物屍體。牠們都不是鬣狗投胎，不習慣吃腐屍，才吃了兩頓，那肚子拉得都快把腸子屙出來了。

對這群斷尾猴來說，是執意要把這一豺一狗兩位不速之客驅趕出野猴嶺的。這裏是牠們祖祖輩輩棲身的地方，豈容兇惡的豺狗來染指。因此，牠們趁達維婭和洛戛初來乍到立足未穩之際，主動出擊。

一場你死我活的競爭不可避免。

這些形體跟人類差不多，但身高只及人類三分之一的傢伙，幾乎跟人類一樣可惡。達維婭想，或許可以把人類稱爲擴大的裸猴，而把斷尾猴稱爲縮小的毛人。看來，只有鬥敗這群猴子，才能在這塊土地上生存下去。

母豺達維婭心裏很清楚，要想趕走斷尾猴，必須先制服那隻赤面猴王。赤面猴王是這群猴子的精神支柱，是力量的源泉，是團結的凝聚力，是膽魄和意志的象徵，只要咬死赤面猴王，就像砍斷了眾猴心中的參天大樹。樹倒猢猻散，猴群必垮無疑。

一切都按事先設計的那樣在進行。謝天謝地，事情開始得十分順利。那塊擊中牠腦殼的卵石恰巧是赤面猴王拋擲下來的。牠在陡崖邊緣走了個八字形的醉步，栽倒下去。崖頂傳來赤面猴王沾沾自喜的高呼。

牠跌落得十分自然，順勢而下，一個滾連著一個滾，一直跌到江隈一片平坦的砂礫上。雖然身上被陡坡的蒺藜和石角掛破了好幾處，鑽心的疼痛，但頭腦尚保持清醒，四肢也沒筋斷骨裂。牠在砂礫上踢蹬了幾下，便凝然不動了，只有一隻豺眼睎開一條細縫，觀察動靜。

洛戛也表演得相當不錯，連滾帶爬從陡崖躥下來，圍著牠長吠數聲，聲音悲涼，如泣如訴，最後叼了把草葉蓋在牠身上，夾緊尾巴，小跑著離開江隈，一路嗚咽，顯得喪魂落魄，很快變成遙遠江岸上的一點模糊的黑影。

崖頂上猴群嘰嘰喳喳叫著，像在歡慶勝利。

陷阱已經挖好，羅網已經張開，只等赤面猴王來鑽了。

赤面猴王沿著陡崖一步步爬下來。達維婭在心裏高呼。牠沒想到自己會那麼幸運，事情

會那麼順利，簡直比逮隻兔子還要省心省力得多。

達維婭很快發現自己高興得似乎早了點。赤面猴王剛下到一半，突然停了下來，左顧右盼了一陣，竟然順著原路又返回崖頂了。

赤面猴王回到崖頂那塊青石板上，朝一隻脖頸上的毛差不多已快禿光的老猴子嘰嘰咕咕叫了幾聲。禿毛老猴子戰戰兢兢地爬下山崖，徑直來到達維婭跟前，小心翼翼地圍著達維婭繞了兩圈，試探性地用前爪推了達維婭一下。達維婭屏住呼吸，一動也不動。禿毛老猴子又抓住達維婭一條前腿，猛地拽動，達維婭比屍體還屍體，在砂礫上直僵僵地被拖出好幾尺遠。

達維婭明白了，狡猾的赤面猴王唯恐有詐，讓閱歷豐富的禿毛老猴子先下來察看一番，實地考察並試探牠是否真的死了。

禿毛老猴子轉身朝崖頂吆喝了一聲，大概是在向赤面猴王報告這隻惡豺的確已經氣絕身亡了。

赤面猴王蹲坐在青石板上凝然不動，很明顯，牠認爲考試還沒有考完呢，讓禿毛老猴子用更有效的手段探測真僞。

禿毛老猴子跳到達維婭身上，張嘴就在牠肩胛、後胯上亂啃了幾口，直咬得達維婭火燒火燎般的疼。牠咬緊牙關，才沒被咬「醒」。

總算是不幸之中的萬幸，禿毛老猴子啃咬幾口後，噗噗吐出滿嘴的豺毛和豺血，大概覺得有點兒噁心，不再咬了，而是抓著達維婭一隻腳踝，往山崖上拖。

達維婭當然不能聽之任之。牠不能讓自己變成剝皮豺。牠暗暗用腳或頭勾住草根樹枝和隆出地面的岩石，增加自己的分量。

禿毛猴子畢竟年老體弱，才拖了幾步，便氣喘吁吁了，旋即停了下來，又朝崖頂的赤面猴王高聲嘯叫：哦，這真是一隻已經斷氣的死豺啊，死沉死沉的，我實在搬不動，尊敬的王啊，您就親自下來搬吧。

赤面猴王揚起手臂，做了個奇怪的手勢。禿毛老猴子轉身揪起達維婭的尾巴，往猴嘴裏塞。達維婭心裏一陣冰涼，尾巴像被一把生銹的鋸子在鋸著，一陣陣揪心的疼。

牠實在忍無可忍了，牠差不多已把利爪撐開，準備挺腰跳起來了，但是，一種更爲強大的情感阻止了牠的衝動。咬死禿毛老猴子很容易，但眼下正在進行的計謀一旦流產，恐怕永無機會再讓赤面猴王上當受騙了。猴王不除，猴災不絕，牠就無法把洛戞那顆心拴緊在自己身邊。

達維婭用罕見的毅力克制住衝動，忍受住劇烈的疼痛，仍然躺在地上紋絲不動。喀嚓一聲脆響，達尾婭尾部一陣麻木，半截豺尾已落到禿毛老猴子嘴裏。

禿毛老猴子高舉著半截紅豔豔的豺尾，就像舉著一面勝利的旗幟，朝山崖上揮舞。赤面猴王終於相信達維婭確實死了，矜持地長嘯一聲，在幾隻公猴的前呼後擁下，爬下山崖，躊躇滿志地來到達維婭面前。

達維婭颶風般地平地躥起，罩在赤面猴王身上。委屈、憤怒、斷尾的恥辱，一瞬間都化爲復仇的火焰。這一撲既突然又兇猛，簡直就是一個球狀閃電。赤面猴王驚得目瞪口呆，如墮雲裏霧裏，半天沒反應過來是怎麼回事。

隨著猛烈的躥撲，達維婭朝遠處的洛戛發出一聲尖囂。洛戛箭也似地朝這裏趕來。同赤面猴王一起下來的幾隻公猴和禿毛老猴子都嚇壞了，朝山崖抱頭鼠躥。

赤面猴王勉強逃到山腳下，洛戛已趕到，三下五除二，便結果了猴王的性命。崖頂上的猴群聲聲哀嚎著，悲慟地哭泣著，三三兩兩沿著綿長的山脊線向遠方逃亡。

這些猴子，沒有誰膽敢再回到野猴嶺來了。

達維婭遍體鱗傷，牠軟塌塌地臥在地上。洛戛來到牠面前，背朝著牠，平平地趴下。這個身體動作十分明顯，是要馱牠回石洞去。

當天夜裏，猴心猴肝和猴腦成了達維婭和洛戛豐盛的婚宴，冬暖夏涼的石洞成了牠們美妙的婚床。

達維婭很快就習慣了與洛戛朝夕相處的生活。山崖上隨時都可以望見岩羊褐色的身影，草叢裏到處都可以聞到野兔的氣味。充盈的食物，溫馨的石洞，沒有天敵和競爭的小環境，可謂悠哉悠哉。一豺一狗，互相配合，很容易捕捉到獵物。

牠的腹部已微微隆起，裏面有小生命在蠕動。牠沒想過要再回埃蒂斯紅豺群去，牠曉得，豺群是絕不會容忍牠帶回去一條獵狗的。獵狗經常幫助人類圍剿豺群，豺很恨獵狗，把獵狗列爲頭號大壞蛋。即使洛戞願意做埃蒂斯紅豺群的招贅女婿，豺群也不會收留的。那就乾脆永遠也別回豺群了，牠願意陪伴著洛戞在這塊陌生的土地上安家落戶繁衍後代。

牠相信洛戞對牠也抱有同樣的感情和想法，永相廝守，一直到老。

牠沒想過有一天洛戞會背叛牠。牠不曉得，天有不測風雲，豺也有旦夕禍福。

那天中午，達維婭和洛戞懶洋洋地臥在洞外的樹蔭下瞭望天空。天空有一隻灰褐色的隼正在追逐一隻翠金鳥。翠金鳥忽東忽西在空中劃出一道道凌亂的線，竭力逃避著背後的死神。灰隼利用峽谷中升騰的氣流，兩隻鑲有白紋的翅膀幾乎是靜止不動，像片枯葉迅速撲到翠金鳥身上，白雲間飄下幾片金色的羽毛。

欣賞猛禽搏擊倒不失爲一種有趣的消遣。

就在這時，怒江對岸依稀傳來人的吆喝聲。「哎囉——哎囉」像在呼喚什麼。江流的轟鳴聲掩蓋了人的叫喊聲，模模糊糊的聽不大清楚。

達維婭無心去聽人的聲音。對牠來說，和人離得越遠越好。可臥在牠身邊的洛戞突然間渾身的狗毛一根根倒豎起來，倏地一下從地上彈跳起來，兩隻尖尖的耳廓來回擺動，四條狗腿似乎也激動得直打哆嗦。汪！牠朝江對岸發出一聲吠叫。

「洛戞——洛——戞——你在哪裡？」江對岸的人討厭的呼叫聲逐漸清晰起來。

達維婭從洛戞極度興奮的反應裏意識到遇上了麻煩，一顆豺心頓時懸吊起來。瞧，洛

戞的魂彷彿被叫聲勾去了，攛下牠箭一般地躥出去，登上臨江的山崖，發出一串串嘹亮的吠叫。那急不可耐的神情，就像是走散的幼崽在回答母獸的呼喚。達維婭隨著洛戞也登上山崖，出於一種對人類畏懼的本能，牠躲在一叢白花蛇舌草背後，悄悄窺望著。

對岸的梁子上冒出個人影來，挎著一支長長的獵槍，背著一隻牛皮縫製的背囊，頭髮蓬亂，滿臉鬍渣，滿身塵土。這段江面很窄，兩山對峙，看得一清二楚。

洛戞一見那位獵人裝束的漢子，狗尾巴搖得像朵野菊花，汪汪汪一個勁吠叫，叫聲悲切哀怨，發自肺腑，傳神地表達著刻骨思念。洛戞還在山崖上又跳又蹦，做出撲躍狀，彷彿是想從山崖上跳過江去與那位獵人團聚。

看來，站在對岸梁子上的就是洛戞的舊主人了，達維婭想。

那位獵人手搭涼棚朝這兒張望著，突然張開雙臂，似乎想擁抱什麼，「洛戞——洛戞——」活像在叫魂兒。洛戞激動得連聲音都有點嗚咽了。

洛戞朝那位獵人隔江吠叫了一通，突然撒開腿從陡峭的山崖下到江隈，越過沙灘，蹚進淺水灣。瞧這模樣，牠是想鳧過江去舔那位獵人髒兮兮的鞋子。江水很快漫過洛戞的脊背。江心濁紅的水面上，漩渦一個接一個，有一隻死烏鴉漂過來，就像掉進一口枯井似的，很快被捲進漩渦沉入江底。

洛戞在齊頸深的水裏徘徊著，朝江心的漩渦發出無可奈何的吠叫。

那位獵人也急急忙忙由山梁下到江邊，他同樣不敢游過江來，只能站在沙灘上拚命用手勢向怒江上游方向比劃著，高聲叫道：「洛戞，到那邊去！往上游走！那邊有吊索橋！」

達維婭雖然聽不懂人類的語言，但從那位獵人的動作中很快猜出那些話語的意思，是要讓洛戞從上游那架吊索橋上越過江去和他相會。吊索橋座落在野猴嶺外，離這裏約二十來里路。

洛戞從淺水灣退上岸來，沿著岸邊的沙灘溯江而上。

達維婭尾隨在洛戞身後。

達維婭此時心裏已委屈到了極點。從對岸飄來獵人的喊聲，直到現在，洛戞似乎已徹底把牠給遺忘了。沒瞅過牠一眼，也沒向牠打聲招呼。牠的肚子裏懷著洛戞的種，不管怎麼說，總不該忘記得這麼快吧。瞧洛戞的神情，一旦真的從吊索橋越過江去，肯定會跟那位獵人回到牠過去的狗窩去。這算怎麼回事，難道牠和牠歷盡艱辛建立起來的小家不過是命運的一場鬧劇，生命的一段小插曲，沒有任何值得留戀的東西嗎？牠達維婭可是把整個身心都投入到這個新的狗和豺結合的家庭來了呀。牠身上魚鱗般的傷疤，就是最好的證明。牠為了這個家，還付出了半截豺尾的慘重代價。可到頭來，獵人一聲呼喚，就把洛戞的魂給勾過去了。

達維婭越想越委屈，「呦——」地朝洛戞嚣叫了一聲。是提醒，是呼喚，是一種愛的挽留。你總不能像扔掉一塊啃光了的骨頭那樣拋下我不管吧。

洛戞悶著頭在趕路，聽到牠的嚣叫，倏地扭腰轉過身來。達維婭以為狗迷失的靈魂被牠

叫醒了，很高興，三躥兩跳貼到洛戛身邊，想舔洛戛的鼻梁，好讓洛戛徹底回心轉意。

達維婭做夢也沒想到，牠剛剛跳到洛戛身邊，還沒來得及舔洛戛的鼻梁，洛戛突然發出一聲低嗥，唰地一下張開嘴來咬牠的脖頸，要不是牠躲閃得快，美麗的脖頸將留下永恆的瘡疤。

牠跳開去，怔怔地望著洛戛。

牠又朝洛戛發出一串響亮的豺嚣。

——洛戛，是我，我是達維婭！

——洛戛，我們曾一起在怒江的驚濤駭浪中漂流，我們曾經共同打敗了斷尾猴！

洛戛對牠醒腦式的嚣叫不予理睬，縱身一躍又朝牠撲來。牠躲閃得慢了些，臀部被咬掉一撮豺毛。牠嗷嗷叫著，被迫落荒而逃。洛戛撒開腿追攆上來。

達維婭明白了，洛戛在見到舊主人的一瞬間，被禁錮了的狗的本性爆炸似地釋放了。牠把牠看做是主人喜歡的獵物，牠想逮住牠咬死牠，然後叼著牠去向闊別已久的主人邀功請賞。

牠只有一條生路，那就是逃命。

牠懷崽已有一個半月，豺的妊娠期爲六十天，離分娩已不太遠了。牠腆著大肚子，心裏又像被野火烤，被毒蛇咬，悲痛欲絕，根本跑不快。

牠才逃出幾十米，就被洛戛撲倒在地。牠胡咬亂撕，拚命掙扎，但無濟於事，一條前腿和頸側已被咬得皮開肉綻。狗牙毫不留情地竭力要探進牠柔軟的頸窩，牠猛力扭動身體，使頸窩避開狗嘴。

不幸的是，牠雖然暫時保住了頸窩，卻把渾圓的豺肚皮暴露出來了，冰涼的狗牙已觸及到牠蠕動的肚皮。洛戛只要使勁咬下去，牠就會被活活開膛，那還沒完全長成形的小寶貝就會滾出母腹死於非命。

嗷呦，嗷呦，嗷呦。——我肚子裏是你洛戛的親生骨肉！

不知道是牠絕望的哀嚎終於在最後一秒鐘起了作用，還是牠肚子裏的小寶貝抗議式的蠕動喚醒了洛戛的良知，洛戛冰涼的狗牙觸碰到牠隆起的肚皮後，突然靜止不動了。過了一會兒，才若有所思地抬起狗頭，望望風雲變幻的天際，輕輕一跳從牠身上跳閃開去。

達維婭站起來抖了抖凌亂的豺毛，哦，隆起的腹部安然無恙，仍籠罩著一層母性的光暈。再看洛戛，狗臉上有一種噩夢驚醒後的迷惘，愣愣地站在那兒。

怒江對岸又斷斷續續傳來獵人的呼哨聲。洛戛一甩尾巴，繼續溯江而上。

達維婭不死心，尾隨著洛戛，在背後長嘯短呼，試圖尋找回那顆失落的心。

嗷呦，嗷呦，嗷呦。——洛戛，不要離開我；看在未出世的孩子的份上，請別離開我！

洛戛彷彿聾子似的，再沒回首望牠一眼。

洛戛和那位獵人幾乎是同時出現在吊索橋的兩頭。狗吠人叫，往橋中央靠攏。

洛戛已踏上吊索橋。颯颯江風把橋吹得左右晃蕩。洛戛四肢趴開，四隻鉤爪摳住橋面的

木板和竹片，小心翼翼地往前爬行。

達維婭佇立在橋頭，悲哀地嚚叫著。牠曉得，牠既然無法阻止洛戛與獵人相聚，那就更不可能重新拆散他們了。洛戛這一去，將是一種永別。也許，牠和牠在圍獵場裏還能見面，但那時，牠和牠是水火不能相容的冤家對頭。牠將永遠失去洛戛，從精神到肉體。

那位獵人，也正步履維艱地從吊索橋那端走過來。他臉上有一種掩飾不住的得意。他當然高興，從好幾百里外的日曲卡山麓跋山涉水到野猴嶺來，就是爲了尋找愛犬洛戛。他在兩個月前目睹洛戛被珍珠栗樹載走，出於一種對優秀獵犬生存本領的高度信任，他相信洛戛不會死。他背著行囊和獵槍一路走一路喊，沿江尋找，非要找回用昂貴代價換來的洛戛不可。

獵人和洛戛相距只有十幾米了，他和牠已提前沉浸在相會的喜悅中。

達維婭迅速地踏上吊索橋，悄悄地貼近洛戛身後，突然狂嚚一聲，用豺頭在洛戛胯部猛烈撞了一傢伙。洛戛沒防備，平滑的橋面也沒法站得穩，哀嚎了半聲，從晃蕩的橋上跌下江去。如雷的濤聲很快蓋住了狗的狂吠。水浪像怪獸的巨嘴，一口便把洛戛吞噬得乾乾淨淨。

達維婭腦子裏也一片空白，傻乎乎地望著橋下紅色的激浪。

獵人被這突如其來的變化驚呆了，嘴張得很大，卻發不出聲來。

好半天，獵人才如夢初醒般地驚叫起來：「洛戛，我的洛戛！狗日的豺，我要宰了你！」他舉起獵槍，嘩啦拉動槍栓。

達維婭回過神來，轉身朝橋墘躥去。轟！獵槍炸響了。不知獵人是過於急躁，還是吊索橋搖晃得太厲害，霰彈呼嘯著從達維婭頭頂飛過，連豺毛都沒碰斷一根。

趁獵人重新裝填火藥鉛彈之際，達維婭已逃進石崖背後的樹林。

當天夜裏，達維婭就沿著彎彎曲曲的江岸往怒江上游走。洛戛死了，這塊土地已沒有什麼值得牠留戀的了。牠孤零零的無法在這裏生存下去，牠要回埃蒂斯紅豺群去。

爲了防止意外，牠晝伏夜行，一路捉老鼠充饑，歷經千辛萬苦，半個月後，終於回到了埃蒂斯紅豺群的領地——日曲卡山麓草深林密的埃蒂斯山谷。

回到豺群的第二天，達維婭就分娩了，產下兩隻豺崽。不知是由於過度悲哀傷了胎氣，還是由於長途奔波累壞了身體，有一隻豺崽剛生下來就死了。這沒什麼，埃蒂斯紅豺群幼崽存活率本來就低得可憐，生二活一，已經蠻不錯了。

活下來的那隻雄性小豺崽毛色與眾不同，不是那種正常的土紅色，而是金黃色，眼瞼間有一塊醒目的白斑，哦，那就取名叫白眉兒好了。

白眉兒一生出來個頭就比普通的豺崽大了一圈。這對體格正常的達維婭來說，必然是難產，是一種殘酷的折磨。達維婭在樹洞裏掙扎了一天一夜，才算把小傢伙從肚子裏送到這個世界上來。不幸的是，牠的產道繃裂了，流了一大灘血。

牠是頭次分娩，缺乏經驗，以爲生崽就是那麼回事，並不把過量的流血放在心上，仍然四處奔走，與別的豺爭搶食物。牠沒有公豺陪伴在身邊，事事都得靠自己去辛苦。

半個月後，達維婭就虛弱得站不起來了。牠得了嚴重的產褥熱，陰道發炎潰爛。豺的智商很高，達維婭很快就明白死神已在召喚自己。牠並不怕死，牠唯一放心不下的是白眉兒。豺是哺乳動物，幼崽要靠乳汁餵滿兩三個月，才能學著吃豺娘反芻出來的肉糜，白眉兒生下來才半個月，若斷了奶，怎麼活呀？

這不行。達維婭有氣無力地臥在樹洞外，心想，無論如何要讓寶貝活下去。

陽光從山尖流下來，像舖開了一隻被濡濕了的金緞子，陰暗的山谷亮堂了些。豺群一窩窩從旮旯角落湧到被陽光照耀著的草地上。達維婭陰沉沉的眼光盯著生機盎然的豺群，絞盡腦汁盤算著，要找出一個在自己咽氣後能保證白眉兒活下去並健康成長的切實有效的辦法來。不然的話，牠死也不會瞑目的。

在一種特殊的情況下，正處於哺乳期的母豺會心甘情願給不是自己親生的豺崽餵奶，並承擔起母親的全部責任，那就是自己親生的豺崽不幸夭亡了。母豺分娩後，四隻乳房就會脹得生疼，豺崽柔軟的嘴唇一吮吸，奶汁就像春汛期的泉水一樣汩汩往外流。這時，母豺整個身心便會產生宣洩後的輕鬆愜意，腫脹頓消，心尖便會湧動夢幻般的甜蜜的柔情。這是大自然為鞏固母子親情而特置的一種靈魂交感與互補的機制，是一種感情黏合劑。處於哺乳期的母豺一旦失去自己的幼崽，那乳汁繼續旺盛地分泌，奶子便腫脹得厲害，憋得十分難受。倘若遇到一隻吃奶齡的孤兒，便會將血統觀念擱置一旁，毫無保留地給孤兒餵奶。更有甚者，母豺若在同類中找不到合適的孤兒，會冒險潛進人類居住的村莊，叼隻小貓小狗或乾脆叼個嬰兒來撫養，以解決乳房腫脹的難題。許多哺乳類母獸都有類似的行爲，那就是猴孩、虎孩、豹孩、狼孩的來由。

要是正好有這樣的母豺就好了，達維婭想。遺憾的是，眼下埃蒂斯紅豺群沒有幼崽夭亡的母豺。

沒有這種現象，難道就不能製造出這種現象？

達維婭被自己的想法嚇了一大跳。豺雖然生性兇狠，但沒有同類相殘的惡習。生活在一個群體裏，偷偷地殺死別的母豺的孩子，怎麼說也是一種十惡不赦的罪孽。牠也是母親，牠曉得一旦失去孩子後，母親的心會怎樣破碎。可牠沒別的辦法可以讓自己的心肝寶貝在牠死後繼續活下去。白眉兒是牠生命的延續，是牠不朽的靈魂，是牠短暫的一生唯一也是最後的傑作。爲了孩子，牠什麼都願意幹。牠寧可自己遭報應，受懲罰，死後下到十八層地獄，也要給白眉兒找到稱職的養母。

達維婭克服了薄弱的心理障礙，把挑選的目光投向散在四周的豺群。

微風送來一股撲鼻的乳香。達維婭舉目望去，在一叢旱蕨芨旁，鼻梁上有塊蝶狀黑斑、綽號叫黑蝴蝶的母豺正斜臥在地，給一雙幼崽餵奶。

黑蝴蝶放鬆得就像一灘濕泥巴，頭枕在臂彎裏，雙目微閉，一副沉醉的模樣。取名叫風鈴和風笛的兩隻幼崽，一個霸住一隻乳房，正吃得津津有味。黑蝴蝶毛色油亮，脖頸渾圓，看得出營養充沛，正值生命的頂峰。風鈴和風笛並沒使勁吮吸，小小的身體似乎靜止不動地

趴在黑蝴蝶懷裏，嘴角便溢出泡沫狀的雪白乳汁。更讓達維婭滿意的是，黑蝴蝶的產崽日期和牠相同。也就是說，黑蝴蝶一旦做了白眉兒的養母，不會在白眉兒還需要吃奶時突然回奶的。這是個合適的母豺，達維婭想，唯一有一點麻煩的是，黑蝴蝶有兩隻豺崽，解決起來未免有點兒棘手。

再難也得解決，這是牠唯一的機會了。

牠運氣不錯，剛選定了目標，一條眼鏡蛇就幫了牠的大忙。

黃昏時分，小豺崽風鈴在一片矢車菊裏追逐一隻七彩羽毛的小鳥。這隻小鳥大概是翅膀還沒長硬就逞能想飛，結果從樹梢跌到地上，受了點傷，只能貼著地面做短距離飛翔。小鳥驚慌失措，飛飛停停，這情景逗得小風鈴心癢癢的，就窮追不捨。幼崽都愛追攆蝴蝶、蜻蜓、青蛙和小蟲，這既是一種快樂的遊戲，又是一種狩獵的預習。

當時達維婭正臥在離矢車菊不遠的一條土埂上，目不轉睛地盯著小風鈴，焦急地尋思該用什麼手段讓小風鈴一聲不吭地離開這個世界。突然，牠瞥見天藍色的矢車菊花叢裏有條褐色的東西在晃動，仔細一看，原來是條眼鏡蛇！

牠居高臨下，看得很清楚，而其他豺所處的位置與那片矢車菊平行，都沒發現眼鏡蛇。眼鏡蛇隱蔽得很巧妙，淺褐色的身體與矢車菊枝幹的顏色融為一體。

那隻七彩小鳥跌跌撞撞飛進矢車菊叢，棲在一根細枝上，離蛇頭才幾寸遠。這等於是把自己送進了蛇口，眼鏡蛇閃電般地一擊，小鳥連叫都來不及叫一聲，就被囫圇吞進肚去。眼鏡蛇扁扁的蛇脖子突凸起一塊鳥卵似的硬塊，慢慢地滑向蛇肚子。完事後，牠又倏地縮回身體，盤纏到花叢中。

小風鈴什麼也沒看見，牠以爲小鳥和牠捉迷藏，躲進花萼底下去了呢，便淘氣地扒動花枝，也想鑽進花叢去。花枝被扒得喀嚓響，眼鏡蛇又兇狠地豎起脖子，絲絲吐著叉形的蛇信子。小風鈴仍懵然無知地往草叢中搜索。

這時達維婭如果尖嘯兩聲，小風鈴就會抽身從矢車菊中退出來的。母豺黑蝴蝶就在附近，聞訊也會趕來援救的。

達維婭當然不會叫。要是可能的話，牠真希望眼鏡蛇把另一隻豺崽小風笛也收拾掉，省得牠來動手。可惜，小風笛還在黑蝴蝶的懷裏吃奶。

小風鈴一條前腿伸進花叢，噉地急叫一聲，像被荒火燙了似地縮回腿來。矢車菊裏窸窸窣窣一陣響，眼鏡蛇溜走了。過了幾秒鐘，小風鈴瘋瘋癲癲地又跳又嚎，一隻受傷的前爪懸吊空中，不停地抽搐著。黑蝴蝶和幾隻公豺圍過來，急得團團轉。小風鈴用嘴咬住自己的前爪，在地上打滾，那情景，恨不能把自己的腿給生生咬下來。又過了一會兒，毒性發作了，小風鈴仰躺在地，四肢踢蹬了一陣，漸漸停止了掙扎。

黑蝴蝶舔舔小風鈴的眼皮，仰天長嘯一聲，嗅嗅花叢中眼鏡蛇留下的氣味，飛快地向矢車菊背後那塊亂石灘撲去。眼鏡蛇就躲在一塊赭色的怪石底下。黑蝴蝶朝怪石聲嘶力竭地嚚叫起來。

眼鏡蛇游了出來，昂起脖子和黑蝴蝶對峙著。

一場豺蛇大戰迫在眉睫。

眼鏡蛇張著腥味很濃的嘴，露出尖鉤狀的毒牙，頻頻朝黑蝴蝶出擊。黑蝴蝶靈巧地跳躍著，躲開蛇牙，尋找破綻。豺群齊聲囂叫著，爲黑蝴蝶吶喊助威。眼鏡蛇驚慌失措，咬得更加兇猛，卻屢屢落空。不一會兒，眼鏡蛇氣力不支，緊湊的身體變得鬆軟，盤在碎石上，像團爛草繩。

黑蝴蝶閃電一般躥上去，一口咬住蛇的後脖頸。蛇頭被死死卡在豺牙間，無法扭動，毒牙喪失了威力。眼鏡蛇長長的身體在地上翻滾扭動，很快捲住黑蝴蝶的脖子，狠勁地勒，勒得黑蝴蝶眼珠暴突，喉嚨像堵塞一塊卵石，呼吸起來咕嚕咕嚕響。蛇和豺扭成一團，在碎石地上打滾。

豺王夏索爾和幾隻膽大的公豺靠上去，你一嘴牠一嘴。不一會兒，兇狠的蛇被咬成兩截。

黑蝴蝶淒涼地嘯叫著，帶著刻骨的仇恨，帶著失子的悲切，把眼鏡蛇嚼咬得稀巴爛，咽進肚去。

晚上，在夜幕的遮掩下，達維婭悄悄爬進矢車菊。小風鈴已冰涼僵硬得像塊石頭了。牠用下巴頦摩挲著小風鈴的額頭，心裏真有點兒內疚和不安。假如牠還有其他辦法能讓白眉兒活下去，牠是不會幹出這等傷天害理的事來的。

黑蝴蝶膝下只剩下小風笛了。

達維婭決定自己動手來解決問題。牠已衰弱得連東西都咽不進去，牠剩下的時間已經不多了，必須儘快為白眉兒掃清生存障礙。

必須要想個瞞天過海的絕招。眼鏡蛇活吞七彩小鳥的情景驀地跳進達維婭腦海，一個靈感誕生了。

翌日晨，豺王夏索爾率領大公豺和沒有負擔的母豺外出狩獵去了，埃蒂斯紅豺群的大本營骷髏岩裏，只剩下一些攜兒帶女的母豺。

山野靜悄悄，太陽白晃晃。黑蝴蝶帶著小風笛從石縫的窩裏鑽出來，來到一蓬山茅草邊曬太陽。達維婭拖著虛弱不堪的身體，爬到這蓬山茅草的另一邊。

這蓬山茅草長得很茂密，青裏泛黃的老葉子，像道厚重的簾，擋住了黑蝴蝶的視線。達維婭找好位置後，用爪刨，用牙咬，一點一點在自己腹部底下挖掘土坑。

牠挖得很輕，挖得很慢，不發出任何聲響，把掘出來的廢土渣都塞進山茅草裏，不露出任何痕跡。挖了半天，終於大功告成，腹部底下出現了一個深淺大小剛好容得下一隻豺崽的土坑。牠臥在土坑上，就像塊蓋板，身體把土坑遮蓋得嚴嚴實實。

牠累壞了，口吐白沫，尾部流出一大灘膿血。

豺崽生性好動，小風笛吃飽奶後，在暖融融的陽光下蹦蹦跳跳，調皮地鑽進山茅草，和

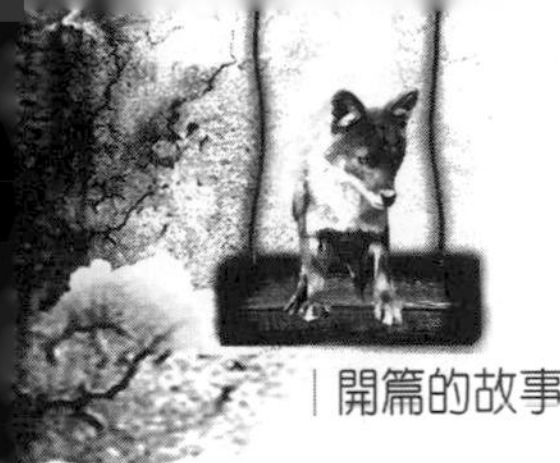

白眉兒玩捉迷藏呢。兩個小傢伙圍著山茅草追逐嬉戲。

白眉兒雖然體大，但因奶水不足，瘦得皮包骨頭，茸毛也稀稀疏疏像患了癩皮瘡。小風笛肥頭肥腦，豺毛已蓬鬆開，柔軟得像朵蒲公英。這很不公平，達維婭想，牠要劫富濟貧。

黑蝴蝶警惕性夠高的了，只要小風笛一離開自己的視線，隔一小會兒就低聲囂叫一次。小風笛咿咿嗚嗚答應著，不斷地保持聲音聯絡。兩次聯絡的間隔大約是半分鐘。

達維婭知道，一旦黑蝴蝶囂叫後，聽不見小風笛的回應，立刻會繞過山茅草來尋找，只有瞬間的機會可以捕捉。

小風笛追逐白眉兒，憨態可掬地繞到達維婭面前。這時，傳來黑蝴蝶關切的囂叫，小風笛漫不經心地答應了一聲。說時遲，那時快，達維婭慈祥的雙眼驟然間迸射出一片比火星還亮的殺機，縮緊的豺脖朝前飛彈，咬了個準，一口把小風笛毛茸茸的小腦袋全含進嘴裏去，隨即狠狠咬緊牙齒。

小風笛在牠嘴腔裏發出一絲哀叫，那聲音悶進牠的肚裏去，一點沒洩漏出來。小風笛四條小腿在空中無力地舞動了兩下，便窒息了。白眉兒不明白發生了什麼事，眨巴著受驚的眼睛，愣愣地望著達維婭。

隔著山茅草，又傳來黑蝴蝶聯絡性質的嘯叫。達維婭趕緊將已被自己咬碎了頸椎的小風笛吐進自己腹下的小土坑裏，飛快舔淨黏在嘴角的豺毛，把痕跡咽進肚去。一場殺戮轉眼就結束了，神不知鬼不覺。

黑蝴蝶聽不到小風笛的回應聲，便繞過山茅草來尋找。當然是找不到的。便又鑽進山茅草仔細尋覓，把草葉全踩平咬斷了，仍不見小風笛的影子。

黑蝴蝶又以山茅草爲軸心，一圈比一圈繞得遠，把周圍幾十米範圍內的每一棵樹、每一叢草都找遍了，就是找不到小風笛的蹤跡。牠厲聲長嘯，也聽不到小風笛的任何回答。

小風笛哪兒去了呢？被金雕叼走了嗎？天上沒有金雕的影子。被眼鏡蛇吞吃了嗎？四周沒有蛇腥味。地上沒有洞，也不可能掉進地底下去的。

對黑蝴蝶來說，小風笛失蹤得太奇怪了。剛才牠還隔著山茅草叢聽到小風笛與白眉兒嬉戲的聲音，怎麼一下子就找不到了呢？牠將鼻吻貼在地面，聚精會神地嗅聞氣味，小風笛的氣味就在草叢周圍。挨近山茅草叢的，除了牠黑蝴蝶，只有達維婭。難道說是達維婭……牠用狐疑的眼光審視達維婭。

達維婭平平地躺臥在地上，眼神黯然，口吐白沫，已氣息奄奄了。達維婭的嘴角和爪子間看不到茸毛。牠曉得達維婭已身染沉痾，活不長了。這麼一隻在生與死交界的門檻上徘徊掙扎的豺，能有力量把小風笛一下子弄死嗎？就算達維婭有這個能耐，也該留下小風笛的屍體呀。豺不是蟒，能囫圇吞食。豺要把食物撕碎嚼爛後才能吃。這是一個漫長的過程，達維婭沒時間這樣做。瞧達維婭的肚皮空癟癟的，沒有任何吃過東西的跡象。達維婭平躺著，身體底下沒有任何隆起的東西。時間很短暫，達維婭插上翅膀也不可能把小風笛咬死後又轉移到連豺鼻都嗅不到的遙遠的地方去。黑蝴蝶不得不打消對達維婭的懷疑。

難道活生生的小風笛羽化成清風飄走了？

黑蝴蝶做夢也想不到，牠的心肝寶貝正是被達維婭蓋在了身體底下。達維婭產道發炎腐爛，流著汪汪膿血，那股惡臭，把小風笛的氣味淹沒得乾乾淨淨。真正是天衣無縫。

這時，豺王夏索爾領著外出狩獵的豺群返回埃蒂斯山谷，許多豺幫著黑蝴蝶一起找，結果還是一無所獲。

可憐的黑蝴蝶，發瘋般地在山谷裏躥來跑去，發出一聲聲撕心裂肺般的哀嚣。

天黑了，月光照進山谷，給森林的夜塗抹了一層淒清的光。黑蝴蝶的奶子脹得圓滾滾，像飽滿得快要炸裂的果子。牠實在憋得太難受了，抓住一棵樹幹不停地蹭著。

達維婭把一切看在眼裏。爲了讓白眉兒和黑蝴蝶能很快形成相互依賴的情感紐帶，從今早起，達維婭沒有給白眉兒餵過奶。事實上，牠的生命的燭火行將熄滅，四隻乳房裏已擠不出幾滴奶來了。

牠也不讓白眉兒拱進自己的腹下來取暖，腹下有個永遠不能暴露的秘密。當白眉兒在饑餓和寒冷的驅使下試圖強行鑽進牠的懷裏時，牠用利爪惡狠狠地將白眉兒推開。

秋天的夜，透著料峭寒意。白眉兒又饑又冷又委屈，縮在牠身邊嗚咽著。黑蝴蝶在樹幹上蹭出些奶汁，飄來一股芬芳撲鼻的乳香。

是時候了，達維婭想。牠用爪子把白眉兒朝黑蝴蝶方向推搡。

去吧，寶貝，但願你能討得養母的歡心。

去吧，心肝，但願你能平安長大。

那股甜美的乳香就像一根無形的繩，牽著白眉兒饑寒交迫的心，白眉兒抖抖索索朝黑蝴蝶跑去。對哺乳動物來說，有奶便是娘，沒有奶就不是娘了。

達維婭心裏酸酸的。牠明白，白眉兒這一去，將永不返回，身體和靈魂都不會再回來了；用不了幾天，白眉兒就會把牠這位親娘忘得一乾二淨。這沒什麼，牠就要死了，訣別是不可避免的。母愛是無私的，牠的使命就是讓孩子活下去，牠不圖回報。

達維婭的身體冰涼冰涼，產道那兒的疼痛已經麻木了。牠只剩下最後一口氣，在黑暗中瞪大眼睛，注視著黑蝴蝶的反應。

白眉兒蹣跚地跑到黑蝴蝶面前，順著那股乳香鑽進黑蝴蝶懷去。突然，黑蝴蝶驚叫一聲跳開去，月光下，黑蝴蝶臉上浮現出厭惡的表情。達維婭心裏一陣抽搐，要是黑蝴蝶寧可奶脹得要憋死，也不願給白眉兒餵奶，白眉兒就休想有活路了，牠再也沒有力氣也沒有精力替白眉兒重新物色一位養母。

牠的擔心多餘了。黑蝴蝶怔怔地望著白眉兒，臉上的表情急遽變化，厭惡、迷惘、驚訝、欣喜，牠突然撲過來，將白眉兒摟進懷去。

哦，不僅僅腫脹的乳房需要稚嫩的小嘴來吮咂，那掛在空檔上的慈母的情懷，也迫切需要填充。靜謐的夜，傳來咂咂咂白眉兒貪婪的吮奶聲，傳來乳汁暢流的滋滋聲。

黑蝴蝶面目猙獰地朝達維婭低囂數聲，那模樣，像個搶劫得逞的強盜生怕財寶又被失主

奪回去。

搶吧，搶吧，搶去的東西才甜。達維婭像卸掉了壓在背上的一座山，輕鬆得要飄起來。

牠不用擔心自己死後壓在腹下的罪惡的秘密會暴露。豺沒有啃食同類屍體的習慣，也沒有任何葬禮。牠將保持這個姿勢咽下最後一口氣，死也不會挪動自己的身體。等牠的屍骨被螞蟻蛀空時，土坑裏的小風笛早就腐爛成一把土了。

白眉兒在黑蝴蝶的懷裏呢喃。對豺來說，娘的懷抱是世界上最溫暖的被窩。

達維婭疲倦極了，睜不開眼。彌留之際，牠把頭扭向野猴嶺方向。遙遠的野猴嶺有牠青春的憧憬與夢幻，雖然破碎了，仍有值得凝眸的美麗的碎片……

一顆堅強的邪惡的火熱的冰涼的豺心終於停止了跳動。

第一章 苦難的開始

看起來，這很像是獵人投下的誘餌。

在靠近雪線的山谷裏，在一棵雲杉樹下，躺臥著一頭犛牛犢。牛犢腦門兒光溜溜還沒長出犄角，黑白花斑的體毛又短又稀，頂多才有半歲齡，興許還沒斷奶呢。

一頭毫無防衛能力的牛犢孤零零待在荒山野嶺裏，沒有母犛牛陪伴，沒有公犛牛守護，已屬罕見。更爲反常的是，當埃蒂斯紅豺群幾十隻豺成扇形向雲杉樹包圍逼近時，犛牛犢沒有驚慌失措地站起來逃命，牠仍然臥在原地，兩隻突凸的牛眼絕望地凝視著天空，渾身瑟瑟發抖，哞哞哞，發出淒涼的哀叫。

豺王夏索爾本來打算第一個躥出豺群，率先向犛牛犢進攻的。驍勇機智的豺對付一頭沒長牛角的犛牛犢，就像金雕捉岩鴿那麼容易。夏索爾甚至已考慮好用空中噬喉來結果犛牛犢。

空中噬喉是夏索爾苦苦修練了好幾年才練就的擒獵絕招。就是在朝獵物躥躍過去後，不像普通豺那樣先將爪子攫抓摟抱住獵物，然後再伺機將嘴吻探進獵物的頸窩噬咬喉嚨。空中噬喉與眾不同之處，在於朝獵物躥躍過去後，四隻豺爪並不急於攫抓摟抱獵物，而是以閃電般的速度先用嘴叼住獵物的頸窩，然後四隻豺爪才落到獵物身上，猛力踢蹬，借著一股強勁的反彈力，一瞬間便把獵物喉管咬裂。

夏索爾正是憑藉空中噬喉，在兩年半前一個電閃雷鳴的雨夜將老豺王坨坨趕下臺，自己取而代之的。也正是靠這手絕招，牠好幾次挫敗了覬覦豺王寶座的居心不良的大公豺，成功地保住了自己的王位。

牠很想借眼前這頭犛牛犢再展示一下自己非凡的擒獵技藝，以便威懾群豺，鞏固自己的統治。但犛牛犢反常的舉止不能不引起牠的警惕。豺是一種多疑的動物，牠覺得還是小心謹慎些爲妙。

豺群遠遠圍住了犛牛犢。夏索爾朝四周打量了一番。

犛牛犢周圍草葉上的露珠沒被踏碎，地上也不見獵人的腳印。牠聳動鼻翼，清晨的空氣透明潔淨，並沒有人類留下的混濁的氣味。沒有任何疑點。但夏索爾覺得，沒有疑點也許就是最大的疑點。牠多次和獵人打過交道，深深懂得人類的智慧比起豺來，要高出一籌。興許，此時此刻有位獵手正握著獵槍，微笑著等待豺群去中圈套呢。

豺王夏索爾越想越覺得不妙，很快就放棄了想率先朝犛牛犢撲躍上去的念頭。明智點，將這頭犛牛犢棄之不顧算啦，趕快離開這條葫蘆形小山谷。

牠朝豺群掃了一眼，又斷然打消了撤離的想法。眼下正是初冬，天氣轉寒，昨天日曲卡山麓還紛紛揚揚下了一場小雪。冬天是食物匱乏的季節，埃蒂斯紅豺群從昨天起就沒獵到食物，個個都餓得肚皮貼到脊梁骨，一雙雙豺眼閃動著饑饉貪婪的光。好幾隻大公豺綠瑩瑩的眼睛死死盯住雲杉樹下的犛牛犢，嘴角滴出一條透明的唾液，涎著舌頭，饞相畢露。假如牠現在發出撤離的命令，絕對不合時宜，恐怕沒有幾隻豺會聽從的。

不管怎麼說，把眼前這頭犛牛犢看作是獵人的誘餌，並沒有確鑿的證據，不過是一種猜測懷疑而已。夏索爾可不願意爲了這件事動搖自己的地位，也不願意自己撲躍上去作無謂的冒險。看來，只有動用苦豺前去試探虛實了。

苦豺是埃蒂斯紅豺群祖先留傳下來的一種行爲規範，是豺社會的一個特定角色。苦豺這個角色所擔負的責任是，當豺群面臨困境，生存受到威脅，便要首當其衝地用自己的生命替豺群化險爲夷，度過難關。

一句話，苦豺制度的全部意義就在於犧牲個體保存種群。

從某種角度來說，苦豺又有點類似人類社會中的炮灰或敢死隊。一般來說，苦豺角色是由兩種類型的豺來擔當：一種是爪子已經磨禿、犬牙已經鬆動、生命之火已快熄滅的老豺；一種是歪嘴、瘸腿、彎脊梁等先天有缺陷或後天受了重傷因而喪失了捕食能力的殘疾豺。這是一種殘酷的廢物利用。

夏索爾跳上一座隆起的土堆，牠嚴厲的目光朝面前散成橫隊的臣民們掃了一圈，很快落定在一隻正舔著腳趾的豺身上。呦嘁，呦嘁——牠朝被自己選定的苦豺囂叫了兩聲，然後將豺

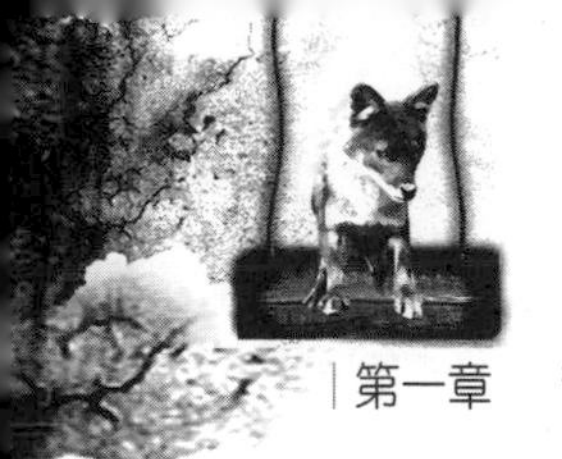

頭翹伸向雲杉樹，用意十分明顯，就是要對方朝前面那頭捉摸不透的犛牛犢撲躍上去。

奇怪的是，被豺王夏索爾相中的苦豺，既不是皮毛癲禿、眼角佈滿濁物的老豺，也不是有缺陷的殘疾豺，而是一隻四肢齊全、鼻眼周正、還不滿一歲半齡的小公豺。牠金紅的皮毛泛動著亮閃閃的光澤，尾尖那簇黑毛蓬鬆如球，眉眼間有塊醒目的白斑，名叫白眉兒。牠就是母豺達維婭和獵狗洛戛所生的混血兒。

顯然，挑這樣一隻風華正茂的小公豺去做苦豺，違背了汰劣留良的規律，完全不符合埃蒂斯紅豺群挑選苦豺的傳統標準。然而，整個豺群沒有誰站出來表示反對和抗議。

這當然是有原因的。

白眉兒能活下來純屬僥倖。

不錯，母豺達維婭臨終前絞盡腦汁，費盡心機替白眉兒找了個乳汁豐沛、愛心專一的養母黑蝴蝶。起先，黑蝴蝶確實待白眉兒不錯，疼牠愛牠，奶盡牠吃，還用溫暖的懷替牠擋風遮雨，和親娘沒什麼兩樣。可惜好景不長，半個月後，風雲突變，養母親情化爲烏有。

金秋季節，天高雲淡。一個風和日麗的下午，埃蒂斯山谷上空飛來一對禿鷲。

禿鷲慣食腐屍，是有名的森林殯葬工，憑著一雙銳利的眼睛，成天在空中翺翔，尋找可以果腹的動物屍體。

這對禿鷲很快發現了達維婭，「嘎嘰呀，嘎嘰呀！」興奮地叫著，慢慢盤旋而下。

豺群都很知趣地閃開了。達維婭死了已有半個月，雖說時令已近仲秋，氣溫下降，但還是腐爛發臭，開始生蛆了。那股味兒，熏得整個豺群都不安逸。豺不會自己處理屍體，現在有禿鷲光臨，那當然是件好事。講衛生，防疾病，豺還是懂的。

那對禿鷲在豺群莊嚴的注視下，降落在達維婭身旁，你撕我啄，貪婪地吞噬起來。豺的軀體很輕，達維婭被鷲嘴和鷲爪一鼓搗，咕咚傾倒了，滾離了原來的位置，腹底下赫然露出一個小土坑，土坑裏赫然露出還沒爛透的小風笛的屍骸。

對禿鷲來說，這真是喜出望外的收穫。

一隻禿鷲拍扇著翅膀，爪子探進土坑，攫抓住小風笛的背騰空而起。牠要把小風笛運到平坦的草地上，這樣啄食起來才方便。

秘密暴露了，謎底揭穿了，懸案真相大白！

唉，紙總是包不住火的。黑蝴蝶一眼就認出了被禿鷲抓在半空中的小豺崽，正是自己神秘地失蹤了半個月的心肝寶貝。牠狂囂一聲，朝禿鷲躥撲上去，禿鷲悻悻地扔下小風笛疾飛而去。

黑蝴蝶不嫌髒，也不嫌臭，伏在小風笛的屍骸上，悲慟欲絕，一聲接一聲地哀囂著。

整個豺群都被這意外的發現震驚了，一片不祥的寂靜。

豺的理解能力是很強的。很快，所有的成年豺都明白了小風笛是怎麼失蹤的，兇手是誰。豺群面面相覷，又不約而同地將憎惡的眼光投向正在被禿鷲肢解的達維婭。

過了一會兒，黑蝴蝶長嚚一聲，躥向只剩下一副白骨的達維婭。牠伏在達維婭的骨骸上，發瘋般的啃咬起來，喀喇喀喇，森森白骨被無情的拆卸開並咬成碎塊。

豺群一片肅穆。血海深仇，發洩發洩當然是應該的。

黑蝴蝶咬了一陣，還不解恨。對一隻死豺實施報復，就跟咬一塊沒感覺的石頭一樣，除了硌疼自己的牙齒，一點意義也沒有。牠抬頭仰望天邊一片薄薄的魚鱗雲，若有所思地沉默了一會兒，似乎終於想起了什麼，一扭身，朝正在一棵小樹下打盹兒的白眉兒撲來。

黑蝴蝶一雙豺眼通紅通紅，佈滿血絲，佈滿殘忍的殺機，動作快得出奇，不等白眉兒驚醒，尖尖的豺嘴已含住了白眉兒的後頸椎。好幾隻母豺把頭扭向一邊，不忍心看殘殺豺崽的場面。

白眉兒還以爲黑蝴蝶撲到牠身上來是要來給牠餵奶呢。黑蝴蝶撲躍上來的動作，挺像外出覓食分離一段時間回家後迫不及待地要餵牠吃奶的動作：都是把整個身體罩在牠身上，都是讓豐滿的乳房對準牠的小饞嘴。牠正有點餓呢，便將小腦袋順勢拱進黑蝴蝶的懷去，小嘴含住奶頭有滋有味地咂吮起來。

半個月來，白眉兒受到黑蝴蝶慈母般的關懷，早已把黑蝴蝶視作親娘，無限依戀，無限信賴，沒有一絲一毫的心理防範。牠做夢也想不到，此時此刻自己的生命正處於千鈞一髮的危急關頭。

正是這套已操練得十分嫻熟的吃奶動作，無意中救了白眉兒的性命。

黑蝴蝶尖利的豺牙已叼住了白眉兒脆嫩的脊椎骨，只要一用力，白眉兒就要到閻王爺那兒報到去了。黑蝴蝶滿腔怒火早已凝聚在牙尖上，牠有足夠的理由，也有足夠的力量咬斷白眉兒的頸椎。

牠差不多已用力噬咬下去了，突然，白眉兒在牠腹下吮吸乳汁，隨著乳汁滋溜滋溜暢流出來，牠繃緊的心弦突然間一陣鬆弛。熊熊燃燒的復仇的毒焰被澆了盆清水，癲狂的激動滑進一片溫馨寧靜，被壓抑的母性蠕動萌發了，殘忍失足跌進了深淵。剎那間，牠失去了噬咬的力量，渾身軟得像堆被太陽曬鬆的木棉。

黑蝴蝶頹喪地鬆開了嘴，像負了重傷似地連聲慘嚎，飛快奔進莽莽叢林。牠不能再替有著殺子血仇的達維婭撫養遺孤。可白眉兒已習慣了認牠為娘。假如牠還留在豺群裏，怎麼也無法把白眉兒從自己懷裏趕走的。牠戰勝不了自己軟弱的母性，只有離群出走。白眉兒是死是活，讓命運來裁決吧。

在當時，白眉兒像突然從蜜罐跌進了黃連湯，日子苦得沒法形容。牠叫啞了嗓子也叫不來黑蝴蝶，餓了，只好可憐巴巴地跑到晃蕩著大乳房的母豺面前，哀哀叫著，搖尾乞討。但沒有一隻母豺同情牠，給牠餵一口奶。在眾豺的眼裏，這是可惡的達維婭的兒子，沒處死牠就算是便宜了牠，還奢望得到照顧呢，做夢去吧！

上一輩犯下了罪孽，下一輩就得揹十字架，這很不公平。但豺就是這樣看問題的，找誰說理去呢。

那就只好提前斷奶了。幸虧牠已吃足了一個月的奶，能勉強吞咽肉食了。但肉食也不是那麼容易得到的。牠的爪牙都還很稚嫩，無法靠自己的力量去捕捉獵物，只有依賴群體了。當豺群外出狩獵時，牠就顛顛地跟在後頭；當豺群獵獲到食物後，牠就擠上去分一杯羹。

白眉兒是個孤兒，沒有誰給牠供食。要活命，只有自己去爭搶。牠才一月齡，年幼力弱，比力氣自然是不行的，只有找竅門鑽空子。牠個頭小，只要兩隻並肩進食的大公豺之間裂開一條縫隙，就能鑽進去；找不到縫隙，牠就從成年豺兩胯之間鑽進去。牠是豁出命來也要擠進食圈的。

進了食圈，牠沒立足之地，就乾脆跳到獵物身上，或鑽進獵物胸腔，扒住內臟拚命嚼咬。這很容易把食物弄髒，也觸犯了啄食秩序，毫無疑問會受到暴力懲罰。被牠妨礙了進食動作的大公豺，有的用凌厲的爪子撕牠，有的在牠身上亂咬。牠忍著痛，悶著頭照吃不誤。皮肉受點苦，總比餓死強。

有時實在被撕狠了咬重了，牠就邊吃邊逃。逃到東端，東端有大公豺就會揚起爪子對牠又踢又抓；逃到西端，西端的母豺便會對牠亮出帶血的豺牙。牠無處可逃了，就從獵物身上跳到大公豺頭上，又把大公豺的頭當跳板，躍到母豺背上，逃出食圈去。有一次，牠暈頭轉向，竟然把豺王夏索爾的腦殼也當作跳板練了一回，把豺王的鼻子差點氣歪了。

夜晚，牠就扒幾片樹葉堆在石頭底下，算是窩，鑽進去睡覺。遇到風雪之夜，實在冷得受不了，就不管三七二十一往別的豺窩裏鑽，當然，十有八九會被粗暴地踢出來。

沒有那隻豺會喜歡這種小強盜加小叫花子的角色。牠脊背上佈滿了豺爪抓出的長條形傷痕和豺牙噬咬的鋸齒形瘡疤。跑到哪兒，都是厭棄和憎惡的目光。

日子雖然過得苦，白眉兒卻長得高大健壯，一歲半齡還不到，體格就和成年大公豺不相上下。苦難的生活催牠早熟。不幸的灰色的童年往往是一筆珍貴的財富。

白眉兒雖然身高體壯，尖耳長腿，寬胸細腰，唇吻間銀白色的髫鬚十分整齊，顯得英俊瀟灑，但在埃蒂斯紅豺群中的地位卻十分卑微。白眉兒年幼孤單，既無兄弟姊妹可以互相關照，也沒有父母雙親可以依靠。牠又是達維婭的遺孤，罪豺的後代，出身很不好，當然該打入生活的最底層。牠的地位在豺群中排列最末端，比年邁體衰已失去生育能力的老母豺還要低。

所以，當豺王夏索爾指定白眉兒當苦豺時，得到了眾豺的默認。

白眉兒心驚膽顫地從豺群中走出來，一步一步朝雲杉樹下走去。

牠心裏很清楚，這是一場凶多吉少的冒險。要是沒有蹊蹺，豺王夏索爾早就搶先朝犛牛犢撲過去了。十有八九，要麼在犛牛犢面前挖有一個僞裝得十分巧妙的陷阱，要麼在犛牛犢躺臥的那叢茂密的荒草裏埋藏著一架捕獸鐵夾。

白眉兒不願意掉進陷阱，也不願意被鐵夾逮住，更不願意被視爲叛逆或異己，讓同類活活咬死，牠只能硬著頭皮小心翼翼地往前走。

白眉兒很快來到犛牛犢面前。犛牛犢出於一種本能的恐懼，拚命掙動身體想往雲杉樹背後躲藏，但似乎四條牛腿被什麼東西拴死了，怎麼也挪不動。白眉兒瞪大眼珠往犛牛犢腹下張望，無奈草太深，牛腿又壓在牛身體下邊，什麼也看不見。但瞧這架勢，再笨的豺也看得出有圈套。沒有陷阱，就有鐵夾！

白眉兒認定犛牛犢身底下的草叢裏設有捕獸鐵夾。牠神情哀戚，有一種奔赴刑場的悲壯。

牠想，畏首畏尾去觸碰犛牛犢也是要被捕獸鐵夾夾住，昂首挺胸撲躍上去也是要被捕獸鐵夾夾住，橫豎都是死，還不如玩牠個漂亮的，死得光彩些壯烈些呢。

白眉兒身體素質極棒，輕盈靈活呈流線型，天生適合做各種高難度的獵食動作。牠抱定必死的決心，沒有心理負擔，沒有精神顧慮，所有的生命、力量和意念都聚集在這一撲上。所以，儘管牠從未練習和實踐過空中噬喉，第一次學著做這樣的高難度動作，效果卻十分好，動作完美無缺，落點又穩又準，在眾豺驚訝的目光中，一下子就把犛牛犢的喉管撕咬開了。

犛牛犢慘叫一聲，噴出一股熱呼呼的血漿，牛頭軟綿綿地仄歪倒地。豺群響起一片讚嘆聲。

白眉兒雄赳赳地騎在犛牛犢的脖頸上，在被捕獸鐵夾夾住前，最後來個英雄亮相。捕獸鐵夾卻遲遲沒砸落下來。隨著犛牛犢身體倒地，四蹄朝天，這才看清牛犢四條腿血肉模糊，早就受了重傷。再看貼近雲杉樹那道陡崖，有一道明顯的擦痕。顯然，犛牛犢是從高高的山崖上不慎失足滑落到山谷來的，跌斷了牛腿，所以才躺臥著無法站立起來。

這真是虛驚一場。白眉兒繃緊的心弦一下子鬆弛了，四腿發軟，從犛牛犢脖頸上滾落下來，趴在地上呦呦叫著，湧起一股死裏逃生的驚喜。

豺群發出一陣歡呼，像股紅色狂飆湧捲上來，你爭我奪分享美味的犛牛肉。只有豺王夏索爾食欲不佳，才吃了兩口就走開了，彷彿這牛肉已經變質了似的。這當然是由於惡劣的情緒造成的。

豺王夏索爾又後悔又憤怒，就像不小心吞進了一隻仙人球，卡在喉嚨口，咽咽不進去，吐吐不出來，難受得要死。

牠後悔的是，自己未能看破犛牛犢其實並不是獵人設下的誘餌。要是早看破這一點，牠絕不會把這樣一個出頭露臉的機會讓給白眉兒的。怪自己有眼無珠，怪自己疑心太重，白白失去了一個在眾豺面前展現豺王風采的機會。

牠憤怒的是，這乳臭未乾的白眉兒也太愛出風頭了，完全違背了當苦豺的傳統規矩。尤其讓夏索爾無法忍受的是，白眉兒竟然用空中噬喉的動作結果了犛牛犢的性命。牠無法理解，一歲半齡的小公豺，怎麼可能做出空中噬喉的動作？難道牠是隻「超豺」？不，這裏頭肯定有奧秘，有名堂。

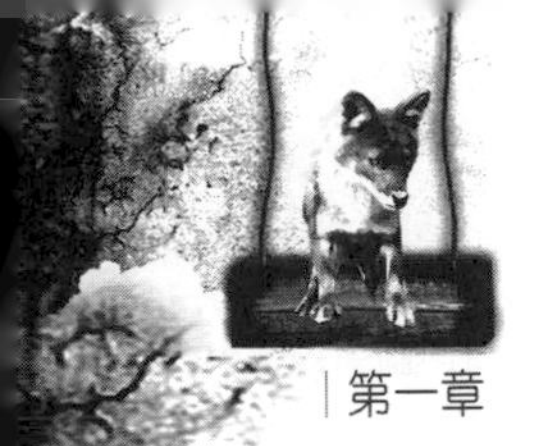

夏索爾一向以爲自己是豺中的佼佼者，老天爺生就牠一副長腿和細腰，使牠能做到別的大公豺無法做到的事情。可突然間，冒出一個乳臭未乾的小子，不費吹灰之力就在大庭廣眾面前玩起了空中噬喉。

夏索爾真恨不得立刻撲上去把白眉兒撕碎了。可牠克制了自己的衝動。現在還不是時候，牠不能貿然行事。牠雖然身爲豺王，握有生殺大權，有足夠的威勢，但這種權利和威勢，必須順從大部分豺的意願，才能有效地發揮。起碼要假借民意，操縱民心，才能爲所欲爲。白眉兒剛剛成功地獵殺了犛牛犢，表現得英勇無畏，眾豺都對其刮目相看，十分感興趣，這種時候牠撲上去廝咬，就違背了大部分豺的意願，就成了濫殺無辜心胸偏狹的暴君，就會損害自己的威信，就會招來反對，說不定還會引起一場彈劾、顛覆或政變。牠可不是傻瓜，不會做往自己臉上抹黑的事。牠是豺王，這個角色決定牠在埃蒂斯紅豺群內部，必須主持公道，起碼表面上應該是正義的化身。

不要魯莽。牠告誡自己，時間還長著呢。牠是豺王，還怕找不到白眉兒一點錯誤，捏不到一點把柄嗎？要讓眾豺都覺得白眉兒是咎由自取，罪有應得。牠相信，這樣的機會會有的。

第二章 初露頭角

清晨，豺群在夏索爾的率領下，前往猛犸崖。那是一座陡峭的石崖，佈滿鱗片似的葉岩，還有許多長滿荒草鋪滿積雪的小平臺和深淺不一的小石洞。有三四十頭大大小小的岩羊就生活在猛犸崖。

夏索爾領著豺群繞了個大圈子，悄悄來到猛犸崖下，隱藏在山腳一片赭色的風化岩背後。

離豺群埋伏點約有兩百米遠的溝溝裏，有片枯死的野苜蓿，因地勢背風，只蓋了薄薄一層雪。這是猛犸崖岩羊群過冬的乾糧。

夏索爾的打算是，耐心等待零星的岩羊下到溝裏來吃草，然後由母豺、幼豺和老豺迅速堵住上山的路口，並大聲囂叫，使陡崖上其他岩羊不敢下山援救；而公豺就在溝溝裏對食草的岩羊進行圍捕。溝溝平坦，草深雪薄，對豺來說，是塊理想的獵場。

岩羊十分謹慎，一天二十四小時都有哨羊站在高高的崖頂瞭望四周動靜，一旦發現山腳下有可疑的動靜，就會咩叫報警。聽見報警聲，岩羊們即使餓得要死，也沒有哪隻羊敢下來

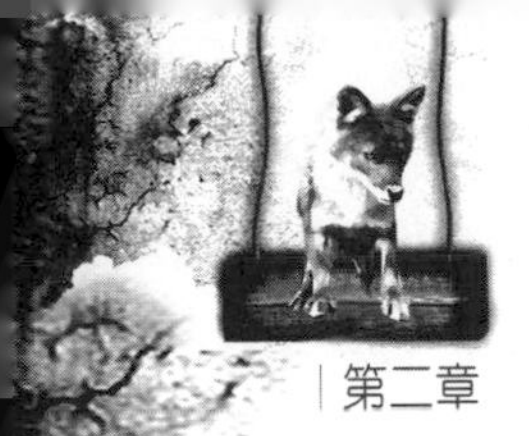

吃草了。

豺平時稀稀拉拉，鬆鬆垮垮，但在狩獵時卻紀律嚴明，一隻隻凝神屏息，服從夏索爾的旨意，悄無聲息地散在風化石背後，十分耐心地等待著。

哨羊站在猛獁崖頂一塊突兀的鷹嘴石上，紋絲不動，像尊雕像。謝天謝地，哨羊一直未發現豺群光臨。

中午時，雪停了，雲破天開，一輪紅日高掛在藍天白雲間。蟹青色的陡崖上，有幾點黃褐色在移動。岩羊終於從石洞裏鑽出來曬太陽了。

又過了一會兒，一頭公羊開路，一頭母羊殿後，中間夾著三隻半大的羊羔，成一路縱隊，慢慢從陡崖上下來了。顯然，這是一家子。

豺群目不轉睛地盯著這家子岩羊，隻隻豺眼變得賊亮。只要這家子岩羊一下到山腳，就算不能全殲，至少可以捕獲到三隻羊羔。羊羔頭頂的犄角小得像筍尖，嫩得也像筍尖，豺可以毫無顧忌地猛撲上去，不用擔心會被挑穿肚皮。

這家子岩羊已下到與豺群埋伏的風化岩平行的位置了。只要再耐心地等待幾分鐘，讓這家子岩羊鑽進溝溝的野苜蓿，一場堵死了退路的狩獵就可以拉開序幕。

就在這節骨眼兒上，白眉兒突然從風化岩背後躥出來，響亮地嚣叫一聲，朝這家子岩羊撲了過去。

這漏子可真是捅大了。

那家子岩羊迅速掉過頭來，改成母羊率先，公羊殿後，羊羔仍夾在中間，朝陡崖攀援而上。雖然白眉兒竭盡全力朝前躥躍，雖然奔得氣喘吁吁，無奈距離太遠，等牠越到山腳，這家子岩羊已登上怪石嶙峋的崖壁。空中噬喉，只能改爲空中噬風了。

到了這個時候，豺王夏索爾才發出撲擊囂叫。豺群沒了章法，胡亂朝那家子岩羊撲擊。公岩羊跳到一個四面絕壁的隘口，扭轉身來，亮出彎刀似的羊角阻截豺群。

有幾隻豺想繞路追擊，但地形太複雜，繞個圈起碼有百十米，不等繞到位，這家子岩羊怕就逃到山腰去了。

這時，猛獁崖頂那頭哨羊咩咩不停頓不間歇地發出報警聲。崖壁上，羊角彎彎如刀如劍的成年岩羊紛紛從石洞石縫石旮旯裏鑽出來，狂咩亂叫，嚴陣以待。顯然，埃蒂斯紅豺群很難占到什麼便宜了。再繼續埋伏也失去了意義。夏索爾長囂數聲，以示撤離。

沒等回到埃蒂斯山谷，半路上，豺群就散成一個圓，把白眉兒圍了起來。白眉兒這才意識到問題的嚴重性。牠明白豺群要對牠實施審判並處以嚴厲的懲罰了。牠心驚膽顫地望著夏索爾，呦呦低囂著，指望能得到豺王的幫助。牠天真地以爲，豺王或許會承擔一些責任，會替牠解解圍。

夏索爾囂叫一聲撲到白眉兒身上，一口咬住肩胛。牠不往致命的喉管咬，而往肩胛咬，是有打算的。牠不想露骨地扮演劊子手的角色。牠想讓白眉兒死在眾豺的義憤和圍攻中。這樣，目的同樣能達到，又免卻了一層心理負擔，何樂而不爲呢。果然，十幾隻大公豺跟隨著

牠，朝白眉兒圍了上來。

白眉兒慘嚣一聲，又踢又蹬。這小子，力氣大得出乎牠的意料；三整兩整的，竟然從牠嘴裏掙扎出去，撒腿朝荒野逃竄。好幾隻大公豺尾追上去，都未能追上。

很快，白眉兒消失在一片舖滿白雪的灌木林裏。

夏索爾有點遺憾，但轉念一想，把白眉兒驅逐出了埃蒂斯紅豺群，也算是徹底消除了隱患。再說，茫茫白雪，寒冬臘月，白眉兒孤身一豺，不被凍死，也會餓死，十有八九是活不成的。嘿，看你在冰天雪地裏能蹦躂幾天。

確實像夏索爾所推斷的那樣，白眉兒一離開豺群，立刻就面臨巨大的生存壓力。

還算牠運氣好，被逐出豺群的當天夜裏，就在大樹下找到一隻死鷺鷥。鷺鷥是一種候鳥，鳥群已飛往潮濕溫暖的南方了。這隻老鷺鷥翅膀乏力，無法遠距離飛行，只好滯留在日曲卡山麓，經不起嚴寒襲擊被凍死了。鷺鷥肉凍得硬梆梆，比石頭還難啃，硌得豺牙發酥發麻，但不管怎麼說，總比餓著肚子要好受些。

食物很成問題。更惱火的是，牠連個理想的棲身的窩也找不到。冬暖夏涼的石洞，幾乎都被野豬、狗熊、雪豹、老虎佔據了，牠連走近些都不敢，更別說把這些猛獸攆走，自己去享用了。想找個樹洞吧，不是有狗獾住著，就是狐狸的巢穴。牠一隻孤豺，是無法跟雌雄一對狗獾或一家子狐狸爭輸贏的。牠成了流浪豺，覓食到哪裡，就在哪裡找個擋風的角落蜷伏過夜。

還是豺群好。牠想，在豺群裏雖然也會碰到饑餓，但群策群力，總能設法逮到獵物。豺群雖然也有寒冷，但實在冷極了，幾十隻豺擠在一起，互相依靠取暖，總比現在孤零零在雪地裏挨凍要強得多。

牠萌生出重新回豺群的念頭。牠想，自己之所以被驅逐出群體，主要是因爲擅自出擊驚憂了獵物。這錯誤改起來並不困難。只要能允許牠回到群體，從此後牠要重新做豺，不再調皮搗蛋。

牠想，牠是道道地地的埃蒂斯紅豺群的子孫，豺王夏索爾總不會一棍子把牠打死吧。應該允許豺犯錯誤，也允許豺改正錯誤嘛。

翌日中午，白眉兒跑回埃蒂斯山谷的骷髏岩。豺群大概是剛進過食，懶洋洋地臥躺在太陽底下。牠徑直來到豺王夏索爾面前，四肢彎曲，跪伏在地。這是投案自首，希望能寬大處理。

夏索爾正打盹呢，冷不防被驚醒，睜眼一看是牠，倏地站起來，豺臉刹那間變得猙獰。白眉兒趕緊乖巧地把身體趴下，腦袋埋進草根下，呦嗚呦嗚哀聲叫喚，是求饒，是認罪，是悔過，是渴望自新，是真誠地希望和解，是乞求能給一條出路。

夏索爾站在牠面前，張牙舞爪朝牠狂囂不已。牠把身體趴得更低些，和冰涼的地面貼在了一起，哀叫聲也更加淒切更加虔誠。

突然，夏索爾咬住了牠的一條前腿。牠沒動彈，更沒反抗。牠想，豺王一定是象徵性地給牠一點懲罰，不會往死裏咬牠的。牠給豺王象徵性地咬一口，也讓豺王臉上有光彩，面子上過得去。牠閉起眼睛忍耐著。不對，疼痛加劇，如鋸如割，痛得牠無法忍受。

牠一陣胡踢亂蹬，好不容易將自己那條前腿從夏索爾嘴裏掙脫出來，一看，前腿皮開肉綻，流出殷紅的血，傷口很深，瞧得見白花花的骨頭。喏，這絕不是象徵性的懲罰，這是在往死裏咬牠啊。瞧夏索爾那雙眼睛，陰森冷酷，透露出無限殺機。好幾隻大公豺也氣勢洶洶地趕過來了。

牠明白了，豺王夏索爾是永遠不會原諒牠的，也永遠不會再讓牠回到埃蒂斯紅豺群來了。除非願意被咬死，牠不得不再次逃亡。幸好，前腿只是傷了點兒皮肉，沒傷著骨頭。

第三章　生存遊戲

牠拖著虛弱的身體，沿著一條牛毛細路彳亍，尋找能充饑的東西。牠餓極了，恨不得太陽變成塊餡餅從天上掉下來，讓牠使勁啃兩口。

轉過一道溝，冷不防瞅見前面三岔路口的一棵大樹下，蹲著一個身裹破皮襖、臉色蠟黃、頭髮灰白的小老頭，褲子褪到膝蓋，光溜溜露著屁股。牠一驚，趕緊縮回腦袋，不由得心頭一陣顫慄。

假如允許的話，牠倒是很想嘗嘗人肉的滋味。細皮嫩肉，撕扯起來一定很容易，也不用吐毛，省卻許多麻煩，味道一定比羊肉更鮮美。但牠不敢。牠曉得人的厲害，那桿烏黑晶亮的獵槍會噴火閃電，連百獸之王的老虎也不是對手，更甭說豺了。還有腰間挎著的那柄長刀，白刃雪亮，能像秋風掃落葉般地很爽利地剁下豺頭。牠此刻跳出去襲擊小老頭，等於以卵擊石，自投羅網，變成愚不可及的自動送貨上門的獵物。牠雖然餓得要死，也不想白白送死。趁小老頭還沒發現自己，趁早溜走吧。

牠轉身剛要鑽進灌木叢，突然，小老頭那裏傳來噗嚕嚕一聲悶響，隨即順風飄來一股濃鬱的氣味。小老頭撅屁股的動作，噗嚕嚕那聲悶響，白眉兒很容易就猜到，他在排泄。

白眉兒聳動鼻翼，貪婪地聞嗅著人屎的氣味。白眉兒捨不得走了。小老頭孤身一人，沒帶獵狗，力量有限，不值得太害怕。他並未發現牠。牠躲藏起來，等他離開後，再過去撿食，不會有太大危險的。牠斷定他屙完後會很快走開，瞧他掩鼻皺眉的模樣，大概不會把排泄出來的東西再裝起來帶走。

果然不出牠的所料。不一會兒，小老頭站起來，提起褲子，繫好褲帶，揹起獵槍，沿著小路匆匆而去。

白眉兒早已等得不耐煩，待小老頭走出二三十步後，便急急忙忙地跑到大樹下。

哇哈，那泡黃燦燦、狀似老玉米的排泄物還冒著騰騰熱氣！牠兩隻眼睛乜斜著警惕地注視著小老頭的背影，悶著頭大口大口吞嚼起來。排泄物雖比不上活宰的獵物那樣鮮美，但比起凍成冰塊的腐屍來，味道要好得多。熱食開胃，還暖和身子，可惜太少了點。牠吃得太心急，濁黃的稀屎糊了一嘴。牠伸出長舌舔食著黏在唇吻上的絲絲屑屑。

那副吃屎的饞相，在人眼看來，未免會噁心得想嘔吐，實在是有礙觀瞻。其實，人也不是絕對不吃臭東西，如臭豆腐、臭豆豉、臭大蒜，聞起來臭，吃起來香，喜歡吃的大有人在。人類也並非一概拒絕吃別的生物的排泄物，燕子吐出來的唾沫人就挺愛吃，尊爲山珍，名曰燕窩；還有名貴中藥猴結，其實就是母猴排泄出來的月經。

一定是牠嚼咬吞咽的聲音太響了，小老頭似乎感覺到身後有動靜，猛地收斂腳步，驀地回首張望，白眉兒來不及躲避，鬧了個人眼豺眼四目相對。牠停止吃屎，扭腰曲腿，全身茸毛奓開，肌腱緊湊，目不轉睛地盯著小老頭。只要小老頭動手解肩上的獵槍，牠就會一溜煙地躥逃進灌木叢。

小老頭望著牠，咧開嘴笑了，笑得很曖昧，罵了句：「狗改不了吃屎！」便不再理牠，轉過身去，繼續趕路。

他誤以爲牠是狗了，這挺可笑的。牠想。

過了一天，還是到處找不到食物吃。牠又餓得慌了，想重複前天的幸運，就又沿著牛毛細路跑到三岔路口的大樹下。巧極了，遠遠便看見那位熟識的小老頭腰裏掛著一隻碩大的酒葫蘆，悠悠地哼著小調走過來。

說起來，這也算不上是什麼偶然的巧遇。小老頭名叫苦安子，是獵戶寨的村民，在禿鷲嶺下的樹林裏安了幾十隻逮鳥的金絲活扣，每天都要去一趟，看看有無收穫，三岔路口的大樹下是他的必經之地。

白眉兒蹲在一塊岩石上，巴望小老頭能像昨天一樣脫褲撅屁股到大樹下排泄。惱火的是小老頭並未停下來，而是徑直拐進林子裏去了。牠不甘心就這樣白來一趟，便拉開一段安全距離，尾隨著小老頭走。這絕不是什麼友好陪伴，當然也不是什麼惡意跟蹤，而是等待小老頭途中排泄，好及時去撿食。

翻山越嶺，一走就是半天，日頭當頂時，小老頭終於在一塊背風的窪地裏坐了下來。牠以爲他要排泄了，卻見他解開又破又髒的背囊，掏出一隻鼓鼓囊囊的篾盒，揭開蓋，抓起一把東西塞進嘴裏，吧唧吧唧咀嚼起來。

牠聞到一股穀物與牛肉的香味。爬了半天山，牠早就饑腸轆轆了，食物撲鼻的香味更刺激得牠胃囊痙攣。牠的眼光直勾勾地盯著小老頭手裏的篾盒，口水情不自禁地從嘴角滴嗒下來。

「哦，白眉瘦狗，跟著我走了半天，想吃東西吧？」小老頭大聲朝牠說道：「喏，給你！」他手一揚，一坨東西在空中劃出一道拋物線，朝牠砸來。

牠以爲是石頭，驚慌地要跳開。噗，那坨東西已落在面前的雪地上，濺起一片香甜氣息。哇哈，是一塊牛骨頭。牠趕緊撲過去，貪婪地嚼咬起來。骨頭上的牛肉雖已被啃光，卻因煮的時間長，骨質已酥軟，能咬爛；骨頭上蘸有鹹味，還有蔥香，好吃極了。

牠很快把這塊牛骨頭吞咽進肚，便又用感激的期待的乞憐的眼光盯著小老頭。於是，第二塊牛骨頭又像隻小鳥似地飛過陽光落在牠面前。

小老頭吃飽飯後，拍拍屁股走了。牠飛快奔到他坐過的地方，把掉在地上的飯粒、肉渣和碎骨一掃而光。

這以後，白眉兒天天早晨都跑到三岔路口來等那小老頭，天天尾隨著他去禿鷲嶺。牠總有收穫，或者吃到兩塊骨頭，或者吃到一泡排泄物。對牠來說，這小老頭就是牠永不枯竭的食物源。只要見到他，牠就有吃的，就不會挨餓，自然而然，牠就喜歡見到他。

那一天，他不知有什麼事耽擱了，牠在三岔路口等到中午，仍見不到他的身影。牠焦躁不安，悵然若失，心裏油然產生一種殷切的思念之情。

就在這時，他突然出現了，破棉鞋踩著積雪吱吱兒響，順著小路走過來。牠一下激動起來，想迎著他跑過去舔舔他的鞋，才跑出兩步，又猶豫地停了下來。

牠畢竟從小生活在埃蒂斯紅豺群，長期受豺文化的熏陶，養成了根深蒂固的觀念：兩足行走的人類與死神是同一概念，同樣可怕；與人打交道，無疑是在同魔鬼打交道。牠雖然已熟悉他身上的氣味，對他抱有某種好感，卻沒有完全丟掉戒備心理。牠害怕牠去舔他鞋時他趁機把牠俘虜了。還是小心謹慎爲妙。

可長時間等待思念終於相逢的喜悅，總該化作行爲表達出來。或許，牠該朝牠輕柔地叫一聲，用聲音傳遞情愫。當然，不能像豺那樣尖銳囂叫，人類憎惡豺，要叫，就要叫得和藹親切圓潤，才能達到取悅的目的。

小老頭已快走到自己身邊了，牠扭扭脖頸，舒展聲帶，張開嘴，汪呦——唇齒間一激靈，就吐出一聲似狗非狗的叫。

「嗨，又是你，白眉瘦狗。看來我們很有緣哪。」小老頭意味深長地對牠笑笑說。

一晃就是七天。多次重複就會成爲習慣。現在，白眉兒已習慣了這種新的生存方式。到

三岔路口來等小老頭，已成爲牠的覓食模式。

牠對小老頭的感情與日俱增，原先牠跟隨小老頭一段路後，只要吃到了他的排泄物或扔棄的骨頭，牠就會離開。現在，牠吃到東西後，會繼續跟隨在他身後，陪伴他到禿鷲嶺察看舖設的金絲活扣有無收穫，一直到夕陽西下，把他送回三岔路口，望著他的背影消失在白雪皚皚的小路盡頭，才戀戀不捨地離去。

夜闌更深，萬籟俱寂。白眉兒蜷縮在樹洞雪窩，冷得睡不著。想想幾天來的遭遇，未免生出幾許彷徨，幾許委屈。牠是豺，豺最瞧不起寄生於人類的狗了，而牠的行爲，跟一條乞食的狗也差不了多少。牠恨自己沒有豺的志氣，也沒有豺的骨氣，一絲羞赧在胸中迴蕩。

有兩次牠甚至暗下決心，結束這種對豺來說可恥的覓食方式。可一早醒來，牠又顛顛地跑到三岔路口去迎候小老頭了。

也許在潛意識裏，白眉兒對人類始終存有一種幻想，不像普通豺那樣對人類深惡痛絕，與人類誓不兩立。說到根子上，牠不是純種豺，牠血管裏流淌著一半獵狗的血液。

要是沒有這場肆虐的暴風雪，白眉兒不會成爲那位頭髮花白、個頭矮小、瘦筋乾巴、滿嘴酒氣、衣衫襤褸、骯髒邋遢的苦安子的獵狗，也就不會有後來一連串的酸甜苦辣的傳奇經歷。因果關係是一環緊扣著一環的。

一場暴風雪刮得牠改變了初衷。或許這就叫命運吧。

暴風雪來得太突然太猛烈了。下午，牠尾隨著他剛剛翻過山嶺，狂風驟起，天昏地暗。

天上密集的雪片一層層灑向大地，地上的積雪也抖擻精神隨風高揚。天地一片白茫茫，真正的白色恐怖，渾然如一個吞噬生靈的巨大白魔。小老頭急忙找了個山洞鑽進去，順手在洞外灌木叢扯了一捆枯枝。

牠沒跟他進洞。洞很小，大約七尺見長五尺見寬，裝下小老頭和那捆枯枝，已沒多少空地。牠若擠進去，免不了要和他臉對臉身靠身心貼心，就算沒什麼危險，也怪彆扭的。

牠一溜煙跑開去，想在山坡上尋找第二個可以遮風擋雪的山洞。風太大，刮得牠搖搖晃晃；雪太密，道道雪簾擋住了牠的視線。牠轉了一大圈，別說山洞了，連可供勉強棲身的石縫也沒找到。呼嘯的西北風像一把把刀子似的迎面刮來，凍得牠嗚嗚哀嚎。

這時，小老頭佔據的山洞裏傳來劈劈啪啪的聲響，透出一片紅光。牠在外面瞄了一眼，火，小老頭在山洞裏燃起了一堆火。

「白眉瘦狗，快進來吧，外面風雪太大，會把你凍死的。」小老頭朝牠招手。

假如牠繼續留在洞外，很快就會凍僵的。牠只有進洞取暖了。牠小心翼翼地跨進山洞。牠不敢進得太深，就在靠近洞口的地方徘徊著。避重就輕是一切動物的選擇本能。

「你這狗，比人還懂事，比人還精怪哩。」小老頭綠豆小眼狡黠地眨動著，朝裏挪了挪身體，在火堆旁騰出一條空隙。「來吧，離火近一點才暖和。莫怕，我不會害你。我要想害你，前幾天就崩得你狗頭開花了。」

他把擱在膝蓋上的獵槍架到洞底的岩壁上，這無疑是一種友好的表示。

牠已經進洞了。牠涎著臉，來到小老頭身旁，共用火的溫暖。

「這是山神和獵神可憐我這窮老頭，看我買不起獵狗，給我送了一條來。」小老頭兩眼盯著跳動的火苗，自言自語地說。

「這畜生跟了我好幾天了，我要再不用麻繩把牠拴回家，那我就是天下最傻的老傻瓜了。牙口才兩歲的伢狗，養肥了，可換好多罈酒呢。這樣的便宜，不撿白不撿啦。」他說著，從囊袋裏掏出一根麻繩，綰成個圓圈，亮在牠面前。然後，將一塊肉骨頭放在圓圈外的地上。

白眉兒雖然聽不懂他在說些啥，但牠很聰明，從他的表情和語調，尤其從綰成圓圈的麻繩上，很快猜出了他的用意。繩圈後的肉骨頭，顯然是誘餌。他引誘牠腦袋伸進繩圈去啃骨頭，他就會及時將麻繩收緊，拴住牠。牠遲遲不去啃那塊噴香的肉骨頭。

小老頭臉上露出不耐煩的表情，站起來，雙手扯著繩圈，慢慢朝牠逼進。他想用麻繩套牢牠，佔有牠。他想讓牠做他的狗，讓牠永遠羈留在他身邊。他手裏的麻繩是權利的象徵，套住了牠，也就掌握了牠。牠將永遠失去自由。如此看來，麻繩其實也是一個絞索。

牠本能地想躲避，可是，小小山洞，牠往那裏躲呀？洞外是凜冽的暴風雪，會把牠凍成冰棍兒的。

何去何從？何去何從？

牠還在猶豫呢，小老頭朝前一躍，手裏的繩圈已套上了牠的脖頸。牠一驚，本能地聳動肩胛想把腦袋從繩圈裏脫出來，已經遲了。他一收繩扣，牠被緊緊套住了。

牠扭動著掙扎著，但小老頭攥住繩頭不放。牠尖尖的唇吻無意間探進小老頭柔軟的頸窩，牠感到他脆嫩的喉結在上下蠕動，還有嗡嗡的血流聲。

牠一陣衝動。不用動心機也不用費力氣，只消瞅準那核桃似的喉結用力咬一口，他就會跳起死亡的舞蹈，然後栽倒在地，永遠也爬不起來了。

這是食肉獸本能的反應，是豺與生俱來的嗜血野性。可是，奇怪得很，一種更爲強烈更爲神秘的力量卻阻止牠這樣去做。牠感到待在給牠供食的小老頭身邊，那感覺和豺崽依偎在豺娘身邊差不多，都有強烈的依附感和安全感。牠想衝破這層甜蜜的無形的羅網的束縛，但不行，彷彿這種違背豺道的對人類溫順依戀的感情，已融化在自己的血液裏，無法再逆轉矯正了。

白眉兒不知道，自己有一半血液來源於狗。牠是獵狗洛戛播下的種，在母豺達維婭的子宮裏孕育生長，潛伏著一半狗的品性。在豺群中，耳濡目染豺的行爲規範，使得牠一舉一動都像隻道地的豺，但另一半狗的基因並沒湮滅，而是處於冬眠狀態，一旦外界條件起了變化，便會迅速甦醒萌發。

牠停止了掙扎。

白眉兒，這個從埃蒂斯紅豺群裏出來的，身上帶著一半豺血統、一半狗血統的混血兒，就這樣做了獵戶寨村民苦安子的獵狗。

第四章　成為家犬

白眉兒生性聰慧，到獵戶寨沒幾天，就有了重大發現：狗的地位，基本上是和主人的地位相一致的。狗本身的強與弱、聰明與愚笨變得次要，重要的是牠所依附的主人在獵戶寨扮演什麼角色。白眉兒是野豺出身的狗，面對這個問題未免犯糊塗。

白眉兒很難想像，一條肌腱發達各方面都比較優秀的狗，就因為主人地位低微，就要處在其他狗之下。可事實是，在獵戶寨狗群中，強弱顛倒比比皆是。老黑狗老得都快跑不動了，還恬不知恥地佔據在頭狗的位置上，就因為牠是村長阿蠻星豢養的，就高狗一等，任何大狗小狗公狗母狗見著牠都要不停地搖尾巴，小伢狗自動地去舔牠的後腿，母狗則甜膩膩地用唇吻理順牠的體毛。舔這衰老的身體，也不嫌噁心。

不僅獵戶寨的狗見了老黑狗像臣民見了皇帝般恭敬，即使獵戶寨的人，見著老黑狗也禮讓三分。只要有阿蠻星在場，總有人會笑咪咪撫摸著老黑狗絨毛蕪雜的狗頭，或恭維兩句，或餵一塊骨頭。

白眉兒的待遇比起老黑狗來，真有天壤之別。牠的主人苦安子在獵戶寨算是頂不起眼的小角色，一個連小孩都可以捉弄都可以嘲笑的可憐蟲，一個整天泡在酒罈裏，連骨頭都快被酒精泡酥了的人人都鄙夷的酒鬼。他沒有老婆，也沒有孩子，光棍一條，窮得叮噹響。主人除了到禿鷲嶺下察看金絲活扣外，整天手裏都捧著那只被歲月和煙塵熏得烏黑發亮的酒葫蘆，經常喝得醉醺醺。好幾次主人喝暈乎了就發酒瘋，對著牠又哭又笑地訴說自己不幸的遭遇。

白眉兒聽不懂人話，但從主人誇張的身體動作和波瀾起伏的表情中，還是猜出點故事的來龍去脈。

牠是苦安子的獵狗，牠的日子必然過得窩囊。苦安子住的是全寨最小最破的木屋，屋裏除了用三塊石頭支著一隻火塘，一口鍋、幾隻碗和一床髒兮兮的被褥外，家徒四壁，什麼華麗值錢的擺設也沒有。主人的住房如此寒酸，狗窩就更要低一個層次了。白眉兒見過老黑狗的窩，一間結構精巧的小木屋，裏頭鋪著厚厚一層稻草，寬寬敞敞，暖暖和和。而牠卻只有牆角那張爛草席可以棲身。

吃的方面，差別就更大了。老黑狗幾乎每頓都有葷腥，沒有雞腸兔肚，也起碼得啃兩根肉骨頭。老黑狗唇吻間總是油光閃閃，瀰漫著一股肉香。而牠除了主人鋪設在禿鷲嶺下的金絲活扣偶爾逮著飛禽，能吃到半副內臟或兩根肋骨外，平時很難吃到葷腥。

不知是主人運氣不好還是金絲活扣有問題，有時一連好幾天一無所獲，主人放在瓦盆裏的狗食就只有包穀糊和爛白菜了。

整個獵戶寨都曉得牠是苦安子的狗，這似乎成爲罪名，成爲恥辱的標記，走到哪裡，都會遭來白眼，受到欺凌。

比起獵戶寨的狗群來，獵戶寨的人和善得就像菩薩了。狗群簡直想要把牠白眉兒置於死地。那條戴著護脖兒的老黑狗，像幽靈似的纏著牠不放，無論在田邊地角，還是在魚塘旁土堤上，只要見到牠，便狺狺狂叫，狗群就聚攏來，朝牠撲咬。牠的身體雖然比這些土狗都要高大，但寡不敵眾，在二三十條狗的圍攻下，常常被咬得皮開肉綻。

牠不知道老黑狗爲什麼這樣恨牠。

老黑狗黑虎不喜歡白眉兒是有道理的。牠在寨子龍巴門口第一眼看見白眉兒，心裏就咯登了一下。憑著老狗的經驗，牠嗅出這隻毛色金黃的傢伙雖然外表像條狗，也會汪汪叫，卻有豺的氣味。最大的疑點在這傢伙的尾巴上，那條尾巴比標準豺尾雖然要細一些，但比普通狗尾蓬鬆得多，不會像狗那樣靈巧的搖甩，可惜，沒人注意這個問題。牠疑心這眉眼間有塊白斑的傢伙是豺的變種。

狗和豺雖然同宗異族，五百年前也許是一家，但而今眼下卻是兩大營壘的仇敵。豺是山野走獸，狗是人類的朋友。牠怎能容忍一隻僞裝的豺混進家狗隊伍裏來呢？牠的主人是獵戶寨的村長，牠理所當然就是獵戶寨狗群的頭領。牠有責任維護獵戶寨狗群的純潔。牠恨不得能把這異己分子拒之於龍巴門外，遺憾的是主人阿蠻星竟然喝住了牠，不讓牠採取果斷行動，這可惡的非豺非狗的傢伙到底在獵戶寨安了家。

主人阿蠻星還以爲牠是欺生呢。牠滿肚子委曲，可又沒法讓主人明白其中緣由。唉，人的視覺和嗅覺比起狗來實在差遠了。一般年輕些的狗尚且看不穿這披著一身狗皮的傢伙的真面目，何況人呢。牠只好另想辦法來對付這危險的傢伙。

有一次，牠夥同幾條公狗在水溝裏截住白眉兒。一頓好咬，差點把白眉兒的尾巴咬掉了。倘若換成一條普通的狗，即使是軍犬，恐怕也早就乖乖地低頭稱臣了。誰耐得住這沒完沒了的追咬？

牠早就想好了，只要白眉兒的眼光不再像豺的眼光那樣冷若冰霜，只要白眉兒在牠面前不再像豺那樣強頭倔腦，只要白眉兒洗心革面地徹底拋棄豺的風範、豺的孤傲，只要牠黑虎撲過去時，這豺娘養的能四肢趴地尾巴搖成扇狀，做出狗所特有的屈服認輸告饒求情的模樣，牠就會停止廝鬥，或許還會把一根沒啃乾淨的骨頭恩賜給這白斑臉面金黃毛色的傢伙。恩威並重嘛。

遺憾的是，這傢伙天生豺骨頭，雖然時時受攻擊，處處遭圍困，卻仍不肯屈服。敵人不投降，就叫牠滅亡。

也並不是寨子裏所有的人都對白眉兒冷冰冰。溫暖還是有的。這溫暖恰恰來自最仇視牠的老黑狗的主人阿蠻星。

有一次，主人苦安子喝醉了酒，昏睡一天一夜沒有醒。白眉兒餓慌了，滿寨子尋找吃的

東西。繞到寨子中央，牠嗅到一股撩狗心魄的肉香，從一大幢大木屋裏飄溢出來。這是村長的家。牠站在柵欄外望進去，阿蠻星正在餵狗，瓦盆熱氣騰騰，有好幾塊牛膀骨呢。白眉兒饞得直淌口水。想到自己主人家裏火塘熄了，一片陰冷，瓦盆空空，淒清潦倒，不由得發出一聲悲吠。

老黑狗聽到動靜，一見是牠，氣沖牛斗，嚎叫一聲便要躥出來撲咬。白眉兒扭頭要走。這是別人的家，幸福也是別人家狗的幸福，與自己無緣，何必討人家嫌，自找沒趣呢。

突然，白眉兒聽到阿蠻星一聲喝叫：

「黑虎，回來！」

剛躥到院牆柵欄旁的老黑狗極不情願地退回到狗窩邊。

阿蠻星走了過來，隔著柵欄，望望牠，那眼光，沒有鄙視，也沒有厭棄，而含有一種讓牠的狗心發緊的溫柔的憐憫。

「哦，是白眉兒，肚皮癟得像踩癟的豬尿脬，看來，苦安子大叔又喝醉了，沒煮狗食。唉，一條好狗，可惜落在一個酒鬼手裏。」他抽著金燦燦的銅煙鍋，大口大口吐著煙霧說道。他踅回狗窩旁，用一個長柄勺子舀出一勺骨頭來，從柵欄縫送到牠面前。

「吃吧，吃吧，怪可憐的。」

牠感激地望了阿蠻星一眼，悶頭吃起來。

這以後，白眉兒又有好幾次因主人喝醉了酒而斷了炊，受到阿蠻星的周濟。

還有一次，老黑狗和幾條公狗把牠圍在一個草垛上，正咬得不可開交，阿蠻星恰巧路過，喝退了老黑狗，替牠解了圍。

那天早晨，白眉兒正走在青石板路上，遠遠望見阿蠻星挑著一擔牛糞踏著雪往家走。突然，牠瞅見他扁擔換肩時，腰間有一道光亮垂落下來，跑過去一看，雪地裏有一抹金黃色映入眼簾。牠用爪子刨開雪，一看，原來是一桿金竹做的煙鍋，鍋頭包著銅皮，閃閃發亮。

牠認得這玩意兒，總插在阿蠻星的腰帶間。他常抽這玩意兒，一頭含在嘴裏，另一頭燃起一簇小火苗，滋巴滋巴吸。牠聞聞煙鍋，竹竿上果然留有他的手汗。這一定是他不小心遺落在雪地裏的。

他已走遠了。牠冷不丁冒出一個念頭：把煙鍋替他送回去。牠吃過他給牠的東西，他替牠解過圍，牠心裏總有點兒過意不去，希望能替他做點事，有所回報。牠叼起煙鍋，飛快奔上前去，一直奔到他面前，噗，把煙鍋吐在地上。

「啊，好聰明的狗啊，把我的煙鍋找回來了。」阿蠻星驚奇得濃眉飛揚，放下牛糞擔，彎腰撿起煙鍋，抹抹竹柄上的雪，插進腰帶。

「來來，跟我來，我要謝謝你。」

牠跟他走進大木屋。老黑狗不在家，可能找那條母狗幽會去了。他跨進廚房，出來時，扔給他一個紅燒雞頭。雞頭連著長長一截脖頸，還有很多肉。這對牠來說，已經是高級盛宴了。牠心花怒放，吃得滿嘴流油。要是他天天都掉東西，次次都讓牠撿著，該有多好啊。

論功行賞，是效果顯著的行爲誘導。

瞧老黑狗的窩，就搭在院牆的角落，寬敞漂亮，那只盛狗食的瓦盆，還有層吃剩的湯湯水水。要是當初在荒野的三岔路口牠遇見的不是苦安子，而是阿蠻星，那該多好哇。牠現在就是村長家的獵狗了，就不會被人冷嘲熱諷，就不會遭狗群圍攻，就不會挨餓。牠邊啃雞頭邊想。牠有一種明珠暗投的遺恨。

但啃完雞頭，牠還是顛顛地回到苦安子身邊去了。

第五章　死裡逃生

這是日曲卡山麓漫長冬季一個難得的好天氣，藍天白雲，紅日高照，灑下一片融融暖色。

雪山鎮牲口市場人來人往，熙熙攘攘；黃牛犛牛騾子馬隻沿著大街一溜兒鋪排開，吆喝聲叫賣聲討價還價聲時起彼伏，響成一片。苦安子蹲在一個角落裏，牽著白眉兒，等待買主。白眉兒脖頸上插著兩根稻草，這是一種原始古老的貨物標籤。

街上濃濃的買賣氛圍，自然瞞不過白眉兒聰慧的腦袋；牠曉得自己像滿街的牲口一樣，要易手了。牠不安地注視著每一個從面前經過的行人，不知道是幸運還是厄運在等待著自己。

一位背著背簍、額上纏著黑頭帕的漢子在白眉兒面前停了下來，兩道陰鷙的目光在白眉兒身上溜轉了幾圈，用痰音很濃的嗓子問道：

「老闆，這伢狗，怎麼賣？」

「這可是道地的好獵狗哇，老哥，值這個數哩。」苦安子說著，伸出一個巴掌。

他們說話的當兒，白眉兒鑽到黑頭帕漢子胯下嗅聞了一陣，牠聞到一股屠夫的血腥味。牠狗心沉淪，渾身顫慄，無論如何，牠也不願自己變成人類餐桌上的一盤佳肴。可牠脖頸上拴著鐵鏈，被牢牢攥在苦安子手裏；命運掌握在別人手裏，牠又能怎麼辦呢。

「五十塊？」黑頭帕漢子問。

「老哥，莫開玩笑了。這狗攆山快如風，狩獵猛如虎，是條純種的好獵狗呢；五十塊錢，還不夠買條狗腿。我是說再添個零。」苦安子嘩嘩抖動著手中的鐵鏈子說道。

「什麼金狗銀狗值這個數，」黑頭帕漢子奸奸地笑了笑說，「五十塊我還嫌貴呢。如今很少有人打獵，誰希罕獵狗喲。我是要買條菜狗，給幾家飯館送新鮮狗肉。」黑頭帕漢子說著，伸出一隻血腥氣極濃的手，捏住白眉兒的下巴頦，扭了扭，「我是看中這條狗牙口嫩，肉也嫩，大冬天吃伢狗肉滋補身體，才想買的。五十塊，儘夠了。」

白眉兒的嘴吻被捏得火辣辣疼，要不是想到自己已決心一輩子做狗，牠真想像隻豺那樣一口咬斷那隻骯髒的手腕。

「五百塊，一分也不能少。」苦安子說，「把獵狗當菜狗，虧你說得出口。」

「五十塊，一分也不能多。」黑頭帕漢子說，「什麼獵狗不獵狗的，剁成肉塊只認滋味是否鮮美。」

「唔，我們前世沒緣分，這樁買賣無法成交了。」苦安子扭過臉去，擺了擺手。

黑頭帕漢子訕笑著走了過去。

白眉兒一顆懸吊著的心這才算落了地。

日頭偏西時，走來一位生著一張長長馬臉的漢子，在白眉兒面前端詳了半天；馬臉漢子肩著獵槍，臉膛被高原陽光曬成紫銅色，身上有一股濃重的山野氣息，一看便知道是個闖蕩山林的獵手。

白眉兒抬頭挺胸，儘量使自己的形象顯得高大健美光彩照人；牠希望自己能被馬臉漢子買走。遺憾的是，馬臉漢子前後左右圍著牠瞧了好一陣，最後還是搖了搖頭，自言自語地說：

「這狗模樣不錯，可惜，牙口已兩歲多了；超過兩歲的狗，是很難把過去的舊主人和舊家忘掉的；牠會戀舊主人和舊家的。狗還是要從小養大才親，尤其是獵狗，從小養大的獵狗才會在關鍵時刻奮不顧身來幫主人。半道易主的狗，忠誠會打折扣。」

一派胡言，對白眉兒來說；可牠無法跟主宰牠命運的人說理去。

夕陽西下，暮色悄悄灌進街道，熱鬧的買賣交易逐漸冷清，擁擠的集市變得空曠。白眉兒仍然被牽在苦安子手裏。愁煞人也愁煞狗。

纏黑頭帕的屠夫又踅了回來，手裏牽著四條狗，這無疑是狗肉宴席的原料。這四條狗，都老得臼齒脫落，步履蹣跚，是該到狗閻王那裏報到去了。

黑頭帕漢子在苦安子面前停了下來，浪聲浪氣地問：「老闆，怎麼樣，五十塊成交了吧，空守了一天，別把貨折騰瘦了，趕明兒四十塊也沒人要嘍。」

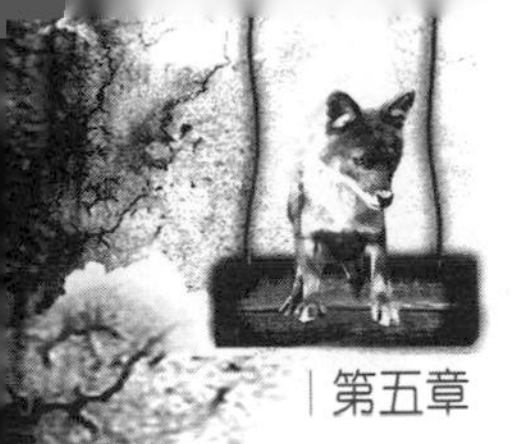

苦安子唉聲嘆氣，望望天色，又望望白眉兒，終於揮了揮手說：「好吧，算便宜了你，快給錢，牽走！」

黑頭帕漢子嘻嘻笑著往懷裏掏錢。白眉兒傻眼了；看來厄運罩頂，求生無望了。

也是牠命不該絕，黑頭帕漢子掏出錢數好後剛想遞給苦安子，突然，白眉兒瞥見一個熟悉的身影出現在街上，步伐矯健，氣宇軒昂，是獵戶寨的村長阿蠻星。刹那間，牠靈犀點通，慧性感悟，衝動起一股強烈願望：讓阿蠻星瞧見牠目前的處境。

牠汪汪汪高聲吠叫起來，阿蠻星沒聽到，或者說聽到了也沒在意，拐了個彎，朝街對面一家小酒館走去。

眼看阿蠻星的背影就要消失在臉色酡紅的酒客裏，牠求生的最後一絲希望行將破滅，牠急眼了，狂吠一聲，拚命朝阿蠻星的背影躥躍；牠被強烈的求生願望激勵著，力氣大得驚人；苦安子拽不住牠，被牠拖著往前走。

「死狗，停住；再跑，老子一刀剁了你的狗頭。」苦安子在背後罵罵咧咧。

拴在脖頸上的鐵鏈子勒得白眉兒幾乎窒息，頸上的毛被一綹一綹拔下來，鑽心地疼，可牠仍頑強地朝前奔跑；牠不能停下來，停下來就意味著將被木棒敲斷鼻梁後扔進湯鍋。

好險哪，阿蠻星前腳已跨進小酒館，後腳正欲跨未跨之際，白眉兒剛好趕到，牠脖子被勒得已叫不出聲來，便一口叼住阿蠻星的褲腳管，再不放鬆。阿蠻星驚訝地回轉身來。

苦安子打恭作揖陪著笑臉說：「村長，真對不起，驚著您了。」

「哦，是苦安子和白眉兒，出什麼事啦？」

「我把牠牽到街上賣，剛要成交，這畜生不知哪根神經短路了，突然就狂奔亂躥來咬你的腳；謝天謝地，沒咬著你；褲腿被牠咬破了，這瘋狗牙齒尖著呢。死狗，你還不鬆口，看我不揍扁了你！」

苦安子說著掄起鐵鏈子，狠狠朝白眉兒抽打。霎時間，白眉兒背上皮開肉綻。牠仍不鬆口，只是從兩邊口角發出嗚嗚嗚的呻吟聲。

「莫打，莫打。」阿蠻星皺皺眉頭，喝住苦安子。他是獵人，見不得對狗粗暴。

這時，黑頭帕漢子也趕了過來，手裏捏著幾張紙幣，往苦安子懷裏塞：「老闆，你先收下錢；你收下錢，這狗就歸我了，看我怎麼來收拾牠。」

苦安子一把抓過錢來，將鐵鏈子遞給了黑頭帕漢子。黑頭帕漢子順手將早先買下的四條老狗拴在小酒館門口的一根木樁上，一手嘩嘩抖動白眉兒脖頸上那根鐵鏈子，一手從腰間拔出一根棗木棍來：

「畜生，你以爲你咬住了人家的褲腿就沒辦法治你嗎？帶回去是宰，在這裏也是宰，我就露一手給喝酒的客人助助酒興。」

那根棗木棍約有兩尺來長，前粗後細，掂在黑頭帕漢子手裏沉甸甸的；木棍被狗血染成黑褐色，閃爍著陰森森的冷光。這是一根名符其實的打狗棍。

黑頭帕漢子高高舉起了棗木棍，瞄準白眉兒鼻梁和眼窩交界處那塊凹部；這是犬科動物

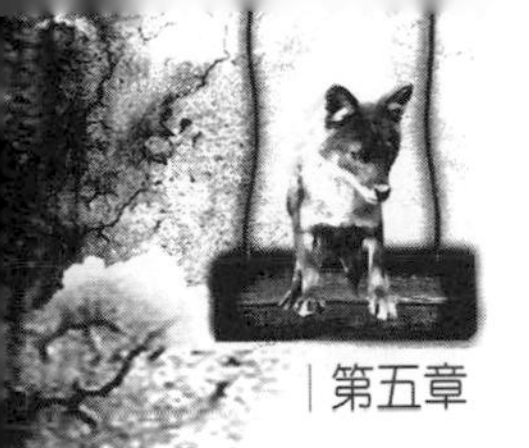

身體上最薄弱的環節，一棍下去，窒息無疑。

嗚嗚嗚，嗚嗚嗚，白眉兒搖晃著阿蠻星的褲腿，不斷地乞求著。

「嘿——」黑頭帕漢子發一聲威，棗木棍閃電般地落下來。

白眉兒鼻梁間涼嗖嗖的，全身一片死亡的麻木，只有牙齒還緊緊銜著阿蠻星的褲腿，嘴裏還機械地發出嗚嗚嗚的叫聲。

說時遲，那時快，阿蠻星倏地伸出手去，半道上穩穩接住了棗木棍。

「你……」黑頭帕漢子吃驚地瞪圓了眼。

「慢！」阿蠻星說，「我現在才弄明白，白眉兒為啥要跑過來叼我的褲腿。苦安子，你把牠當菜狗賣了，是嗎？」

「我……」苦安子吱唔著，「我……獵狗賣不脫手，我只好……」

「虧你還是獵戶寨的人！唉。」阿蠻星輕輕嘆了口氣，推開那根讓狗心驚膽顫的棗木棍，一把從黑頭帕漢子手裏奪過鐵鏈子，蹲下來。「多機靈多聰明的狗啊，曉得在危急關頭該向誰求救。別看牠不會說話，其實牠心裏什麼都明白。也真是巧，我在鄉政府開完會，本想直接回家的，走著走著總覺得心神不定，總覺得還有一件事沒辦妥，想了半天才想起家裏沒酒了，便半路踅回鎮，想帶兩瓶燒酒回去，沒想到就遇著你這條白眉狗。」

說到這裏，他仔細端詳白眉兒，停頓了好一會，才又緩緩地說道，「我看得出來，你是一條通靈性的好狗。唔，我也曾養過一條好狗，不是黑虎，是另一條狗，名叫洛戛。唔，長得跟你有點像，也是全身黃毛，只是臉上沒有白斑，尾巴也沒有你粗。多好的洛戛啊，敢獨自闖進熊窩逮熊崽子。唉，我的洛戛最後叫紅毛豺給害死啦。」他說著，神情有點傷感，彷彿是在尋找一種慰藉，伸出右手按在牠的腦門上，「唔，我曉得的，你受了冤枉，你受了委屈，你心裏很苦，是嗎？」

白眉兒鬆了口，嗚汪，嗚咽了一聲，深沉淒涼，發自肺腑。阿蠻星的手在牠腦門上輕輕摩挲。

那隻手掌順著他的頭頂滑向牠的背脊，在頸椎骨和尾尻骨之間來回撫摸，牠覺得剛才被死亡陰影驚駭得冷冰冰的身體，像泡在一泓熱騰騰的溫泉水裏，如癡如醉，飄飄欲仙。牠還是頭一次有如此美妙的感覺。不同物種之間的陌生感和戒備心理，彷彿都像掉進火焰的雪片化成水化成氣體化成烏有。

「我曉得，你想跟著我。這是天意，我們有緣分。」

阿蠻星的左手把牠攬進懷裏，牠順勢將毛茸茸的腦袋靠在他的胸口；他用絡腮鬍子逗弄牠的臉，癢絲絲的，很有情趣。

「這算啥子事嘛？我出錢買下的狗，怎麼跟這位老哥黏乎上了。」黑頭帕漢子抱怨地說。

「苦安子，把錢還給他。」阿蠻星用不容置疑的口氣說。

「這……」苦安子苦著臉把錢遞還給黑頭帕漢子。

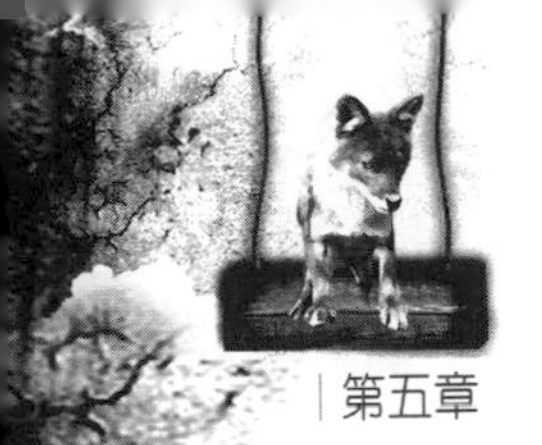

「哼！」黑頭帕漢子收起錢，牽起四條老狗，悻悻地走了。

在整個交易過程中，阿蠻星的手始終撫摸著牠的脊背，又順著牠的脊背捋順牠尾巴上的毛；突然，牠產生一種奇異的感覺，自己的尾巴在阿蠻星的手掌裏變得像條活蹦亂跳的泥鰍。

「哦，白眉兒，你搖尾巴了。我一直注意觀察你會不會搖尾巴；狼不搖尾巴，豺不搖尾巴，鬣狗不搖尾巴，我怕你是個雜種。現在你搖尾巴了，好極了，你是條道道地地的狗。」阿蠻星興高采烈地說。

白眉兒也很驚奇自己怎麼會像條道地的狗那樣搖甩起尾巴來了。牠可沒想過要去搖甩自己的尾巴，若不是阿蠻星點破，牠甚至意識不到自己已經在搖甩尾巴了。

這是一種無意識的動作，是一種內心激情的自然流露。當阿蠻星帶有某種生理電流的手掌撫摸牠的脊背時，牠的血液循環加快了，情緒亢奮，要不是被他擁在懷裏，牠會舞兮蹈兮，會蹦跳打滾，會連聲囂叫，以表達內心的喜悅，以發洩那股快漲破血管的激情；但牠的身體是被牠的手臂圈在懷裏的，只要稍一蹦躂，牠和他就會脫離接觸，美妙的感覺就會隨之而消失。牠可不願中止撫摸，於是，激情便湧進身後那根尾巴，情不自禁地搖甩起來，表達自己對新主人感恩戴德的心情。

「白眉兒，從今後，你就是我阿蠻星的獵狗了。走，我們回家去。」

第六章　苦盡甘來

這兒地屬滇北高原，海拔高，氣候寒冷，尕瑪爾草原要到仲春時節才一片翠綠，像個情竇初開的姑娘；到了夏天，五顏六色的野花一開，草原就像個盛妝打扮的新娘；秋天一片金黃，天高雲淡，像個穿戴得珠光寶器的貴婦人；冬天冰雪覆蓋，一片耀眼的白，像個純潔無瑕的少女。

一年四季，只有殘冬和早春交接的季節，尕瑪兒草原才暫時失去美感。眼下正是殘冬和早春交接的季節。放眼望去，一叢叢雜亂的枯草，枯草間舖著殘雪，潮濕泥濘；黃的枯草白的殘雪黑的泥土，尕瑪爾草原色彩單調，景色蒼涼，不堪入目。

然而，這卻是一個狩獵的好季節。冬眠的動物如狗熊、刺蝟、旱獺、黃鼠等，被一天暖似一天的太陽催醒，飢腸轆轆，急不可耐地跑到尕瑪爾草原來覓食；候鳥和那些遷徙到南方去過冬的麋鹿角馬之類的動物，開始往回遷；憋了整整一個冬天的食肉獸們，紛紛從日曲卡山麓下到草原來，想在尕瑪爾草原這個大食盆裏撈一把，補充冬天體內大量消耗的脂肪。

尕瑪爾草原變成了廣闊的獵場，獵人們都想在這獵場上大顯身手。

獵戶寨組織了一場集體狩獵，二、三十個獵手，二、三十條狗，浩浩蕩蕩開進尕瑪爾草原，沿著一條剛剛解凍的小河搜索前進。狗群走在人群前頭，爲獵人開路，也爲獵人尋找捕獵目標。

白眉兒夾在狗群中間，牠是第一次參加人類社會的打獵活動，有一種歷經磨難終於成爲獵犬的喜悅，興致特別高，眼睛睜得很大，東張西望，唯恐錯過可疑的跡象，三角形的耳朵豎得筆直，凝神諦聽四周的動靜，鼻翼不斷地翕動，分辨著各種各樣的氣味。

隊伍從小河邊一片蘆葦叢邊走過去。蘆葦叢不大，方圓才幾十米，乾枯的蘆葦桿東倒西歪，疏疏朗朗，視線可以穿透。

走在狗群最前列的老黑狗黑虎朝蘆葦叢瞄了兩眼，沒有停頓；跟在老黑狗身後的狗群也懵懵懂懂地走了過去。白眉兒在蘆葦叢邊上走著，仔細看了看，也沒看出什麼蹊蹺，認真聽了聽，也沒聽出什麼名堂。

快走過蘆葦叢了，牠心裏突然有一種莫名其妙的煩躁，第六感告訴牠，不該這麼輕率地放棄這片蘆葦叢。牠停了下來，逸出狗群，緊走幾步，來到蘆葦叢前，鼻子貼著地，使勁嗅了嗅，水的清新，土的芬芳，蘆葦殘枝的甘甜，草原特有的馨香，一切似乎都很正常，不不，清新的水的氣味裏，似乎攙雜著一絲腥味，這是一種食肉獸身上發出來的腥味，騷臭臊熱，很不中聞哩。雖然那腥味極淡極淡，若有若無，牠還是準確地捕捉到了。

白眉兒出身於埃蒂斯紅豺群，豺的嗅覺普遍比狗的嗅覺要靈敏些。

汪汪汪，汪汪汪，牠朝蘆葦叢發出一串猛烈的吠叫。狗群停了下來，獵人們也駐足觀望。

「白眉兒，你發現這裏頭有獵物？」阿蠻星走過來，拍拍牠的腦門問。

汪汪汪，是的，主人，這裏頭有你感興趣的獵物。

酒糟鼻也走了過來，解下獵槍，隨意在蘆葦的殘枝間撥弄了幾下，貓著腰朝裏望了望，說：

「啥也沒有。哦，這麼多的狗都不叫，證明裏頭不會有什麼；難道說這麼多雙狗眼睛，還不如牠白眉狗一雙眼睛？這麼多隻狗鼻子，還抵不上牠白眉狗一隻狗鼻子？」

「是啊，」那位名叫獨眼阿炳的獵手附和道，「我的阿黃第一次跟我上山打獵，在一個土洞前大驚小怪地又叫又嚎，我還以爲發現了什麼値錢的獵物，跟著牠折騰了大半天，終於把那東西從土洞掏了出來，一看，嘿，原來是隻老鼠。」

嘻嘻，哈哈，咿咿，呵呵，獵手們笑成一片。

老黑狗黑虎大概從獵人們譏誚的笑聲中感覺到了什麼，不屑地朝白眉兒瞄了一眼，然後向前方吠叫一聲，大踏步離開蘆葦叢，向小河上游走去。

老黑狗是狗群的頭領，牠一走，其他狗也跟著走了。這表明整個狗群都認爲白眉兒是在捕風捉影。

白眉兒縱身一躍，鑽進蘆葦叢。

那蘆葦的枝葉全掉落了，上半截是光禿禿的枝桿，顯得稀稀落落，似乎一眼就能望穿，但靠地那半米，堆積著落葉和被雪壓倒的枝枝蔓蔓，密匝匝的，費很大勁才能鑽過去。向前鑽行了十幾米，那股腥騷味越來越濃，越來越清晰可聞。

又鑽行了十幾米，牠看見在一堆腐葉後面豎著兩隻形狀很奇特的耳朵，大圓三角，凹部很深，端部有一撮相當長的黑毛，就像一片倒掛的桑樹葉；牠一眼就認出這是猞猁的耳朵，森林百獸中，唯有猞猁的耳朵尖長有這樣一撮長長的黑毛；那兩隻猞猁耳朵不停地左右擺動，那是在捕捉感興趣的聲音。

怪不得離得那麼近，狗群沒能發現任何跡象，就連牠白眉兒也差點被騙過去了；那隻猞猁隱藏得十分巧妙，四肢趴開，整個身體和腦袋幾乎都埋在一堆鬆軟的蘆葦葉裏，外頭根本無法看見；紋絲不動，不發出一點響聲，那食肉獸身上刺鼻的腥騷臭也因身體靜止而相對凝固了；化凍的土，腐敗的葉，散發著濃重的氣味，也掩蓋住了猞猁的體味。

這真是一隻狡猾的猞猁，發現大群的狗和大隊的人走過來，逃跑吧，地形對牠極爲不利，四周是一覽無餘的草原，沒有樹，也沒有灌木叢，很容易遭狗群圍追堵截，也很容易遭獵槍暗算，乾脆就地藏身，還真差點讓牠矇混過關了。

汪，白眉兒繞到猞猁側面，齜牙咧嘴地吠叫一聲，躍躍欲撲。猞猁再也藏不住了，吼了一聲，跳起來躥出蘆葦叢，奪路奔逃。

「奶奶的，這蘆葦叢裏，果然有値錢的獵物。快，快開槍！」

砰，砰砰砰，獵人們倉促開槍，子彈在豺狗四周的草地上濺起一朵朵泥蘑菇，卻沒打著豺狗。砰，砰砰砰，第二排子彈射出去，只見正在奔跑的豺狗左前腿突然彎曲，閃了個趔趄，很快又向前飛奔。速度似乎比剛才慢了些，身體動作也沒剛才協調，一隻肩胛高，一隻肩胛低，微微有點蹺。

顯然，豺狗中了一槍，但沒打著要害，受了點輕傷。一眨眼的功夫，豺狗已逃出兩、三百米遠了，逃出了老式獵槍的有效射程。

「快，快放狗追！」

狗群這才如夢初醒，像一陣疾風似地朝豺狗追去。遼闊的尕瑪兒草原上展開了一場激烈的追逐。

開始，老黑狗黑虎還跑在狗群的最前面，一路追，一路咆哮，還很有點狗群領袖的風采，但老黑狗畢竟年老體衰，沒追多遠，就心跳氣喘，力不能勝，速度越來越慢，與七八條不中用的草狗一起，漸漸落到狗群的後面去了。

唯有白眉兒仍保持著前一千米的追擊速度。牠是豺和狗的混血兒，豺由於常年累月在山野捕獵，性格堅毅，很能吃苦，耐力比狗要強得多，牠具備雜交優勢，既有豺的耐力，又有狗的爆發力。追到兩千米左右時，其他狗都落到後頭去了，只有白眉兒仍緊緊跟在豺狗身後，彼此間的距離大約是五、六米。

假如豺狗前腿彎沒負傷，這將是一場毫無希望的追逐；最後一千米，豺狗會越跑越快，

儘管白眉兒有豺的吃苦耐勞和狗的爆發力，也望塵莫及的；無論是豺還是狗，都無法追上一隻健康的猞猁。但這隻猞猁負了傷，情況就有所不同，兩千米後，非但不能加速，還一點點慢下來。到了兩千五百米時，白眉兒已差不多踩著猞猁的尾巴在追了，彼此間的距離只有一步之遙。

猞猁的兩隻招風耳朵轉向身後，注意聽取身後的動靜；這是貓科動物的一種特殊技能，危急時刻，耳朵能作一百二十度左右大方位的扭轉，像雷達似地可以定向捕捉聲音。又跑了約一百多米，猞猁一面跑一面回頭張望，神色驚慌。

突然，猞猁跑進一片積水的草灘，被融化的雪水漚腐的草實在太滑了吧，牠像舞蹈似地東倒西歪，難以保持重心；牠心慌意亂，跳躍起來，大概是想跳出這片積水的草灘，結果，嘿，慘啦，剛剛落在冰渣上，吱溜，滑了出去，滑出五、六米遠，又重重跌了一個筋斗；抖抖顫顫剛站起來，還沒站穩呢，又訇地倒了下去；那受傷的前腿彎亮在外面，創口血肉模糊，還在滴著血；身體在積水裏打了個滾，身上黏滿了冰渣、泥漿和草葉，骯髒邋遢，落魄潦倒；大口大口地喘著粗氣，嘴角吐著白沫，顯得已精疲力盡了；腦袋垂在地上，看來求生的意志已經崩潰；望著白眉兒走近，用嘶啞的嗓門絕望地哀嚎了兩聲。

啊哈，白眉兒高興極了，沒想到這麼容易就把猞猁給制伏了。瞧眼前這隻猞猁那副熊樣，已完全失去了反抗能力。其他狗都還沒有追上來呢，是牠獨自把猞猁給制伏的；主人和其他獵手正在往這兒趕，人的視覺雖然較差勁，但這一帶草原無遮無攔，是可以看見這裏的情景的；牠應當趁別的狗還沒趕到，撲到猞猁背上去噬咬，咬斷猞猁的脖子，展現自己敢於隻身對付猛獸的膽魄與才幹。

牠緊跑幾步，繞到猞猁面前；反正這倒楣的猞猁已虛弱得連站也站不起來了，迎頭撲咬，更可淋漓盡致地表現出猛犬大無畏的風采。牠四肢彎曲，身體重心後傾，準備躍上去了。

突然，牠發現眼前這隻猞猁好面熟啊，好像在哪裡見過，哦，想起來了，幾個月前牠被豺王夏索爾趕出埃蒂斯紅豺群，餓了好多天好不容易逮著隻小斑羚，就是讓這隻猞猁給搶走的；沒錯，就是這傢伙，灰色的皮毛間像繁星似地密布黑色斑點，四隻爪子雪白，上嘴唇兩撇長長的銀鬚，淺藍色的眼珠，粗得像豹尾短得像豬尾的紅尾巴，確確實實就是這傢伙。

狗的記憶力很強，幾乎能過目不忘，更何況這隻猞猁在當時還差點要了牠的命。豬娘養的，你也有今天哪。白眉兒恨不得立刻跳到猞猁背上去咬牠個稀巴爛，一解心頭之恨，可是，一種不祥的感覺和顧慮卻油然而生，抑止了牠的衝動；牠想起小斑羚被搶的情景，當時牠實在是氣不過，看看猞猁好像毫無戒備的樣子，想從背後偷襲奪回千辛萬苦才獵獲的小斑羚，結果上當受騙，連自己也差點成爲猞猁的食物。歷史的教訓值得記取，這隻猞猁狡詐無比，善於製造假象，自己應該多長一個心眼。

牠收回了跳躍的姿勢，仔細觀察起來，唔，這傢伙雖然趴在地上似乎連站也站不起來了，但身體並沒癱軟；腰不是向下凹塌，而是向上拱起，四條腿上的肌腱也繃得緊緊的，凝

聚著力量；尤其可疑的是那條短短的紅尾巴，並沒耷落在地，而是平平地舉在空中，假如身體真的虛弱得無力站起，尾巴便應當萎軟得像條死蛇縮在股溝裏；兩隻眼睛就更邪乎了，俗話說眼睛是心靈的門窗，求生的意志要真是崩潰了，眸子應黯然無光，發呆發愣，散亂失神，可這傢伙此刻的眼睛卻眸子賊亮，滴溜溜亂轉，顯得陰險殘忍。可以這麼說，面前這隻豺狗的身體是形散神不散。

是在裝死，想要誘騙？完全有可能！

小心有詐。謹慎不是懦弱。

白眉兒正在猶豫時，狗群已趕到草灘，不一會，老黑狗黑虎也氣喘吁吁地趕來了，狗群把豺狗團團包圍起來，興奮地狂吠亂叫。不遠處傳來獵手們的吶喊聲，狗群愈發激動，有幾條膽大的狗甚至衝到豺狗面前汪汪吠叫，近得嘴唇都差不多觸碰到豺狗銀白色的鬍鬚了。狗就是這個德性，得勢便猖狂。

豺狗仍然是口吐白沫，癱臥在地，一副半死不活的樣子。不知是受獵手們吶喊聲的鼓舞，還是受豺狗奄奄待斃那副模樣的誘惑，抑或是想搶佔頭功爭奪榮譽，那條名叫阿花的花色獵狗和那條名叫阿黃的黃毛獵狗，突然從左右兩側一齊向豺狗撲過去；阿花的撲擊目標是豺狗那條受傷的前腿，阿黃的撲擊目標是豺狗的右後腿。

牠們挨攏豺狗身邊，剛要張嘴噬咬，突然，豺狗「活」轉來，像汽球似地蹦起來，以閃電不及掩耳之勢，伸出兩隻前爪，像拍手鼓掌似的在阿花的脖子上拍了一下，可憐的阿花，臉偏向一邊，再也擺不正了，世界從此多了一條歪脖子狗；還沒等阿黃反應過來是怎麼回事，猞猁一個鷂子翻身，接著又一個餓虎撲食，把阿黃按在爪下，一口咬住頸椎，猛烈撕扯，可憐的阿黃，身體被活活撕開，到狗閻王那裏報到去了。

狗群被這突如其來的變化驚呆了，泥塑木雕般地望著猞猁。空氣裏瀰散開一股濃烈的血腥味。

阿花仄著腦袋，嗚咽哀嚎，大概是想把臉扳正過來吧，像陀螺似地在原地旋轉，平添了許多恐怖氣氛。

猞猁一爪子把血肉模糊的阿黃踢到左邊的狗群裏，左邊的狗群像炸了窩似的四處散開；猞猁又吹鬍子瞪眼朝右邊的狗群作撲躍狀，右邊的狗群立刻像潮水似地朝後退卻。連老黑狗也夾著尾巴縮到一邊去了。

狗群的包圍圈瓦解了，猞猁趁機一個扭身，拔腿朝山溝跑去。只有白眉兒狂吠一聲，繼續尾隨追擊。

在眾多的狗中，唯獨白眉兒沒被猞猁血腥的屠宰嚇破膽。牠身上有一半豺的血統，從小又是在豺群中長大的，基本上是豺的心理素質；豺在獵場上的風範與狗迥然不同，豺沒有獵人撐腰，也沒有獵槍助威，自古以來選擇的就是靠自己的力量求生存的生活道路，獨立精神很強；在狩獵中既有勝利，也有失敗，既有輝煌，也有屈辱，有笑也有淚，有喜也有悲，從某種意義上說，失利要比成功多，可以說失利是家常便飯，因此對失利的心理承受能力很

強，只有勝不驕敗不餒，才能一天一天活下去；叢林裏的動物不是泥捏的，即使是兔子，逼急了也會反咬一口，在獵殺過程中，經常會有豺被殊死抵抗的獵物咬傷或踢死；假如一隻豺流了血，就嚇得其他豺不敢動了，豺這個物種早就在地球上絕滅了；同伴的血，往往會使其他豺更瘋狂地撲向獵物。

白眉兒憋足一口氣，拚命朝猞猁追去。牠覺得這已經不是一場普通的狩獵，這該死的猞猁，曾經像個強盜無賴一樣搶走了牠的小斑羚，牠差點因此而變成風雪叢林裏的一具餓殍；剛才這傢伙又巧設騙局，佯裝跌倒，殘殺獵狗，製造白色恐怖，好趁機擺脫狗群糾纏，逃之夭夭，牠又差點上當受騙，命喪黃泉；阿黃慘遭毒手，阿花被拍歪了脖子；新仇舊恨，群體仇，個體恨，一起湧上心頭，無論如何，牠也要追上並設法制伏這隻猞猁，復仇雪恨。

離山溝一百米左右時，白眉兒追上了猞猁，與猞猁並排奔跑。牠側著臉在猞猁的耳朵根發出一串串嘹亮的吠叫，企圖用叫聲迫使猞猁改變逃跑路線，那怕拐個小小的彎也好，只要不鑽進山溝，只要是在草原繞來繞去，猞猁就最終逃不出迅速趕來的獵人手心。

狡猾的猞猁根本不理睬白眉兒的恫嚇，悶著頭徑直往山溝奔。

離山溝只有七、八十米遠了。山溝裏是一片茂密的冷杉林，冷杉是一種耐寒的樹種，經歷了一個冬天，仍一片綠色。猞猁是習慣在密林生活的動物，覓食或喝水才會偶爾跑到草原去的；猞猁在樹上攀援跳躍的技巧連獵豹都自嘆不如，讓猞猁逃進山溝，躥進樹林，猶如讓魚兒重歸大海，讓鳥兒重返藍天，即使再多一倍的獵狗和再多一倍的獵人也休想再逮著牠了。

白眉兒想，自己不能無所作爲地老跟在猞猁身邊跑，這樣跑下去，等到猞猁跑進山溝，就不是在捕獵，而變成在歡送了。牠必須得採取措施，讓猞猁停下來，起碼要遲滯猞猁的行動。

牠從側面朝猞猁的脖頸咬去，想和猞猁咬成一團；猞猁不是傻瓜，會聽憑牠咬，見牠伸過嘴來，也扭頭用嘴來回敬，鬧了個嘴碰嘴牙叩牙，活像一對情侶在接吻。到底猞猁身體更高大壯實一些，這一「接吻」，白眉兒被搡出兩尺遠。

猞猁沒有任何停頓，仍筆直朝山溝奔去。白眉兒又落到猞猁身後兩米遠。

一轉眼的工夫，猞猁又朝前跑出幾十米，離山溝只有二十來米遠了，白眉兒心急如焚，眼看這場狩獵就要泡湯，阿黃的血白流，阿花的脖白歪，牠的復仇也要落空了。

不不，不到最後一秒鐘，牠不能放棄努力；牠第一次參加打獵，不能給主人落下一個不中用的壞印象；主人離這兒已經不遠了，主人的眼睛正望著牠呢；無論如何，牠也不能眼睜睜望著猞猁逃進山溝；牠一定要在最後關頭糾纏住猞猁，並堅持到主人趕到，即使犧牲自己也在所不惜。

牠不顧一切地做了個二級前撲的動作，這是牠最後一個絕招；牠嗖地一聲奮力向前撲去，第一個前撲落點剛好在猞猁屁股後面約兩、三寸遠的地方，刹那間又高高地撲了起來，第二個前撲，很快在空中追上正悶頭躥逃的猞猁，上下一線向前運動，這態勢，無論猞猁怎麼躲閃，牠也會像張網似地把猞猁罩住。

這時，牠才想起選擇落點的問題，就是說，落下去後該怎麼咬？咬脊背？不不，猞猁會在牠啃咬脊背時就地打個滾，把牠壓翻或把牠抖落。咬頸椎？不不，猞猁的脖子很靈活，很方便就會被反咬一口。咬屁股？屁股脂肪層厚，咬了也沒多大關係，猞猁完全可以不予理睬，繼續朝山溝逃命。咬後腿？不不，咬住猞猁的一條後腿，雖然能遲滯猞猁朝前奔逃，但危險極大，那猞猁的爪子又尖又長，像五把小尖刀，不小心被踢蹬一下，自己的小命就會賠進去。

怎麼辦？

突然，白眉兒瞥見猞猁那根粗得像豹尾、短得像豬尾的紅尾巴。驀地，一個靈感誕生了，這個兩級前撲的姿勢，剛好可以接著做個空中噬喉的動作。當然，想要一口咬斷猞猁的喉管是不可能的，但可以把空中噬喉稍稍修改一下，改成空中噬尾；咬出個禿尾猞猁，咬牠個靈魂出竅，咬牠個暈頭轉向。

牠收腹挺胸，腦袋扎下去，一口叨住猞猁尾巴，四條腿在猞猁屁股上猛烈踢蹬，隨著猞猁一聲慘嚎，那根紅尾巴被齊根咬斷了。

猞猁轉過身來，氣得銀白色髫鬚一根根豎起來，雙目噴火，低聲咆哮著，恨不得一口把白眉兒給吞下去。

白眉兒要的就是這個效果。不，牠還嫌猞猁氣得不夠，最好是氣得忘了自己的處境，忘了危險，忘了獵人和獵槍正在朝這兒趕來。

火上澆油，這「油」是現存的。

白眉兒把那根還滴著血的豬猁尾含在嘴裏，搖頭晃腦，就像在揮舞勝利的旗幟，然後，牠當著豬猁的面，舔食豬猁尾巴傷口滴出的血漿。

咂咂嘴，聳聳耳，味道好極了。

這無疑是一種捉弄，是一種嘲諷，是一種輕慢的侮辱。

豬猁暴跳如雷，發瘋般地朝白眉兒撲來，連連撲躍，要報斷尾之仇。荒涼的草原上，展開了一場激烈的追逐與廝鬥。

雖然白眉兒是條出類拔萃的狗，雖然豬猁腿彎中了一槍又被咬斷了眉巴，但物種不同，豬猁屬於猛獸，狗屬於一般走獸，好比重量級與輕量級較量，硬碰硬，一對一，白眉兒無論如何也難佔到便宜。白眉兒明白這一點，採取周旋戰術，敵進我退，敵退我進，敵咬我走，敵走我咬。牠知道，只要能纏住豬猁，拖延就是勝利。主人和其他獵手會很快趕到這裡把豬猁收拾掉的。

豬猁已處於癲狂狀態中，盯住白眉兒不放，瘋咬亂抓，白眉兒靈巧的躲閃著。

豬猁又一次迎面朝白眉兒撲來，白眉兒扭腰想避開，突然，踩著碎冰，吱溜，滑了一下，動作慢了半拍，豬猁一爪子剛好抓在牠的脖子上，抓得牠四腳朝天。沒等牠翻過身來，豬猁凌空躍起，像座小山似地向牠壓下來，那口白得耀眼、能咬碎牛頭的牙齒，直衝白眉兒

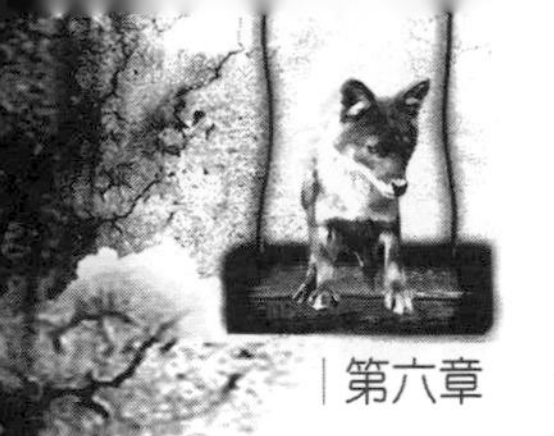

柔軟的腹部。

砰——就在這危急關頭，槍響了。猞猁兩眼翻白，在空中像鯉魚似的打了個挺，便軟綿綿栽倒在地。

哦，是主人阿蠻星在十幾步遠的地方開的槍，子彈貫通猞猁的雙耳。

白眉兒從地上爬起來，抖抖身上的水，跑到阿蠻星身邊。阿蠻星伸出手來撫摸白眉兒的脖子，摸了一把濕漉漉的血，心疼地說：「白眉兒，你受傷了。來，我給你包紮一下。」

白眉兒這才感覺到脖子火辣辣地疼。

阿蠻星從牛皮背囊裡掏出一包黃色藥末兒，敷在白眉兒的傷口上，又用紗布將白眉兒的脖子一圈圈裹了起來，那疼痛才緩解了些。

這時，其他獵人和狗群也都趕了上來。酒糟鼻踢了踢已經斷了氣的猞猁，咂著嘴說：「多好的一張猞猁皮，瞧這一身毛，細密油亮，嘿嘿，準賣得好價錢。」

「多虧了這條白眉狗，」五短身材的麻魯大叔看了看近在咫尺的山坳說，「好險哪，只差了幾步，這隻猞猁就逃進樹林去了。」

「我在望遠鏡裏看得很清楚，其他狗都跑不動了，白眉兒還在追；阿黃被咬死後，其他狗都不敢再追，白眉兒還緊追不捨。」一位叫罕梭的獵手嘖嘖稱讚道。

「我不用望遠鏡，就一隻獨眼也看得清清楚楚的，多棒啊，一口咬掉了猞猁的尾巴。」獨眼阿炳說。

「敢隻身追咬猞猁，嘖嘖，我活了這麼大歲數，還是頭一次看到這麼勇猛的狗。」一個頭髮鬍子都有點花白的老頭說。

「牠還是第一次打獵呢。」阿鑾星不無驕傲地說。

「牠還是頭一個聞到猞猁氣味的，嗅覺比其他狗要靈敏得多。」

「聰明機智，一身是膽，這簡直就是條神狗。」

「阿鑾星好福氣，白撿了個寶貝疙瘩。」

阿鑾星臉笑得像朵花。

十天後，白眉兒脖子上的傷口痊癒了，那幾道疤痕被頸毛遮蓋住，一點沒破相。

阿鑾星是在院子裏替白眉兒解開纏在脖子上的繃帶的。解開後，他撫摸著白眉兒的脖子，自言自語道：「好險哪，再抓重一點，脖子差不多就要被抓斷了。」

他皺著眉頭沉思了一會兒，突然提高聲音叫了起來：「黑虎，黑虎，過來，過來！」

老黑狗黑虎正在籬笆牆邊逗弄一隻小豆雀，聽到主人叫牠，便興沖沖跑了過來，還以爲主人要餵牠什麼好吃的呢。

阿鑾星一手摟住老黑狗的腰，另一隻手伸進老黑狗的頸窩摸索著，只聽喀噠一聲響，老黑狗脖子上那副漂亮的護脖兒鬆開了。主人取下那副護脖兒，旋即把老黑狗從自己懷裏推開。

那副犛牛皮上鑲著銅釘的護脖兒，給老黑狗增加了不少威儀，突然摘去，老黑狗愈顯得衰老萎縮，脖頸上一道難看的痕跡，使老黑狗不僅顯得衰老，還顯得醜陋。

老黑狗大概做夢也沒想到主人會摘去牠的護脖兒，一下子愣住了，怔怔地站在那裏發呆。

主人一轉身將那副護脖兒圍在白眉兒脖子上。白眉兒自出娘胎以來，還是第一次戴護脖兒，真是別有一番滋味。那副護脖兒好像是特地爲牠白眉兒訂做的，大小正合適，鬆緊合宜，溫暖舒服；長短從下巴頦兒到肩胛，剛好把狗身上最易受到攻擊和傷害的部位庇護住了。白眉兒仰起脖子，神氣十足，自我感覺特別不同。

嗚——老黑狗幽幽地嚎了一聲，神情淒楚，好像末日來臨了似的。

「哦，黑虎，你已經老了，你追不上獵物了，沒必要再戴護脖兒了。人不服老不行，狗不服老也不行啊。」阿蠻星拍著老黑狗的背安慰說。

白眉兒心花怒放，牠知道這副貴重的護脖兒不僅具有實用和裝飾的雙重價值，還是一種象徵，象徵著地位和權利。主人把鑲著銅釘的犛牛皮護脖兒從老黑狗脖子上移到了牠的脖子上，意味著把寵愛和信賴也移到牠身上，把獵戶寨獵狗群頭領的榮耀和最佳獵犬的頭銜也一併贈送給牠了。

生活多麼好，令狗心神往。

老黑狗夾著尾巴，垂頭喪氣，鑽進木屋背後一個陰暗的角落，一聲接一聲嗚咽著，直到天黑才出來，連晚餐也沒吃。

第七章 千鈞一髮

春光明媚，山林一片翠綠。

山間小路上，戴著漂亮的護脖兒的白眉兒邁著輕快的步子，小跑著。主人阿蠻星用細麻繩牽著老黑狗，跟在牠的後面。

兩條獵狗跟著同一個主人到日曲卡山麓狩獵。

天氣很好，一縷縷陽光透過樹梢的新葉灑向大地，乳白色的晨嵐在樹間繚繞。白眉兒的心情比天氣更好，容光煥發，精神抖擻。自從去年初冬牠投靠人類後，歷盡艱辛，歷盡磨難，現在終於苦盡甜來了。自打獵殺猞猁後，阿蠻星對牠的寵愛一天濃似一天，不僅頓頓有葷腥，閒下來時，還常常把牠摟進懷裏，深情地撫摸。

牠是知甘苦的狗，很珍惜主人對自己的這份情誼，打獵時格外賣力，次次都衝在頭裏，回回都不落空；主人臉面有了光彩，對牠就愈加疼愛。有時牠興趣來了，還會獨自進山，叼回隻野兔或狗獾什麼的，喜得主人眉開眼笑，逢人便誇牠是一條千金難買的好獵狗。不僅主人對牠越來越好，獵戶寨的村民們也徹底改變了對牠的看法，再沒有人朝牠吐口水瞪白眼，

再也沒有人踢牠打牠罵牠。牠走到哪裡，都會受到友好的歡迎，或者慷慨地扔給牠一根骨頭，或者慈善地賜給牠一個微笑。

在獵戶寨的狗群裏，牠的境遇更是起了翻天覆地的變化，由一個落魄潦倒的可憐蟲一躍成爲燦爛的明星；地位扶搖而上，變成群狗的領袖；除老黑狗黑虎外，所有的狗都對牠服服貼貼，俯首稱臣；那些過去欺凌過牠的狗，現在見著牠，都會諂媚地朝牠搖尾巴；牠本來就身軀高大，相貌堂堂，一表狗才，如今配上一副閃閃發亮的護脖兒，更顯得儀表俊美，神氣十足，站在狗群裏，有一種君臨天下的感覺。

最讓牠得意的，是贏得了那條名叫冰冰的白母狗的愛；冰冰唇吻上翹，雙目細長，脖頸光滑風騷，身段豐滿，尤其是臀部，渾圓如磐，飽含剛剛成熟的雌性的韻味，用狗的標準來衡量，算得上一條絕頂美狗。冰冰青春年華，含苞欲放，寨子裏很多公狗都對牠垂涎三尺，黏黏乎乎想貼上去佔便宜，但冰冰就像牠的名字一樣，見到熱情如火的公狗，便將那根漂亮的白尾巴緊緊蓋在兩胯之間，嘴臉冷如冰霜，擺出一副神聖不可侵犯的凌然姿態；冰冰過去對牠的態度也十分惡劣，像監視囚犯似的監視牠，如今卻主動和牠修好，有事沒事陪伴在牠身旁，態度柔順乖巧得就像隻貓。俗話說，雌性是雄性的一面鏡子，白眉兒從冰冰身上看到了自己的魅力與風采。

白眉兒在山路上小跑著，不時回頭用充滿感激的眼光望阿蠻星一眼。牠知道，自己能有今天，全靠主人的栽培。村長的愛犬，本身就有一定的地位和權勢，再加上牠的忠貞驍勇的品性，才會越來越受到村民們的喜愛和狗群的擁戴。假如沒有主人的信賴和理解，牠早就從這個世界上消失了。牠時時懷有一種感恩圖報的心情。

牠一面跑，一面豎起耳朵聳動鼻翼，用靈敏的聽覺和嗅覺在靜宓的山林間搜尋，希冀能發現有價值的獵物，讓主人滿載而歸，讓主人高高興興。

登上一道山梁，突然，白眉兒看見前面林子裏閃過一個紅影子，好像是隻豺。主人的視力也很好，也同時看見了，立刻喝道：「白眉兒，是惡豺，快追！」

主人的語調裏充滿了對豺的厭惡與憎恨。

白眉兒不敢怠慢，立即像股疾風朝前面那隻豺躥過去。

山林裏飄著薄薄的霧嵐，白眉兒只望得見前面那隻豺朦朧的身影，無法看清究竟是誰。但牠很清楚，自己正在追攆埃蒂斯紅豺群中某一個成員。牠聞到的就是牠十分熟悉的埃蒂斯紅豺群的氣味；這一帶是埃蒂斯紅豺群的活動領地，不會有其他豺群的蹤跡。

牠並沒有因爲正在逃亡的獵物是埃蒂斯紅豺群中的一員，而放慢自己的速度，恰恰相反，牠比平常的狩獵更加賣力，窮追猛攆，恨不得立刻就把前面那隻豺撲倒咬翻。

牠已決心做條好獵狗了，當然要和豺徹底決裂。對牠來說，埃蒂斯紅豺群裏沒有溫馨的回憶，沒有絲毫值得留戀的地方；回想起過去在埃蒂斯紅豺群裏的生活，那簡直就是一場用黃連浸泡的惡夢。大冬天牠被豺群驅趕出境，還差點被豺王夏索爾咬死，牠和埃蒂斯紅豺群之間有的只是仇恨；因此，獵殺埃蒂斯紅豺群的成員，對牠來說沒有任何情感上的障礙。

人類溫暖的火塘，主人親切的撫摸，已經徹底改造了牠豺的靈魂，塑造了全新的狗的靈魂。牠現在過的是沒有饑餓、也沒有寒冷的日子，要地位有地位，要榮譽有榮譽，要夥伴有夥伴，還有一位稱心如意的好主人，是世界上最幸福的狗了，牠十分滿意自己現在的獵狗生活，這輩子不可能再回埃蒂斯紅豺群去做一隻豺了。

牠不再是豺，而是與豺沒有任何瓜葛的獵狗。獵狗捉豺，天經地義。牠沒有什麼好猶豫的。捕捉一隻豺，對牠來說，意義十分重大；當牠把過去的同類當做獵物去追捕去噬咬，其實就是一個靈魂的淨化過程，用行動證明自己從心靈到外表都是道道地地的狗。

還有一個附帶的好處，就是可以徹底打消老黑狗對牠的懷疑。不知怎麼搞的，整個獵戶寨的人和狗都對牠轉變了看法，唯獨老黑狗仍用對待暗藏的異己份子的態度對待牠，總是對牠毛尖上那層豺的紅豔吹毛求疵，總是對牠身上殘留的豺的氣味揪住不放，總把牠視爲豺的奸細，看作混血的怪胎。假如牠當著老黑狗的面咬斷一隻豺的頸椎，就可向老黑狗表明自己已同豺劃清了界線，經歷了血的洗禮，狗的靈魂也就定型了，再也不可能逆轉了。

很快，白眉兒與豺的距離越縮越短，只差幾步遠了。

前面是一片早已凝固的泥石流，怪石嶙峋，石與石之間的泥沙裏長著一束束狗尾草，中央部位有一條長長的雨裂溝。

那隻豺喪魂落魄，慌不擇路，一頭鑽進雨裂溝去。雨裂溝很窄，但有點深。看來，這隻被牠追攆的豺生性愚鈍，缺乏在危急關頭應變的能力。

倒楣的豺逃到雨裂溝底端，無路可逃了。窮途末路，便不顧一切地回轉身來，齜牙咧嘴低聲囂叫，擺出一副困獸猶鬥狀。

白眉兒不緊不慢地靠攏去。雖然雨裂溝裏光線很暗，牠還是看出被牠逼進死胡同的，是一隻體格並不強壯的母豺。牠一條猛犬，要對付一隻母豺是綽綽有餘的。主人和老黑狗正往這裏趕來，牠有主人作靠山，有獵槍襯底，在這場較量中占著絕對優勢。牠不用費太大的力氣就可制服眼前這隻母豺。

豺驚慌地盯著牠，準備應付最後的搏殺。

太陽冉冉升起，一束陽光把黑黝黝的雨裂溝照得通亮，把那張豺臉照得一清二楚。母豺頭上的毛有點灰暗，就像一隻在黑泥裏滾過的紅漿果，下巴頷豁了一個口子，成了兔嘴，不時有唾液從豁口流淌出來，像吊著一根白線。這是一張十分醜陋的豺臉，卻也是白眉兒無法忘懷的豺臉。

牠可以毫無顧忌地咬死埃蒂斯紅豺群中任何一隻豺，唯獨眼前這隻母豺是例外。

這隻母豺因其生理上的明顯缺陷，而取名叫兔嘴。兔嘴不僅嘴上有個V型豁口，那身豺毛也像患過疥瘡似的癩禿斑駁，十分難看。牠嗓門喑啞，即使表示友好的囂叫，也因聲音變調，聽起來像在同誰謾罵吵嘴。

豺的社會崇尚力量，也講究美，兔嘴長相醜陋，很不討公豺喜歡，在豺群裏地位低卑，長到五歲了，仍孑然一身；其他母豺在這個年齡，至少也是生育過一至兩胎的母親了；不是

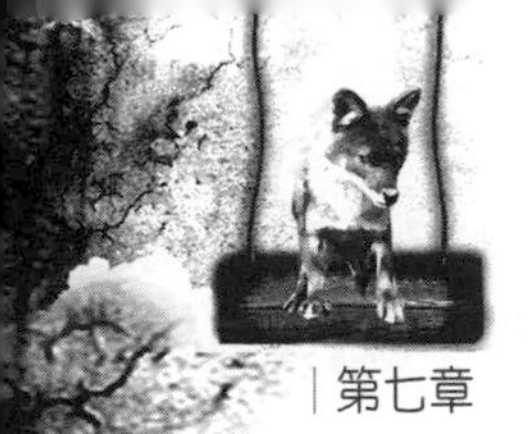

兔嘴有什麼獨身的怪癖，而是沒哪隻公豺願意同兔嘴踩背交尾。

這是被愛情遺忘的角落。

或許正因為如此，兔嘴與白眉兒有一段相依為命不同尋常的交往。可以這麼說，要是沒有兔嘴，牠白眉兒極有可能活不到今天。

那是白眉兒還剛滿半歲的時候，日曲卡山麓刮起了一場百年不遇的暴風雪。北風怒號，鵝毛大雪鋪天蓋地，奇冷無比。其他幼豺都蜷縮在母豺溫暖的懷裏，度過漫長的冬夜。白眉兒沒有母豺，也沒有窩，只能鑽在樹葉下過夜。半夜，牠被凍醒，四肢僵木，瑟瑟發抖。

牠還是隻幼豺，幼豺身上沒有多少熱氣，再這樣煎熬下去，不等雪霽天晴，牠就會被凍成冰棍兒的。為了活命，牠涎著臉，壯著膽，去鑽別的豺窩。牠只有鑽進成年豺的懷中，才能免於被凍死。牠先去鑽黑蝴蝶的窩，黑蝴蝶像驅趕一條討厭的蛇一樣把牠踢了出來。牠又去鑽罕梅佔據的那個樹洞，結果更糟糕，差點被咬傷鼻子。

天寒地凍，各窩成年豺照顧自己的孩子都來不及，誰還有心腸管一個沒爹沒媽的孤兒呀。

牠吃了幾次閉門羹，沒有力氣也沒有勇氣再去鑽別的豺窩；牠臥在沒遮沒攔的雪地裏，淒涼地哀嚎著，等著死神降臨；雪花很快把牠蓋了起來，像個隆起的小雪丘，更像個小小的墳塚。

在牠迷迷糊糊時，覺得有誰把牠從積雪下叼了出來，不一會兒，一股暖意瀰漫全身，彷彿鑽進了太陽的懷抱。牠睜開眼一看，哦，原來自己是在兔嘴的懷裏。好心腸的兔嘴聽到牠的哀嚎，頂著風雪從棲身的石縫裏出來，把牠撿了回去。

牠依偎在兔嘴的懷裏，徹骨的寒冷消失了，牠享受到了一種溫馨的母愛。從此，每到夜晚，牠都要摸到兔嘴的窩裏來。

兩隻孤苦伶仃的豺，成了相依爲命的伴。

一直到牠被豺王夏索爾粗暴地趕出豺群前，牠和兔嘴都保持著這種親密的關係。這是牠在埃蒂斯紅豺群裏唯一難以忘懷的情誼。

此時此刻，假如換了埃蒂斯紅豺群任何一隻別的豺，白眉兒都會毫不遲疑地撲過去咬斷對方的喉管，然後叼著半死不活的俘虜，鑽出雨裂溝，送到主人阿蠻星跟前去邀功請賞。

可偏偏就是兔嘴！

不知怎麼搞的，牠獵狗的膽魄消失得無影無蹤。牠覺得渾身虛軟，怔怔地望著面前的兔嘴，不知該怎麼辦才好。

唉，命運爲啥總是與自己作對呢！

兔嘴也認出牠來，豺臉上驚恐的表情化作驚訝，不再朝後退縮，而是朝前跨了一步，聳動鼻翼來嗅聞牠的臉頰。這是豺與豺久別重逢後互相識別的一種儀式。

白眉兒也聳動鼻翼聞了聞，兔嘴身上有股牠十分熟悉的溫暖氣息，這氣息曾經慰藉過牠孤寂的心，暖醒過牠被凍僵的身體。

懵懵懂懂，牠似乎又回到了昔日的豺群。

汪——山坡下傳來一聲狗吠。是老黑狗在叫，老黑狗是被主人牽在手裏的，老黑狗到了，說明主人也到了。

白眉兒猛然被驚醒，從夢幻狀態回到現實。牠往後一跳，將自己的身體與兔嘴的身體脫離開。牠是狗，怎麼能出賣原則喪失立場與豺勾勾搭搭呢。牠現在的幸福生活來之不易，應格外珍惜。過去的事就讓牠過去吧！重要的是現在，千萬不能頭腦發昏，爲了虛無飄渺的情感而損害現實利益毀掉錦繡前程。現實一點，牠要不徇私情爲主人咬死兔嘴。

牠想，牠這樣做絕不是忘恩負義，而是狗立場的堅定。就算兔嘴曾經給過牠母親般的關懷與溫暖，牠也要大義滅親的。狗和豺的矛盾無法調和，狗和豺之間無法界限不明，牠是代表人類對豺進行正義的審判！

剎那間，牠恢復了呲牙裂嘴的撲咬狀。對不起了，兔嘴，你禱告吧。

白眉兒凌空躍起，像張天網罩在兔嘴身上。牠用壓倒一切的力量把兔嘴壓倒在地，將唇吻刺探進兔嘴的頸窩，尖利的犬牙叼住了兔嘴的喉管。這將是致命的噬咬。兔嘴沒有掙扎，也沒有反抗，定定地看著牠，眼睛裏有一絲哀怨。

奇怪的是，感覺變味了。以往，牠一旦叼住了獵物的喉管，便血液沸騰，產生一種如癡如醉的興奮，但此刻，沒有興奮，倒覺得枯燥乏味，神經近乎麻痹了，彷彿不是叼著喉管，而是叼著無生命的蘆葦管。

不能跟著感覺走。牠想，理性的選擇應該高於感覺。牠的行爲是正義而崇高的，牠不能動搖自己的信仰。牠想闔攏自己的嘴，將利齒嵌進兔嘴脆嫩的喉管去，完成最後的噬咬動作。可是……可是……牠怎麼也咬不下去，嘴無法闔攏，喪失了噬咬的力量。

兔嘴從牠爪下鑽出來，抖抖身上凌亂的豺毛，臉色相當平靜，緊挨著白眉兒，那豺脖頸還黏黏乎乎伸過來企望與白眉兒交頸廝磨呢。

雨裂溝外傳來跫然足音，傳來老黑狗嘶啞的吠叫聲。兔嘴意識到處境危險，又朝前跨了半步，幾乎依偎到牠白眉兒身上來了。白眉兒明白，兔嘴是想尋求保護，是想謀取生路。

白眉兒用腦袋頂著兔嘴的腰，把兔嘴頂進雨裂溝底端一條土坎後面，並示意兔嘴蹲下來。兔嘴很快領會了白眉兒的意思，悶聲不響地藏了起來。

白眉兒立即回轉身，躥出雨裂溝。剛好，主人牽著老黑狗，順著泥石流堆積成的緩坡爬了上來。白眉兒朝緩坡左側一條幽深的小河溝吠叫個不停。那是在向主人傳遞訊息，嗯，那隻豺順著小河溝逃跑了，主人，我們快追過去吧。那當然是假訊息，白眉兒自從做了獵狗以後，還是第一次欺騙主人，心裏惴惴不安。

阿蠻星什麼也沒查覺，轉了個身，牽著老黑狗就準備順著白眉兒指引的方向繼續追攆。白眉兒暗暗舒了口氣，想不到誆騙人類那麼容易。

突然間，節外生枝的事發生了。老黑狗黑虎咆哮起來。

老黑狗雖然老態龍鍾，但畢竟是狗，嗅覺比阿蠻星要靈敏得多，走過那條雨裂溝，聞到

裏頭有股豺的氣味；牠心裏一驚，停了下來，站在雨裂溝前，使勁聳動鼻翼，嘿，裏頭果真有股新鮮的豺的氣味，那氣味還凝結成一團呢。不難判斷，那隻逃亡的惡豺此刻正蹲縮在這條雨裂溝的某個角落。

汪汪，牠朝白眉兒提醒式地叫了兩聲，小子，你別搞錯了，這豺明明就在眼前這條雨裂溝裏嘛！

白眉兒彷彿聾了似的，根本不理會老黑狗的提醒，還在阿蠻星面前蹦跳著，朝小河溝方向嗚嗚低聲嚎著，竭力慫恿主人快離開這裏鑽進小河溝去。

惡豺就在眼前這條雨裂溝裏，白眉小子卻執意要把主人引向小河溝，這是在搞什麼名堂？老黑狗困惑地眨巴著眼睛，思忖道，是這白眉小子一時疏忽，沒覺察到惡豺已逃進雨裂溝？不不，這不可能，再蠢笨的狗也不可能反應這般遲鈍，連獵物逃跑的大方向也掌握不住；是這白眉小子嗅覺出了毛病？不不，也不可能，這傢伙既沒傷風感冒，也沒鼻子堵塞，平時嗅覺比哪條狗都好，這條雨裂溝裏冒出來的惡豺的氣味那麼濃烈、那麼新鮮，我黑虎這麼大把年紀也一聞就聞出來了，白眉小子絕不可能聞不到的。那白眉小子爲啥急不可耐地要把主人引向根本沒有任何豺氣味的小河溝去？這只有一種解釋：白眉小子想包庇躲藏在雨裂溝裏的惡豺，有意要把主人引入歧途！

突然間，老黑狗呼吸加快，熱血一個勁往腦門上湧，激動得渾身哆嗦。狗和豺自古以來就是敵對的兩大陣營，正直的獵狗是絕不會去同情憐憫一隻豺的，只有豺才會幫豺；換句話說，白眉小子是豺，所以才會包庇豺的。看來，自己的懷疑是對的。

牠半年前第一眼看到白眉小子，就覺得這傢伙氣味不正，眼睛深處有一股豺的邪惡，就疑心是豺娘養的種。牠千方百計排斥牠打擊牠，目的就是想要把異己分子清除出去，純潔獵戶寨的狗群。豈料這白眉小子狡詐無比，反而搖身一變從酒鬼苦安子手裏轉到阿蠻星門下來了，七弄八弄，竟然成了獵戶寨狗群的明星。

雖說是阿蠻星摘去了牠脖子上那副漂亮的護脖兒，但牠是狗，阿蠻星是主人，狗是無權責備主人的；牠理所當然把這筆仇恨帳記到白眉小子身上。牠覺得牠和牠前世有仇，天生的冤家對頭。牠渴望著能報仇雪恨。

當然，最紳士的做法，就是豁出老命和白眉兒決鬥一場，把丟失的榮譽奪回來；可牠雖然恨白眉兒恨得咬牙切齒，恨得頭暈目眩，卻並沒喪失自知之明；這白眉小子年輕力壯，犬牙又尖又亮，爪子又細又長，能一口咬掉猞猁尾巴，實打實地硬拚，自己無論如何也不是對手。牠老了，也不可能重新長一身錦緞般閃亮的狗毛，重新長一口潔白如玉石般的犬牙，重新長一雙清亮如井水般的狗眼，重新長四條奔跑如疾風的狗腿，馳騁山林，獵取很多珍貴的野獸，重塑自己的光輝形象，奪回主人的寵愛。沒辦法，只好把委屈藏在心裏，韜光養晦，潛伏爪牙忍受，寄希望於白眉小子自我暴露自我毀滅。

可突然間，這白眉小子就要露出豺的真面目了。這就叫踏破鐵鞋無覓處，得來全不費工夫。

黑虎想，自己只要讓主人看見雨裂溝裏藏著一隻惡豺，聰明的主人就立刻會明白事情的真相，識破白眉兒豺的本性。牠曉得，主人曾經養過一條名叫洛戛的獵狗，就是讓豺給害死的，因此主人對豺恨之入骨，決不會輕饒了混進狗群混到身邊來的豺，說不定一怒之下會一槍斃掉白眉兒的腦袋呢。

白眉兒還在引誘主人朝小河溝方向追。

阿蠻星將手裏的細麻繩朝小河溝方向牽拉著，示意老黑狗快走。老黑狗梗著脖子，不動彈。

「怎麼啦，黑虎，走不動啦？唉，你老囉，體力不行囉，真不該帶你進山來的。好吧，走不動就慢慢走，好歹算是給我帶個路吧。」

汪汪汪，汪汪汪，汪汪汪。老黑狗一個勁地吠叫。主人，您誤會了，我不走不是我沒力氣攆山狩獵，而是惡豺就躲在面前這條雨裂溝裏；您老明鑒，不信的話，將您的槍管捅進雨裂溝去開一槍，保證會有一隻滿臉血污的豺，大口大口喘咳著從硝煙中跌滾出來。

可惜，阿蠻星雖然養了一輩子狗，仍聽不懂狗的語言。

「你叫啥呀，豺都讓你給嚇跑了，」阿蠻星埋怨老黑狗道，「瞧白眉兒，從不大聲嚷嚷，咬起來兇得像頭獵豹。」

白眉兒意識到老黑狗已發現了蹊蹺，心急如焚，得趕快讓主人牽著老黑狗離開此地，再待下去，怕要露餡呢。牠跑過來叼住主人的一隻褲腿，朝小河溝方向拖曳。主人，別在這裏無謂地逗留了，別在這裏浪費時間了，快走吧，不然豺就逃遠了。

阿蠻星拽緊細麻繩，強迫老黑狗朝小河溝方向走。細麻繩勒住老黑狗的脖子，憋得十分難受，但老黑狗頑強地佇立著，一動不動，嘴朝著雨裂溝，汪——汪——發出一聲聲喊冤似的長吠。

老黑狗發瘋般地又蹦又跳，竭力想掙脫細麻繩的束縛，一個勁地做出向雨裂溝撲擊的姿勢。無論如何，牠也要讓主人明白自己的用意。

「老傢伙，你是在搞什麼名堂嘛。」阿蠻星稍稍鬆弛了一下細麻繩，老黑狗猛地往前一躥，阿蠻星拽不住，踉蹌了兩步，被帶到雨裂溝前。老黑狗更來勁了，狂跳亂顛，頻頻噬咬，明顯地表現出一種急不可耐想鑽進雨裂溝去搏殺的心情。

白眉兒那根長舌頭燥熱得就像含住火炭；狗沒有汗腺，再著急也不會嚇出一身冷汗；狗散熱靠那根舌頭，急火攻心時，也只能用舌頭來排泄。牠那顆狗心咚咚咚就像要跳出嗓子眼。假如事情敗露，後果不堪設想。主人或許會把牠當作暗藏在身邊的豺，用鉛彈擊碎牠的腦殼；或許會以爲牠是背信棄義、與豺狼沆瀣一氣的惡狗，而用長刀剁下牠的狗頭。

一瞬間，牠後悔了。真的，牠完全沒必要萌發愚蠢的憐憫，沉溺感情的泥淖。要是救了母豺兔嘴而毀掉自己，那才虧大了。再說，一旦露餡，牠好不了，兔嘴也跑不掉的。牠是獵狗，一條獵狗爲一隻母豺殉葬，怕會讓森林百獸都笑掉大牙的。可是，後悔已經晚了。現在，牠只有硬著頭皮裝蒜到底；但願老天保佑，能讓牠矇混過關。

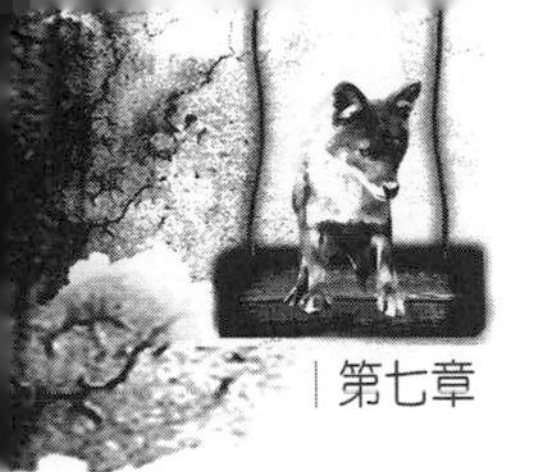

牠竭力克制住自己激烈的心跳，裝得若無其事的樣子，在主人阿蠻星跟前遛躂，不時朝小河溝發出一聲短促的吠叫。

「這是怎麼回事嘛？」阿蠻星看看激動萬分的老黑狗，又看看鎮定自如的白眉兒，困惑地皺起兩條濃眉，「要是這雨裂溝裏藏有獵物，白眉兒早就撲進去了嘛，還能讓你黑虎來撿便宜？」

阿蠻星說著，彎下腰來比試了一下，雨裂溝太窄，他無法鑽進去；裏頭太暗，啥也看不見。老黑狗愈發瘋癲，拚命朝雨裂溝裏撲。

「他媽的，不讓你進去，看來你是死不瞑目了；好，你去，你去，我倒要看看你能掏出什麼東西來。」說著，他解開了老黑狗脖頸上的細麻繩。

老黑狗行動自由了，氣勢洶洶躥進雨裂溝去。

白眉兒跟著老黑狗鑽進雨裂溝去。牠不能在溝外無所作爲地等待事情暴露，假如牠在溝外聽之任之，雨裂溝裏很快會爆發一場狗豺大戰，狗嚎聲豺囂聲廝鬥聲會傳出溝來，傳進主人耳膜，那樣的話，就無法再補救了。

「對對，白眉兒，你也跟進去看看，別讓黑虎去咬毒蛇蠍子什麼的。」

事後，白眉兒回想起來還禁不住有點害怕，要是當時牠不靈機一動跟著老黑狗鑽進雨裂溝，牠的獵狗生涯絕對葬送掉了；幸虧牠跟著老黑狗進去見機行事，這才轉危爲安。

老黑狗在雨裂溝裏三躥兩躥就跳到那條土坎前，衝著母豺兔嘴呲牙裂嘴地吠叫。汪汪汪，你這惡豺，看你還能往哪裡藏？

兔嘴驚慌失措，從地上彈跳起來，高聳起脊背，準備搏殺。老黑狗兇狠的咆哮聲，震得雨裂溝微微抖顫。

兔嘴那張醜陋的豺嘴啓開寬寬一條縫，喉結滑動，眼看就要吐出一串兇猛的豺囂了，白眉兒趕緊縱身一躍，越過老黑狗，跳到兔嘴面前，將自己尖尖的嘴塞進兔嘴的唇齒之間。

千萬別嚷嚷，你要是囂叫，不但毀了你，也會葬送了我。兔嘴很快明白了白眉兒的用意，後退一步，閉起嘴，緘默無聲，縮在土坎下面。

現在，白眉兒夾在老黑狗和兔嘴中間。牠已山窮水盡，沒有迴旋餘地；倘若此時牠反戈一擊咬死兔嘴，爲時也晚矣；主人或許會識破牠欲蓋彌彰的伎倆，或許會以爲牠是條嗅覺連老黑狗都比不上的笨狗。牠不能再變來變去，不能在豺性和狗性之間再度彷徨猶豫。無論如何，這次牠只能一條道走到底了。

牠面朝著老黑狗，眼光冷峻而嚴厲，沉默地用舌尖舔著牙尖；這肢體語言十分明顯，是含有威脅性質的警告，不許老黑狗靠近兔嘴，不許老黑狗傷害兔嘴。

老黑狗勃然大怒，更猛烈地吠叫起來，震得溝頂上的泥屑唰唰往下落。認豺爲友，吃裏扒外，牠早就疑心這傢伙是狗貌豺心，現在果真應驗了。可惜的是，主人無法鑽進雨裂溝來，親眼目睹這鐵的事實。牠朝母豺刻毒謾罵，試圖激怒母豺，讓母豺發出尖聲囂叫；主人有豐富的狩獵經驗，只要聽到豺囂，就能明辨是非曲直，猜出雨裂溝裏的秘密。

比豺更可惡的白眉兒，竟及時阻止母豺張嘴囂叫，暴露身分。天底下再也沒有比這更讓狗氣憤的事了。老黑狗七竅生煙，躍躍欲撲。牠豁出去了，拚著一條老命也要把白眉兒的卑劣行徑曝光在主人眼鼻底下。

白眉兒陡地用兩條後腿直立起來，擋住了牠的撲擊。

無恥的叛逆，我跟你拚了！老黑狗張嘴朝白眉兒咬去，唉，畢竟年老體衰，腰腿不太靈便了，牠不但咬了個空，反被白眉兒銜住一條後腿用力一掀，摔了個四足朝天。

沒等牠翻爬起來，那該死的豁嘴母豺敏捷地躍過來，用力按住牠的兩條前肢，白眉兒則用身體壓住牠的腰部和後肢；牠掙扎，但無濟於事，像被壓在兩扇磨盤下，動彈不了；白眉兒濕漉漉的長舌頭慢吞吞地舔牠頸窩的絨毛，白森森的犬牙惡毒地在牠喉管上摩擦；白眉兒眼光冷得像塊冰，透露出洶湧的殺機。

你要幹什麼，想和豺合謀戕害一條忠誠的狗嗎？老黑狗軟了下來，四肢抽搐，眼睛裏泛起一片乞求的光。

就在這時，雨裂溝外傳來阿蠻星的呼叫：「白眉兒，黑虎，怎麼在裏頭磨蹭半天還不出來，瞎折騰啥呀！」

嗷嗷呦呦，老黑狗從喉嚨裏發出一串嗚咽。

「出來，快出來！」

白眉兒朝兔嘴使了個眼色，同時鬆開了爪子。老黑狗倉惶翻爬起來，顧不得抖掉沾在身上的泥屑，哀嚎一聲，夾緊尾巴，一溜煙逃出雨裂溝去。

白眉兒無聲地將兔嘴頂回土坎後面，然後，在雨裂溝裏掃視了一遍，正巧，角落裏有一隻死蝙蝠，便叼起來跟著老黑狗躥了出去。

老黑狗來到陽光明媚的雨裂溝外，在阿蠻星雙腿間盤桓了兩圈，驚魂甫定，低落的情緒又亢奮起來。

老黑狗義憤塡膺，從阿蠻星的胯下鑽出來，走向白眉兒。來呀，咬呀，還像剛才在雨裂溝裏那樣，用你粗糙的豺舌、尖利的豺牙來戲弄我的喉管呀！來呀，咬呀，把你豺的兇殘與狠毒表演給主人看看，也好讓主人擦亮受蒙蔽的眼睛，識破你的僞裝！

老黑狗沒料到，白眉兒沒有任何要向牠攻擊的舉動，相反，白眉兒低頭垂尾，一副敦厚溫良的模樣；眼睛一眨，甚至比狗更狗了。老黑狗愈發氣得要吐血，撲過去就咬，恨不得咬掉對方那張狗皮，咬碎那顆豺心。

白眉兒輕輕跳開去，是忍讓，是躲閃，是謙和；不願窩裏鬥，不願同類相殘；何等大度，何等慈悲；高風亮節，堪稱團結的楷模。

老黑狗氣昏了頭，一口咬中白眉兒的一條後腿，咬下一嘴黃毛。白眉兒委屈地輕吠一聲，朝阿蠻星靠攏，彷彿是個識大體顧大局的紳士。

老黑狗一時沒反應過來白眉兒爲何要聽任牠咬，甘願受皮肉之苦，主人阿蠻星替牠解開了這個謎。

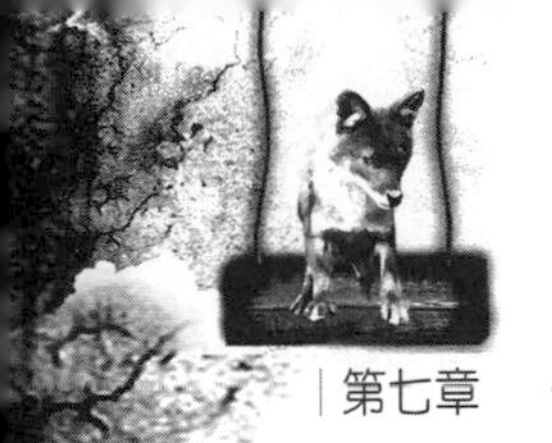

阿蠻星的視線落在老黑狗黏滿黃毛的嘴角，雙目突突噴出火來，飛起一腳，踢在老黑狗的屁股上，把老黑狗踢得在地上打滾。

「你這條不知好歹的老瘟狗，你瘋咬個什麼！你要把白眉兒咬瘸了，看我不活剝了你張狗皮！」

白眉兒的眼睛陰險而快活地眨動起來。

老黑狗雖然聽不懂主人究竟在罵個啥，但從主人嚴厲的口氣，短促的語調，踢牠時落腳的沉重，已感覺到主人對自己的討厭與憎惡。牠明白了白眉兒所以要讓牠輕易咬一口的險惡用心。

老黑狗狂吠亂跳，在雨裂溝前做出一連串的撲咬廝鬥動作，以期讓主人理解自己的苦衷。

到底是朝夕相處了多年的主人，雖然彼此間言語隔閡，但心靈還是有幾分相通的。阿蠻星咬著嘴唇想了想，蹲下來拍拍老黑狗的脖頸說：

「黑虎，你是想告訴我這條雨裂溝裏有我感興趣的東西，是嗎？」

萬歲！老黑狗激動得嗚咽起來。

阿蠻星伏在地上，臉湊近雨裂溝，瞪大眼珠子，瞄了瞄，啥也沒看見。老黑狗心裏一片悲涼，人類的視覺功能真是低得可憐啊。

阿蠻星搔搔腦殼，轉向白眉兒：「唔，白眉兒，這雨裂溝裏到底有什麼呀？」

白眉兒跑到阿蠻星面前，將叼著的死蝙蝠吐在地上。

阿蠻星不屑地踢踢死蝙蝠，啐了一口唾沫，說：「呸，誰希罕撿這破玩意兒。」

老黑狗暴跳起來，這是造謠，這是撒謊，這是欺騙！雨裂溝裏有一隻嘴唇豁開、長著一張醜臉的母豺！可惜，牠無法讓主人知曉內情。牠衝動地奔向雨裂溝，剛到溝邊又縮了回來；牠是無法同時制服兩個壞蛋的。牠急得在原地旋轉，朝空中噬咬撲擊，活像條瘋狗。

「唉，」阿蠻星悲憫地望了老黑狗一眼，「黑虎，你真是老嘍，不中用嘍，值錢的獵物追不著，不值錢的死蝙蝠卻又叫又鬧的，原想讓你進山帶個路，看來你連帶路都不稱職啊，只配看家護院了。」

白眉兒朝小河溝方向吠叫了兩聲，示意主人快去追。阿蠻星將細麻繩重新套在老黑狗脖子上，使勁往小河溝牽拉。

老黑狗抱住一塊石頭耍賴不走。牠不能讓白眉小子陰謀得逞，牠不能讓自己背上老而無用的黑鍋，牠不能讓主人上當受騙誤入歧途，牠要揭穿雨裂溝裏的罪惡。

阿蠻星被惹惱了，重重地踹了老黑狗兩腳：「老憨狗，兩隻死蝙蝠就勾掉你的魂啦？快走，再不聽話，我活活勒死你！」

沿著小河溝追攆，自然是南轅北轍，追得越快，離豺越遠，結果一場空，連豺的影子也沒見到。阿蠻星並沒因此而責怪白眉兒領錯了路，他把責任一古腦兒歸咎到老黑狗身上，怪老黑狗迷戀兩隻死蝙蝠耽擱了時間，讓豺給跑了。

老黑狗只能苦水往肚子裏咽。

白眉兒並沒因爲自己欺瞞成功而竊喜。主人愈是信賴，牠愈是內疚。牠放走了兔嘴，使得主人在這場狩獵中一無所獲，蒙受了損失。當天夜裏，牠獨自進山，摸著黑翻過日曲卡山麓跑到尕瑪兒草原，逮著隻黑麂，拖回獵戶寨，算是補償主人的損失，這樣，心裏才稍稍好受些。

這次是個特殊的例外，從今以後，牠再也不會幹喪失獵狗原則的沒名堂的事了。

第八章　原形畢露

新買來的犛牛用粗麻繩拴在院子的老槐樹上。

這是一頭牙口才兩歲的牯子牛，膘肥體壯，毛色烏亮，油光水滑，身軀高大魁梧，站在樹下，像座黑色的小山。尤其是頭頂那對琥珀色的犄角，形如禾杈，又尖又長，在陽光下泛動著冷凝的光澤，像是用玉石雕成的。

這真是一頭好牛。

誰也沒想到，這頭漂亮的牯子牛脾氣會那麼暴烈，野性會那麼重，竟會像野牛似的向人衝撞。

院子裏灌滿了早晨的陽光，清新而明媚。主人阿蠻星在院子的角落裏燒起一爐炭火，忙碌著準備給這頭新買來的犛牛燙烙印和穿鼻繩。

這可以說是牛的成年禮儀。身上有了烙印，是家牛的標誌，可避免被獵人當作野牛誤傷，也表明是誰家的牛，走失了容易找回來；穿鼻繩意味著對主人的依附和順從，也意味著從此以後牛的命運和人的命運連接在一起。

老黑狗一大清早就出去玩了，院子裏只有白眉兒蹲在石凳上陪著阿蠻星。

主人從藍幽幽的火爐裏夾出一塊燒得通紅的烙鐵，向牯子牛走去；牛也是通靈性的動物，很能猜度人的意圖；牯子牛瞪著敵意很重的眼睛，驚慌地朝後退卻；但才退了幾步，脖子就被粗麻繩拉住，無法動彈；牠擰著脖子，哞——朝阿蠻星威脅地吼了一聲。

白眉兒從石凳上跳下來，衝到牯子牛面前，汪汪汪，高聲吠叫了一通。牠是幫主人的忙，用這個辦法分散牯子牛的注意力，使主人好趁機下手。

這辦法果然有效，牯子牛被突如其來的狗叫聲嚇了一跳，眼光從阿蠻星身上跳到白眉兒身上。阿蠻星急步轉過老槐樹，繞到牛的背後，眼疾手快，將那塊燒紅的烙鐵啪地一聲貼在牛的屁股上。

滋——牛毛被燙焦，牛皮被燒糊，空氣中瀰散開一股刺鼻的焦臭味。牛屁股上，隆起的血泡清晰地勾勒出一個&字型的標記。

牯子牛痛苦地驚哞一聲，四條粗壯的牛腿繃得筆直，龐大的牛身體向前傾斜，牛脖子狠命甩動，碰碰碰，竭力想拉斷繫在脖子上的粗麻繩；老槐樹被拉得一陣陣顫抖，樹葉紛紛掉落下來。

汪汪汪，白眉兒把音調放得柔和些，繼續在牯子牛面前吠叫。現在，牠叫的目的已不是要分散牛的注意力，而是一種好心的勸慰。

牯子牛厭惡地朝白眉兒打了個響鼻，仍不斷拉扯脖子上的麻繩。

白眉兒發覺眼前這頭牯子牛神態怪異，有點與眾不同。牠曾在寨子裏觀看過多次給牛燙烙印和穿鼻繩，別的牛當然也痛苦，也掙動，也哞哞哀叫，但一般來說，呆板的牛臉上都是一副無可奈何的表情，一種逆來順受的神態。個別牛疼痛難忍還會掉淚，掉淚是屈服的表現。牛就是因爲溫順老實和任勞任怨的品性，才受到人類的青睞的。可眼前這頭牯子牛，臉上每一根線條都因憤怒而扭曲，每一個褶皺都燃燒著復仇的毒焰，表情生動得不像牛臉而像猴臉。牛脖子上的鬃毛姿張開，像鬥牛而不像耕牛。一雙牛眼佈滿血絲，紅得像毒蛇的信子，噴射著濃濃的殘忍。白眉兒忍不住打了個寒噤，一種不祥的預感油然而生。

人會發瘋，狗會發瘋，難道牛就不會發瘋嗎？汪，牠朝阿蠻星叫了一聲，提醒主人小心謹慎。

阿蠻星不耐煩地朝牠揮揮手說：「噓，噓，一邊兒去，我正忙呢，別來添亂。」

唉，人在動物面前的過分自信，有時真讓動物苦笑不得。

阿蠻星扔了烙鐵，從工具箱裏翻出一柄鐵鉤來。這是一種專門用來穿牛鼻孔的器具，一尺長的一根細鐵條，頂端磨得犀利，彎成勾狀，塞進牛鼻孔裏，猛力一拉，薄薄的牛鼻內骨便被鐵鉤捅穿，繩子就從這洞洞裏穿過去。這有點像人類女性爲了戴耳環而在耳垂上穿洞。

阿蠻星舉著明晃晃的鐵鉤朝牯子牛走去，牯子牛勾下頭，亮出那對禾杈似的牛角，惡狠狠地打了兩個響鼻。這套肢體語言很明確，是在警告阿蠻星別過來，不然的話，一切後果由你自負！

屁股上火燒火燎的疼痛，已使牛產生了一種敵對情緒。

「嘻嘻，脾氣還挺倔的。我倒要看看是你厲害還是我厲害。」阿蠻星朝牯子牛嘲弄地眨巴著眼睛，迎著那對琥珀色的牛角走過去。

牯子牛朝前躥動著，無奈脖子被粗麻繩鎖住，身體不自由，發揮不出牛角的威力。牠憤怒之極，又連續打了幾個響鼻。

阿蠻星走到牯子牛面前，伸出左手一把攥住牛角，趁牯子牛甩動脖頸，借著那股力，身體靈巧地旋了一轉，跳到牯子牛左側，身體貼緊牛脖子，左手攥住一支牛角用力往下掰，牯子牛被迫將沉在頸窩的臉抬了起來。

阿蠻星在牛臉抬起的一瞬間，將右手握著的鐵鉤猛地塞進牛鼻孔，橫向一拉，噗，傳來軟骨被捅破的聲響。牯子牛打了個響鼻，空中爆出一朵血花。

阿蠻星剛想把鐵鉤收回，突然，牯子牛狂吼一聲，哞——猶如石破天驚，震得白眉兒耳膜發疼，震得木屋上的瓦片嘩啦啦響。

隨著那聲狂吼，牯子牛全身肌腱一塊塊凸突出來，奮力朝前躥躍，只聽砰地一聲響，那根拴在老槐樹和牛脖子上的粗麻繩被繃斷了。阿蠻星沒防備，被甩出一丈多遠，四仰八叉摔倒在地。

牛臉一片瘋狂，變得猙獰可怖。牯子牛撅著那對犄角，像座小山似地向阿蠻星壓去。

「白眉兒——」阿蠻星驚呼起來。

主人的呼叫其實是多餘的，在粗麻繩綳斷的刹那間，白眉兒已經一躍而起，躥到瘋牛和主人中間，朝牯子牛齜牙裂嘴地咆哮，企圖遏制牛的瘋勁，或者引火燒身，將瘋牛的殘暴引到自己身上來。

牯子牛對白眉兒的咆哮不屑一顧，連眼皮兒也不眨一下，仍直挺挺衝將過來。

眼看那對冰涼的牛角就要捅到白眉兒身上來了，白眉兒本能地想跳閃開；與牛頂牛，牠是占不到便宜的；牛力大無窮，若單純地比力氣，連老虎都不是對手；牠即使讓自己的狗身體膨脹一倍，力氣也增長一倍，也休想擋得住正面衝撞過來的牛；牠理所當然應該跳閃開去躲避牛角的鋒芒；可突然間，牠想到身後的主人；牠跳閃開，就等於把主人暴露在犀利的牛角下；主人剛才這一跤跌得很重，還沒翻爬起來呢；主人躲不過也擋不住瘋牛這殺氣騰騰的衝撞的；牠是獵狗，牠不能爲了苟全自己的性命，而眼睜睜看著主人被死神收容了去；罷罷罷，就讓牛角先在自己身上捅兩個血窟窿吧。

白眉兒迎著牛角撲去，牠想，當牛角穿透自己柔軟的腹部時，自己的兩隻後爪要抓緊時間在牛臉上拚命踢蹬撕抓，最好抓瞎兩隻牛眼，瞎眼瘋牛看不見目標，危險就會大大減輕；抓不瞎兩隻牛眼，也起碼要把那張牛臉抓得血肉模糊，視線朦朧，主人就可趁機脫身了。

牠抱著必死的決心撲了上去。

不知是瘋牛認準了死理，一心要對付阿蠻星，還是瘋牛感覺到了白眉兒的用意，不願上狗的圈套，在白眉兒前爪搭上牛脖子，身體罩住牛角後，瘋牛並沒按常規再往前挺半步，將牛角刺進白眉兒的肚子，而是突然縮了一下脖子，兩支牛角恰好像鑷子似的把白眉兒鑷了起來；白眉兒按自己的思路在撲出去後，兩隻後爪就開始踢蹬撕抓，結果，沒撕破牛臉，也沒抓瞎牛眼，全撕抓在堅硬的牛角上了，等於在給瘋牛獻殷勤搔癢癢呢；瘋牛在縮脖子的同時，龐大的身體微微一搖，猛甩脖子，兩支牛角也用力朝天上鑷去，白眉兒還沒明白過來是怎麼回事呢，身體便被彈了出去，像隻笨重的大鳥在空中滑翔了一段，咚，一頭撞在老槐樹上，差點撞出腦震盪來，隨即又像隻爛果子從樹幹掉落在地。

瘋牛得意地哞了一聲，又繼續撅起牛角去挑阿蠻星。

雖說白眉兒沒能抓瞎牛眼，還被牛像玩球似地拋了一次，吃了大虧，但畢竟爭取到了一點時間，阿蠻星已從地上翻爬起來，連滾帶爬朝屋裏跑去。

汪汪，主人，加油啊！白眉兒雖然在老槐樹上撞得兩眼發黑，金星直冒，但一顆赤誠的狗心仍牽掛著主人的安危。牠希望主人趕快跑進木屋去，取下掛在牆上的獵槍；主人一旦獵槍在握，就無敵於天下，瘋牛很快會變成一堆任人宰割的牛肉。

不好，主人腳步踉蹌，臉色發白，一隻手緊緊扶著腰，痛苦地皺著眉，跑起來一顛一拐的，像在表演舞蹈，速度慢得不像話。看來，主人剛才一定是跌閃了腰，或許還崴著了腳。

那瘋牛飛快地追趕上來，毫不客氣地從背後用牛角去挑阿蠻星。眼看牛角就要戳著阿蠻星的脊背了，阿蠻星到底是打獵出身的，不乏與野獸周旋的經驗，聽到背後的喘息聲越來越近，突然一個急拐彎，牛角只把他那件上衣給挑走了。

可惜的是，阿蠻星進木屋取槍的企圖落空了。

阿蠻星圍著老槐樹兜圈子，瘋牛在背後緊追不捨，彼此間的距離只有一步之遙。

「白眉兒，白眉兒，快，給我拖住瘋牛！」阿蠻星一邊逃，一邊焦急地呼喚著。

白眉兒甩了甩被撞得金星直冒的腦袋，毫不猶豫地躥了上去，嗖地起跳，躍上牛背；按犬科動物的習慣，也是犬科動物最有效的獵殺方式，該咬瘋牛的喉管；犬科動物嘴吻較尖，容易探進獵物的頸窩，咬住喉管；喉管薄脆，容易咬斷；一旦咬斷，獵物就會像坨稀泥巴似地癱軟下來。可眼下這頭瘋牛朝前亮著牛角，緊勾著牛頭，喉管深深藏在胸脯下，牠根本咬不到；瘋牛又是在奔跑著，牠在牛背上費很大勁，才保持著身體平衡沒被顛下來，不可能再像耍雜技似地鑽到瘋牛肚皮底下，去咬牛的喉管。而牛背上的其他地方，都非致命部位，咬上一百口，恐怕也很難把瘋牛咬死；牠也沒時間去咬一百口，主人的處境十分危險，時間很緊急，別說咬一百口，只怕咬不到二十口，那尖利的牛角就會洞穿主人的後背。

必須速戰速決，置瘋牛於死地。看來，只有咬牛的頸椎骨了。咬獵物的頸椎骨，是典型的貓科動物的獵殺方式；老虎、豹子和大山貓對付獵物最有效的辦法，也是最通用的辦法，就是躍上獵物的背，咬住獵物的頸椎骨，猛地一擰，喀嚓一聲脆響，獵物頸椎斷裂，立刻變成一堆任其宰割的肉。

白眉兒雖然沒實踐過咬獵物的頸椎，但在埃蒂斯紅豺群裏目睹過虎豹覓食，依樣畫葫蘆還是會的。牠兩隻後爪鉤在牛肚子上，兩隻前爪摟住牛脖子，張嘴在瘋牛的後脖頸上狠命噬

咬。

犛牛脖子上的毛太長太密了，牛皮也太厚韌了些，連咬了幾口，只是把瘋牛的後脖頸咬得皮開肉綻，鮮血淋漓，卻無法咬到頸椎骨。又咬了幾口，好不容易感覺到已銜著那根粗粗的頸椎骨了，梗著脖子用力擰，嘴擰歪了，脖子也差一點扭了筋，卻沒法擰斷那該死的頸椎骨。更可惱的是，瘋牛並沒因爲被牠在後脖上胡啃亂咬而放棄攻擊阿鑾星，也沒放慢追擊的速度，仍氣勢洶洶地朝主人的背影衝撞。主人的危險一點沒減輕。

主人臉上一層虛汗，跌跌衝衝，逃得十分笨拙。那對琥珀色的牛角離主人後背只有幾寸遠了，照這樣下去，主人很快就會被瘋牛挑中的。

牠不能再在牛背上泡蘑菇了，白眉兒想，必須換一種更有效的辦法對付瘋牛。牠四爪一鬆，從牛背上跳了下來，一口咬住瘋牛的一隻後蹄。咬牛蹄當然無法把瘋牛咬死，但可以遲滯瘋牛的行動，只要主人和瘋牛間能拉開七八步的距離，主人就可以進屋取槍或拉開院門的門栓跑出去。

牠咬住後蹄，四隻狗爪摳住地，拚命往後拖拉，就像在拔河比賽似的，想拉住瘋牛。狗的力氣和牯子牛比起來，差了很大一截，瘋牛幾乎沒受什麼影響，仍跨著大步向前追去，牠身不由己，被拖著往前走。

阿鑾星一個踉蹌又歪倒在地，翻了個身，勉強站起來，不知怎麼搞的，竟逃到兩面院牆的夾角裏；這是一個死角，沒有迴旋餘地；他轉過身來，靠牆而立，面朝著瘋牛；瘋牛瞪著血紅的眼，勾著頭，禾杈似的犄角對準阿蠻星的胸膛，龐大的身體向後退了半步，眼看著就要像座山似地撞過去了。

「白眉兒——」主人絕望地叫起來。

白眉兒鬆開嘴，旋風般地跳上牛屁股。現在，牠只有用一種牠很不願意用的辦法來結果瘋牛的性命了，那就是掏牛腸子。

埃蒂斯紅豺群的豺們，遇到牛，絕不會傻乎乎地迎著鋒利的牛角從正面攻擊，也不會事倍功半地咬脊背或後脖頸，而是用一種最簡潔省力的辦法來對付力大無窮的傢伙。那就是跳上牛屁股，將豺爪伸進牛的肛門，在牛肚子裏鼓搗一下，扯出牛腸來，再健壯的牛一旦被摳出了腸子，立刻就會倒斃。

剛才，白眉兒躍上牛背想擰斷牛的頸椎骨失敗後，也曾轉過掏肛門的念頭，但牠猶豫了一下，又放棄了這個念頭。牠不想自己給自己惹麻煩。在叢林裏所有的野獸中，只有豺會掏獵物的肛門；可以這麼說，掏肛門是豺獨特的狩獵風格，是豺的專利，是豺在獵殺習慣上區別於其他犬科動物最明顯的標誌。狗是從來不會去掏獵物肛門的。牠掏了瘋牛的肛門，主人會怎麼想，怎麼看？

牠曉得，主人對豺恨之入骨。

牠曉得，主人有豐富的狩獵經驗，必然會從掏肛門這一豺所特有的獵殺風格中猜測並懷疑牠的出身與血統。牠可不能往自己的臉上抹黑啊。

可眼下主人正處於千鈞一髮的危急關頭，牠若不用掏肛門這個絕招，無法將主人從牛角下救出來。牠是獵狗，好獵狗最重要的品質，就是在關鍵時刻捨得爲主人犧牲自己的一切。命都捨得丟，血都捨得流，還有什麼捨不得失去的呢。

牠爲自己剛才的猶豫感到慚愧。

牠跳上牛屁股，張嘴去咬牛尾巴；這是一著虛招，讓牛將尾巴從股溝那兒移開；牠咬得很重，那根牛尾條件反射般地豎立起來。

門戶洞開，可以下手了。牠三隻爪子呈三角形摳住牛屁股，一隻右前爪閃電般地捅進瘋牛的肛門。右前爪一片溫熱，一片潮濕。

瘋牛正準備以泰山壓頂之勢向阿蠻星衝撞過去，沒想到肛門裏突然塞進一樣東西，難受得厲害，向前衝撞的動作不由自主地停了下來。

白眉兒右前爪拚命向前伸去，揪牢滑溜溜的牛腸，另外三隻爪子在牛屁股上用力踢蹬，吱溜，一根牛腸被順利地掏了出來。那牛腸粉嫩肥實，滴著血，十分新鮮，白眉兒一口叼住，從牛屁股上跳下來，快速向後倒退，像扯線團似的把牛腸越扯越長。瘋牛哀哀地哞叫了兩聲，四腿彎曲，頹然栽倒在地。

好險哪，那尖尖的牛角離阿蠻星的鞋子只有一寸遠了。

阿蠻星望望倒在地上四肢抽搐的牯子牛，又望望將牛腸越扯越長的白眉兒，臉上的表情十分複雜，喜悅、驚駭、迷惘、困惑，呆呆地站在院牆的夾角裏，似乎不知該怎麼辦才好。

白眉兒見牯子牛再也站不起來了，就吐掉嘴裏的牛腸子，跑到主人跟前，使勁搖動尾巴，發出汪汪汪的吠叫聲：主人，瘋牛死了，一切都過去了。

阿蠻星抹了一把頭上的冷汗，笑了笑，笑得有點尷尬：「唔，白眉兒，是你救了我。」

這時，左鄰右舍聽到動靜，紛紛趕來，在院門外叫著阿蠻星的名字。

阿蠻星走到院門口，伸手剛要拔門栓，突然停了下來，轉身急急忙忙奔進木屋，取來一柄長刀，貼著瘋牛肛門，一刀割下被白眉兒掏出來的牛腸子，胡亂一捲，塞進牆角，又扯了把草蓋好，這才拔開門栓放鄰居們進來。

白眉兒理解主人爲什麼要這樣做，主人是在維護牠獵狗的聲譽。

這以後，白眉兒總覺得牠和主人之間隔著一層無形的東西。主人還像過去那樣閒坐在火塘邊抽煙時，喜歡把牠摟在懷裏，用滿臉的絡腮鬍子蹭牠柔軟的鼻吻；所不同的是，過去主人在做這個表示親暱的小節目時，手還在忙著往水煙筒裏裝煙或劃火柴，毫無顧忌地將下巴貼到牠臉上，牠的鼻吻經常觸碰到主人上下滑動的喉結；現在主人摟住牠後，一雙手再也不去忙乎其他事情，而是左手搭在牠的後脖頸，右手托住牠的胸脯，那姿勢分明含有一種深深的戒備心理，像是隨時準備把牠掐住並掀翻，那滑動的喉結也不再觸碰牠的鼻吻，小心翼翼地保持著一定距離，似乎在提防著某種危險。

牠知道自己和主人之間那層無形的隔閡是怎麼形成的，起因就是牠在萬般無奈的情況下，用豺的風格剽倒了那頭瘋牛。牠怎麼可能用同樣的手段去對付親愛的主人呢。牠真想咬

開自己的胸膛讓主人看看牠的心是紅還是黑。

牠雖然深感苦惱，卻並不後悔，假如現在再讓牠選擇，是用豺的風格剽倒瘋牛卻因此而遭受一連串的委屈，還是爲了不暴露自己豺的出身而聽任主人被牛角挑翻？牠仍會毫不猶豫地選擇前者。牠是獵狗，爲了主人甘願獻出自己的一切是牠做狗的信條。

這點小委屈算不了什麼，牠想，牠要經受這個考驗。牠要對主人更溫順更忠誠，狩獵時更勇猛更頑強，用出色的表現重新贏得主人的信賴。牠相信時間能證明一切，牠相信不用多久主人就會消除牠和他之間那層無形的隔閡。

第九章 逐出家門

老黑狗黑虎預感到自己活在這個世界的日子不多了。

老黑狗臥在木屋門口，凝望著對面山峰上那輪火紅的夕陽。老狗和老人一樣，都愛回憶往事，讓灰色調的殘餘生命在色彩紛呈的已逝世界裏，得到一種回光返照式的再現。

老黑狗覺得自己這輩子沒白活。用狗的價值觀來衡量，牠幾乎得到了作爲一條狗所能得到的一切。牠出生在一個寬敞溫暖的狗棚，母狗有充沛的乳汁，從來沒受過饑寒之苦。牠一睜開狗眼認識的主人就是阿蠻星，十八年一主到底，從一而終，保持了狗的貞節，沒受過中途換主的麻煩。

特別值得慶幸的是，當牠年老體衰再也不能爲主人賣命時，主人沒有拋棄牠，仍然養著牠，給牠養老送終。世界上，只有爲數極少的狗能壽終正寢。阿蠻星真是世界上最好的主人了，牠爲自己這輩子能遇到阿蠻星這樣的好主人感到榮幸。

越覺得主人好，就越覺得白眉兒可惡。這豺娘養的傢伙，裝扮成狗，不僅混進狗群來了，還騙取了主人的信賴和寵愛。

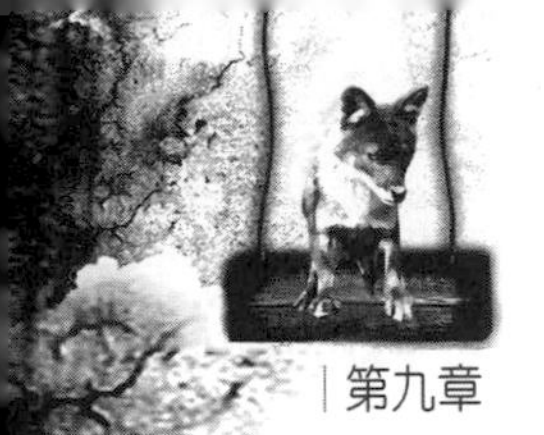

回想起那次雨裂溝裏的遭遇，黑虎真氣得要吐血。明明是豺，在幹豺的勾當，卻還反咬一口，在主人面前誣陷牠迷戀一隻死蝙蝠。世界上再也沒有比這更卑鄙無恥的事了。是可忍，孰不可忍。牠有時候覺得自己不是老死的，而是被白眉兒活活氣死的。牠實在咽不下這口氣，此仇不報，牠就是死了也不會閉眼睛的。

牠深深爲主人的安危擔憂。豺就是豺，血液裏就帶著仇視人類的成分，骨髓裏就有陰險狠毒的烙印。人習慣於把邪惡勢力比喻爲豺狼虎豹，豺名列第一，可見人是多麼地痛恨豺。但主人身邊卻恰恰睡著一隻豺！誰敢保證說這隻白眉兒不會在哪天突然豺性大發，趁主人沒有防備之際傷害主人。只要是豺，就永遠也改不了與人爲敵的本性。

想到這裏，老黑狗黑虎心裏油然產生一種深深的內疚。牠作爲村長的獵狗，有責任保護主人的安全，有義務維護獵戶寨狗群的純潔，揭穿豺的陰謀與僞裝；牠恨自己無能，牠沒盡到自己的責任和義務，讓白眉兒至今還逍遙法外，矇騙著主人和獵戶寨的狗群。

怎麼辦？難道牠真要帶著壯志未酬的巨大遺恨，離開這個世界了嗎？難道牠真的忍心不顧主人安危，聽任白眉兒爲非作歹了嗎？

不不不，牠一定要設法在死神把自己召喚去之前，揭穿白眉兒狗面豺心的真相。只有這樣，牠才能安心平靜、問心無愧地離開這個世界；才算給自己的一生劃上了一個圓滿的句號。

太陽落山了，紫色的暮靄籠罩寨子。老黑狗思索著對付白眉兒的辦法。

突然，老黑狗腦子一亮，想出了個主意：要是主人看到牠活活被咬死，死得極慘，皮開肉綻，開膛剖腹，完全是豺狼的噬咬風格，主人就一定會認定白眉兒是隻殘忍的豺。

主意已定，老黑狗黑虎離開院門，向院子裏的狗棚走去。老黑狗越過自己的狗棚，一頭鑽進白眉兒的狗棚。

老黑狗發現白眉兒的狗棚和自己的狗棚大同小異，也是四尺見方的空間，也是鋪著厚厚一層稻草。牠臥在稻草上，默默地等待著。

月芽兒升上樹梢，老黑狗曉得，主人快上床睡覺了，白眉兒也快從木屋回狗棚來了。時不可失，機不再來，要幹就快幹。牠側躺下來，先將一隻前腿伸到自己嘴邊，狠狠心，一口咬住，脖頸使勁一扭，腿往外猛蹬，滋地一聲，前腿的狗皮被撕開長長一條口子，疼得牠真想大聲咆哮。

牠倒吸一口冷氣，拚命克制住自己，不叫出聲來。牠不能在這節骨眼上嚷出聲來，驚動主人，暴露出自己的意圖；如果這樣的話，就會前功盡棄。

前腿血流如注，老黑狗咬咬牙，又四爪朝天躺在稻草上，把嘴吻探進自己的腹部，咬住腹部柔軟的狗皮，在地上掙扎著打了兩個滾，噗地一聲，腹部又裂開一個口子，一團血糊糊的東西從創口像蘑菇似地湧了出來。

腸子流出來了，悶熱的體腔一陣涼快。牠又發瘋般地在自己身上、腿上胡啃亂咬。

院子裏傳來輕微的腳步聲，老黑狗知道，白眉兒正往狗棚走來。牠已因失血過多再也站

不起來了，但牠還活著。牠要堅持活到主人聞訊趕來。牠要留著奄奄一息的殘相給主人看，這樣才能更有效地激發主人的憤慨與憎惡，毫不留情地處置白眉兒，不，是處置惡豺。

白眉兒大概是聞到了狗棚裏那股濃重的血腥味，站在狗棚外汪汪亂嚷。

老黑狗不愧是在人類身邊生活了十多年的家犬，很有點戰略戰術。誘敵深入，請君入甕，布個圈套讓你鑽，設個陷阱讓你跳！

白眉兒果然氣勢洶洶地鑽進狗棚來了。他做夢也想不到，老黑狗會用自戕的辦法設下這麼個毒辣的圈套。

十幾步開外的木屋裏已經有了動靜，亮起一豆燈光，竹床咯吱咯吱響，還傳來主人不耐煩的抱怨聲：

「他媽的，半夜三更，瘋叫個啥呀，發酒瘟的，又碰上什麼怪事了嗎？」

木屋的門開啓了，那豆燈光飄出木屋，穿過院子，向白眉兒的狗棚移來。

老黑狗將那隻伸出狗棚的前爪使勁在泥地裏刨劃了兩下，摳斷了草根，摳出一條泥溝。這是一個證據，證明牠竭力在朝外逃躥，卻被裏頭那個傢伙拚命拉扯住了。

白眉兒在狗棚裏連聲咆哮，還在老黑狗身上撕咬，想把入侵者攆出自己的窩。

老黑狗覺得自己的腹腔裏有一種被掏空的感覺，那一定是白眉兒的狗爪纏住了牠漫流出來的狗腸子。唔，這樣很好；這樣戲就演得更逼真了。

阿蠻星舉著馬燈來到狗棚前，只粗粗看了一眼，便滿臉驚愕的表情，一面舉燈仔細觀察，一面蹲下身體問：

「黑虎，這是怎麼回事，你怎麼啦？」

老黑狗已不再有力氣吠叫了，動動嘴角，吐出一口血沫。被堵在狗棚裏的白眉兒仍一聲接一聲發出惡聲惡氣的吠叫。

阿蠻星放下馬燈，抱住老黑狗的肩胛，使勁把牠從狗棚拖出來；慘哪，老黑狗渾身是血，遍體鱗傷，一根彎彎曲曲的腸子拖在身後，冷丁一看，好像生了第二條尾巴。還蒙在鼓裏的白眉兒跟著老黑狗鑽出了狗棚。白眉兒因憤慨而兩眼閃爍著綠光，顯得兇殘狠毒；滿嘴血污，脖子上還纏著老黑狗的腸子，汪汪嚎叫，瞧著就是一副趕盡殺絕的屠夫相。

阿蠻星倒吸了一口冷氣，慌亂中差點把馬燈弄翻了。他把奄奄一息的老黑狗放在地上，像撞著鬼似的後退了兩步，雙眼直愣愣望著白眉兒，臉上浮起驚駭、恐懼、憎惡的表情。

白眉兒這才覺得事情有點不大對頭，眨巴著眼睛望望躺在地上四爪抽搐的老黑狗，又望望臉色鐵青雙目噴火的主人，開始意識到自己正處在一個進退維谷的尷尬境地。

老黑狗只剩下最後一口氣了，可憐巴巴地望著主人，爪子在地上胡亂踢蹬，掙扎著向主人站立的方向爬動了最後一寸；看起來，老黑狗是在竭盡全部的生命爬離身後那個惡魔，哪怕遠一寸也好；在爬向親愛的主人，哪怕近一寸也好。

突然，老黑狗腦袋猛地一仄，死了；可牠那雙狗眼仍瞪得溜圓，一副死不瞑目的樣子；似乎臨死那一瞬間仍在呼喚主人替牠伸冤報仇。

「黑虎，黑虎，你怎麼啦？你醒醒，你醒醒！」阿蠻星一條腿跪在地上，高聲叫喊著。

老黑狗嘴角間凝固著一絲不易覺察的永恆的微笑。

汪汪汪汪，白眉兒不合時宜地朝已經死了的老黑狗發出一串吠叫。牠年輕的狗腦筋一時半刻無法破譯眼前這件稀奇古怪的事；牠在質問老黑狗，這到底是怎麼啦？

「你……你……你這條瘋狗！」阿蠻星指著白眉兒的鼻梁咬牙切齒地罵道，「你怎麼敢咬死黑虎？黑虎和我一起生活了十八年，忠心耿耿，我都捨不得把牠賣給狗販子，你……你竟敢咬死牠。你……你還掏出牠的腸子。你上次對付牯子牛時也掏出了牛腸子，我就懷疑你不是狗，狗沒有這般惡毒的咬法；今天你又掏了黑虎的狗腸子，你……你確實不是狗，你……你是豺！」

這時，白眉兒頭部的毛已差不多讓老黑狗的血給染紅了，尖尖的耳廓，長而上翹的唇吻，確實有點像紅毛豺。

白眉兒在阿蠻星身邊待了差不多有一年半時間，早已熟悉主人的表情和語調，雖聽不懂主人話語的確切含義，大致的意思還是猜得出來的。牠從主人顫抖的手指和牙齒縫裏蹦出來的音節中，感受到了一種正在受到嚴厲審判的壓力。牠瞧瞧躺在地上已僵然不動的老黑狗，明白主人是在指責牠咬死了老黑狗，並殘忍地掏空了老黑狗的肚腸。

這真是天大的冤枉。這是怎麼回事？白眉兒全懵了，如墮雲裏霧裏。

本來嘛，人心叵測，狗心叵測，世界就是一個魔術大舞臺，但白眉兒過於單純，還沒認清這一點。

牠太急於向主人表白自己了，太急於為自己辯白了，不知不覺間，叫聲變了調，由嘹亮的吠叫變成尖細的嚣叫。那悠悠的嚣叫聲非豺莫屬，狗想學也學不會的。

阿蠻星濃眉豎立，腳底板像踩住了火炭，連連向後跳去：「你……你……你果真是隻惡豺！我瞎了眼，收養了你這混帳東西！」

白眉兒這才幡然猛醒，意識到自己糊裏糊塗發出了豺嚣聲，露了馬腳，真是氣極生悲啊。牠想掩飾自己的失誤，趕緊汪汪汪發出柔和的狗吠，搖著尾巴朝阿蠻星靠去。

阿蠻星突然轉身飛也似地跑回木屋，又旋風般地衝了出來，手裏提著一把明晃晃的長刀，揮舞著，朝白眉兒逼近。

「你這惡豺，你敢咬死黑虎，我砍下你的豺頭；你敢掏出黑虎的肚腸，我砍斷你的爪子；你敢吃狗肉喝狗血，我吃你的豺肉，喝你的豺血！」

白眉兒望見頭頂的夜空劃出一道閃亮的弧形，急忙往旁邊躥跳；長刀劈了個空，刀鋒落在砂礫上，迸濺起一簇耀眼的火星。阿蠻星又剁又捅又挑又刺，白眉兒靈巧地東跳西躍，連根毛也沒被砍掉。

「你這畜生，還敢戲弄我。」阿蠻星氣急敗壞地吼道，又踅回木屋，拿出獵槍。

白眉兒深深知道獵槍的厲害，能洞穿熊皮，能擊碎虎頭，能追上疾飛的鷹隼。假如死能洗淨冤枉，牠願意一死以謝主人。問題是，即使死了，在阿蠻星心目中，牠仍是隻十惡不赦

的豺，死了等於白死。牠可不想平白無故地丟掉性命。牠別無選擇，只有逃離主人，逃離獵戶寨。

牠縱身一躍，跳過一米多高的院牆，鑽進夜幕。背後砰地爆起一聲巨響，霰彈擦著牠的頭皮飛過。牠拐了個彎，逃進寨後那條幽深的山溝，又順著山溝逃進莽莽蒼蒼的日曲卡山麓。

牠獵狗生涯被迫結束了。

第十章　重回豺群

白眉兒在日曲卡山麓流浪了好幾個月，不敢再回獵戶寨。牠知道，主人阿蠻星已把牠定位爲豺狼，再回去的話，等於自投羅網白白去送死。

夏秋季節的日曲卡山麓雖然很容易找到食物，但孤身隻影，日子過得甭提有多乏味了。慢慢的，牠產生一種回埃蒂斯紅豺群去的想法。不管牠究竟是豺還是狗，都是群體意識很濃的動物，無法適應離群索居的生活。牠耐不住孤獨和寂寞，牠需要夥伴。阿蠻星用獵槍割斷了牠和人類的關係，牠沒法再做獵狗，牠只好重新去做豺。

重新做豺的第一道關卡，就是要改掉近兩年的獵狗生涯所養成的狗的習性。牠不能讓豺群知道牠曾經做過狗。在日曲卡山麓，豺和狗是不共戴天的仇敵，豺群經常受到仗著人勢而來的獵狗的圍剿追捕，不少豺身上還留有獵狗的爪痕和齒印。豺對狗狠之入骨，絕不會同意接納被狗文化熏陶過的豺的。爲此，在半個多月的時間裏，牠注意戒掉了搖尾巴的習慣，把狗的搖尾改成豺的擺尾；也克制住自己不再發出汪汪的狗吠，每要叫嚷，就微微扭曲脖頸，使聲帶變細變尖，於是，就吐出呦呦嗽嗽豺的囂叫聲。

牠本來就生在豺窩，恢復這一套並不困難，經過半個月的刻苦演練，牠的尾巴晃蕩得十分豺模豺樣了，叫聲也已徹底豺化，瞧不出什麼破綻了。

一切準備就緒，可以動身回埃蒂斯紅豺群了。

牠從小生活在埃蒂斯紅豺群，熟悉豺群的活動範圍，要找到豺群並非難事。幾天後的一個早晨，牠就在怒江峽谷見到了埃蒂斯紅豺群。太陽被一層薄霧遮住，像顆碩大無朋的紅瑪瑙。牠在一座小山包上，豺群隔著一條小山谷，在對面的山梁上。即將回到闊別已久的夥伴中間，牠興奮得直蹦躂。

牠瞥見豺王夏索爾正臥在一塊磐石上，目光陰沉，血紅的舌頭殘忍地磨礪著那副尖利的白牙。往事閃現在牠的腦海。兩年前，牠是因犯了錯誤被驅趕出豺群的。當時的情景十分可怕，豺王夏索爾糾合一幫大公豺往死裏咬牠，若不是牠跑得快，早就被憤怒的大公豺們大卸八塊了，至今回想起來還心有餘悸，不寒而慄。

幸好山梁上晨霧繚繞，能見度很差，豺王夏索爾沒發現牠，牠又悄悄地退下山谷。

事有湊巧，翌日下午，白眉兒正獨自在埃蒂斯山谷附近覓食，突然，隔著一座小山包傳來嘈雜的豺囂聲。牠一聽就明白，是埃蒂斯紅豺群在狩獵。那豺囂聲持續不斷，忽高忽低，透出急躁與焦慮，看樣子是饑餓的豺群遇到了很難對付的獵物。

牠爬到山頂，舉目望去，只見一頭長著長長獠牙的公野豬正氣哼哼地往密林深處退卻，豺王夏索爾領著十來隻大公豺尾隨追擊，再後面是老豺、母豺和幼豺，像啦啦隊似地齊聲囂叫，為第一線的大公豺們助威吶喊。

豺群跟在公野豬的屁股後面，公野豬朝前躥逃，豺群就躍躍欲試地貼近去想咬野豬腿；公野豬一轉身，撅著獠牙衝進豺群，豺群又尖囂著四散逃開去。雙方像拉鋸似地拉來拉去。

公野豬後胯有一道血痕，而豺群裏那隻名叫察迪的大公豺，肩胛被獠牙犁開一道血槽，汩汩冒著血。

顯然，豺群吃過虧，領教了公野豬的厲害，被那付長長的獠牙和旺盛的鬥志震懾了，不敢再硬拚蠻幹。而公野豬也畏懼豺的群體威力，不願持久對峙下去，尋找機會想開溜。

對埃蒂斯紅豺群來說，這場狩獵變得十分尷尬，取勝無望，放棄又捨不得，真正是進退兩難。整個豺群籠罩在一片失敗的氣氛中。

白眉兒曉得，假如不出現奇蹟，頂多再過半個時辰，公野豬就會平安地撤離埃蒂斯山谷，跑上地勢險峻的山坡，憑藉一塊絕壁，或者佔據一個石洞，有效地遏制豺群的追擊。也有可能公野豬在撤離埃蒂斯山谷的半道上碰到一頭相熟的母野豬，珠聯璧合，豺群就休想再占到什麼便宜了。

公野豬已退到密林深處，眼看就要退出埃蒂斯山谷了。白眉兒腦子裏驀地跳出一個念頭：幫助豺群收拾掉這頭可惡的公野豬。

牠兩年前被驅逐出豺群，直接的原因，就是由於自己的冒失，驚嚇了快鑽進伏擊圈的岩羊，使群體失去了一個難得的獵食機遇；什麼地方跌跤就從什麼地方爬起來；假如此刻牠制

伏了公野豬，無疑是一種將功贖罪的表現，用一頭公野豬補償兩年前的過失，牠就會得到群體寬宥，同意牠重返埃蒂斯豺群的。

牠從山頂借著灌木叢的掩護，從山頂直線躥下山去，爬到一塊被狗尾草圍起來的岩石上。從公野豬行走的路線來判斷，這裏是必經之路。

果然，過了一會兒，前面響起雜遝的腳步聲。

公野豬搖搖擺擺走了過來。也是老天爺有意成全吧，公野豬剛剛走到白眉兒臥伏的岩石下，跟隨在公野豬後面的豺王夏索爾和大公豺察迪朝前躍了躍，大概是想叼咬那條小黑蛇似的豬尾巴；公野豬勃然大怒，回轉身去，獠牙揮舞，以攻爲守地進行撲咬。

夏索爾和察迪嗚嚕一聲，趕緊跳開去。

公野豬勾著頭，撅著屁股，屁眼正好直線對著白眉兒的伏擊位置，相距兩米，在有效的撲擊範圍裏。

白眉兒倏地從岩石上撲下去，沒有嚣叫，不宣而戰；牠居高臨下，落點絲毫不差，一口叼住了豬尾，四爪落在豬屁股的一瞬間，一隻前爪俐索地捅進公野豬的肛門。公野豬被一陣鑽心的疼痛驚得蹦跳起來，高達一米，落地後，轉身來咬屁股上的不速之客。

白眉兒早有防備，一隻前爪搭在豬腰上，一隻後爪踏地，跟著公野豬轉身。公野豬高速旋轉著，連咬了幾口都咬空了。白眉兒趁機將那隻捅進肛門的爪子在公野豬肚皮裏搗鼓了一下，揪住腸頭猛地拽拉，一截豬腸被拉了出來。

公野豬轉過身來，面朝著白眉兒，一雙豬眼裏迸發出復仇的火焰。

白眉兒曉得豬腸子已被牠摳出一截來的公野豬絕不肯善罷甘休的，牠這樣待在公野豬正面一丈遠的地方，等於待在地獄的門口，太危險了。牠想挪動位置溜進草窠去，可四肢發軟，跳了兩次沒跳起來。

公野豬脊背上的鬃毛一根根豎得筆直，獠牙磨動，面目猙獰，眼看就要「剽飛」過來。

白眉兒絕望得渾身冰涼。別說是牠了，就是孟加拉虎也經不住公野豬這凶蠻的撲擊。完了，牠想，眨眼工夫，牠就會被復仇心切的公野豬咬成兩截的。

就在這時，豺王夏索爾和大公豺察迪並肩躥上來，各自咬住一條豬後腿。

公野豬已經「剽飛」起來了，但由於後肢負荷著兩隻豺的重量，衝力大大減弱，無法達到期望的距離，轟，公野豬在離白眉兒還有兩尺的地方落地了。此時此刻，要是公野豬不顧背後的騷擾再朝前撲一撲，白眉兒無論如何也難逃一死的。但野豬性格上有個缺陷，注意力很容易被干擾；牠發現有兩隻豺破壞了牠的「剽飛」，勃然大怒，立刻將攻擊目標轉移到身後的夏索爾和察迪，轉身欲咬。

白眉兒僥倖逃過了劫難。

夏索爾和察迪見公野豬轉過身來，便倉皇逃躥。

公野豬拔腿要追，白眉兒也不知哪裡來的力氣，躥上去一口叼住掛在豬屁股上的那截豬腸子；公野豬撲了出去，哧溜溜，豬腸被扯出兩米多長。

公野豬又把攻擊的目標轉移到白眉兒身上，轉身來咬；遍地都是低矮的灌木，公野豬三轉兩轉的，那豬腸被一叢荊棘掛住，怎麼也掙不脫。

豺群圍了上來，響起一片催命的囂叫。

公野豬橫衝直撞，恨不得能扭住一隻豺，咬牠個肚穿腸破，身首分家。但牠畢竟已身負重傷，沒瘋狂多久，便搖晃了幾下倒了下去。饑餓的豺群蜂湧而上，享受這美味佳肴。

一會兒，草地上只剩下一具白花花的野豬骷髏。

白眉兒看看豺群都吃飽了，心想，時機成熟，現在牠可以請求豺王夏索爾同意牠返回埃蒂斯紅豺群了。牠走到夏索爾面前，輕囂兩聲，表示了自己的心願。

夏索爾目光陰鷙，慢吞吞從豺群跨出來，威嚴地囂叫一聲，帶著王者的氣勢，朝白眉兒逼近。白眉兒知道，夏索爾是要行使豺王的權利，對牠進行資格審查。

一般來說，豺王夏索爾是不能拒絕一條大公豺重新歸群的，除非有特殊的理由。無論如何，優秀的大公豺是獵食的中堅力量，群體總是越興旺發達越好。更何況，白眉兒還冒著生命危險幫助豺群獵殺了兇蠻的公野豬。

但夏索爾卻不是這樣想。牠在白眉兒從埋伏的岩石上撲到公野豬身上的一瞬間，就認出對方是誰。牠以爲這隻奇怪地長著一身黃毛的傢伙早倒斃荒野了，沒想到非但沒死，還長得愈發精神了。牠猜想白眉兒半途伏擊公野豬的目的何在，大概是要撈取重回埃蒂斯紅豺群的政治資本。牠果然猜中了。這使得牠在心底沉睡了兩年的對白眉兒的反感，一下子像滾雪球似地從心底滾到腦海，越滾越大，越滾越膨脹。

牠打心眼裏就不願重新接納白眉兒爲豺家庭的一員。瞧這身坯，跟狼差不多，簡直就是豺中巨人！牠膽敢獨自攔截公野豬，有智有勇，留在身邊，絕對是個禍害。兩年前牠看見白眉兒心裏就發怵，兩年後重逢，那種發怵的感覺又油然而生。無論如何，牠一定要阻止這個眉眼間有塊白斑的傢伙回埃蒂斯紅豺群，牠的態度比兩年前還要堅決。

夏索爾圍著白眉兒轉了一圈又一圈，一雙賊亮的豺眼上下求索。這傢伙除了身上多了幾塊小傷疤外，瞧不出有什麼破綻。牠又聳動鼻子仔細嗅聞，這傢伙身上一股道地的山野肉食獸的腥味，還有一股被時間所稀釋了的埃蒂斯紅豺群特有的氣息。老天爺，羅織罪名爲何這般難啊。

不行，不能就這樣算了，就是雞蛋裏挑骨頭，也要挑出毛病來。

牠用舌尖撩起白眉兒身上的毛，往深處嗅聞。哈呵，果然就發現埋藏在毛叢深處的秘密，有一股火炭、稻草和熟食所混合而成的氣味，雖然極淡極淡，若有若無，但靈敏的豺鼻還是聞出來了。這是標準的狗的氣味，經驗豐富的大公豺都熟悉這種氣味，都討厭這種氣味，都憎惡這種氣味。

夏索爾當然不知道白眉兒被逐出群體後這兩年的具體生活境遇，但有一點可以肯定，兩年間這傢伙的生活和狗有關，不然不會沾染上狗的氣味的。或許這傢伙離開埃蒂斯紅豺群後向人類搖過尾巴，或許這傢伙和狗交過朋友，或許與哪條母狗有過曖昧關係……無論是什麼，

對豺來說，都是很噁心的事，都是比咬死親娘更爲嚴重的罪行。僅憑這傢伙曾經和狗打過交道、身上殘留著狗的氣味這一點，就可以把這黃毛大傢伙永遠拒之於埃蒂斯豺群外。假如這傢伙還想賴著不走，乾脆往死裏咬，吃一頓鮮美的狗肉。

夏索爾噉噉發出兩聲短囂，以示告警。立刻，豺群中躥出四五隻大公豺，瞪著不懷好意的眼睛朝白眉兒圍上來。夏索爾不停地用舌尖撩開白眉兒身上的毛，用意很明顯，是要讓其他大公豺也來嗅嗅，聞出蹊蹺，聞出敵對情緒。

白眉兒一顆心陡地懸吊起來，當豺王夏索爾將尖吻探進牠的毛叢，牠就意識到事情變糟糕了，秘密將要敗露，後果不堪設想。清亮的溪水只洗去牠表層的狗的氣味，而無法把滲透在毛層深處黏貼在豺皮上的殘餘氣味全部清洗乾淨的，牠現在是逃沒法逃，躲也躲不掉。

大公豺們的鼻子都尖得像錐子，牠身上狗的氣味再稀薄，也瞞不過牠們。怎麼辦？怎麼辦？

四、五隻大公豺眼看就要圍攏到牠身邊了，突然，圍觀的豺群裏躥出一隻母豺，囂叫一聲，凌空躍起，跳到白眉兒頭頂，在胭脂般的夕陽下像瑪瑙編織的豔紅的網，嚴嚴實實罩在白眉兒身上。

跳出來的母豺頭上的毛有點灰暗，下巴頷豁了個口子，不時有唾液從V型豁口流淌出來，哦，是兔嘴。

四、五隻大公豺只好在幾步開外的地方停了下來，望著罩在白眉兒身上的兔嘴，不曉得該怎麼辦才好。

夏索爾狂嚎兩聲，喝令兔嘴滾開。兔嘴愈發把白眉兒摟得緊了。

忽地一聲，夏索爾撲了上來，用利爪狠命在兔嘴身上撕扯，牠要逼兔嘴讓開。兔嘴豺毛飛旋，身上露出一條條血痕，卻像條頑固的螞蟥一樣，緊緊貼在白眉兒身上。

夏索爾惡毒地嚎叫著，咬住兔嘴一條前腿，猛地閉闔嘴巴，喀嚓一聲，腿骨被咬斷了。兔嘴慘叫一聲，疼得渾身打顫，卻仍罩在白眉兒身上。兩條豺彷彿被膠黏在一起了。

夏索爾叼住兔嘴已經折斷的腿骨用力一擰脖頸，兩寸長的一截豺爪連皮帶骨被咬了下來。濃濃的血漿從兔嘴腿上的創口漫流出來。兔嘴一面哀嚣，一面將那條斷腿像把刷子似地在白眉兒身上揮刷；牠流出來的是純正的豺血，可以塗抹掉白眉兒那身被異化了的黃毛，洗刷淨那股會招來殺身之禍的狗的氣味。

兔嘴的豺血浸濕了白眉兒的毛叢，草坪上瀰散開一股豺血的腥味。

嗷嗷呦呦，豺群騷動起來，眾豺對夏索爾過於殘忍的行爲感到不滿：殘害同類，殘害無辜，你是不是做得太過份了一點？豺王夏索爾不得不停止這狠毒的廝殺。

母豺兔嘴仍罩在白眉兒身上，斷腿繼續揮刷，鮮血繼續漫流。也不知過了多少時間，牠的血似乎快流乾了，頭暈目眩，身體像塊浮雲，輕飄飄的沒有一絲力氣，兩眼一黑，咕咚一聲從白眉兒身上栽落下來。

白眉兒身上的罩子沒了。

夏索爾簡直不敢相信自己的眼睛，這個長著一身黃毛的傢伙忽然間變了模樣，毛色金紅，在陽光的照射下，像團灼灼燃燒的火焰。這是埃蒂斯紅豺群傳統的毛色，不，應該說是埃蒂斯紅豺群最純正最鮮豔的顏色。幾隻大公豺走過來，從四面八方將尖尖的唇吻探進白眉兒的毛叢，聳動鼻翼作嗅聞狀，牠們聞到的是一股十分清晰十分熟悉的本種群的氣息，沒任何異常。

兔嘴的鮮血把白眉兒塑造成一隻標準的豺。

嗷——豺王夏索爾無可奈何地長囂一聲，只好接納這說不清是狗還是豺的傢伙。

豺群散開後，白眉兒到山箐裏採來一株接骨風，這是一種豺所熟悉的專治跌打損傷的草藥；白眉兒將接骨風在嘴裏嚼爛了，塗在兔嘴的瘡口上，到了晚上，血總算止住了。但母豺兔嘴卻永遠變成了跛腳豺，身體也因流血過多而顯得十分憔悴。

生活，總要付出代價的。

第十一章 豺狼之爭

陰雲籠罩在埃蒂斯紅豺群上空。

日曲卡山麓來了一群狼。這群狼大約有八、九隻，由一隻背脊漆黑肚皮土黃的大花狼率領。埃蒂斯山谷從未有過狼。誰也弄不清這些狼是從什麼地方遷徙過來的，也許是古戛納河谷大狼群生存環境太擁擠了，分化出來的支系，類似開拓疆域的探險隊；也許牠們過去在遙遠的古戛納河上游生活，那兒的參天古樹被兩足直立的人類砍倒，大片草原被犁鏵耕翻，對動物來說，失去了森林和草原，就是失去了生存的依託，只好四處流浪，這小群狼就流落到日曲卡山麓來了。

埃蒂斯紅豺群很快便嘗到了狼群的厲害。

這真是一群標準強盜，超級土匪。豺群剛剛獵殺了一頭馬鹿，還沒來得及開膛剖腹呢，該死的大花狼就率領牠的臣民嗅著血腥味找來了。狼群蠻不講理地撲上來，狂嗥亂咬，把飢腸轆轆的豺撵開，圍著馬鹿大吃大嚼，那得意勁，彷彿是誰在請牠們吃免費宴席。

豺群辛辛苦苦捕獲的獵物倒被狼享用了，這等於被搶了飯碗，當然不肯罷休，免不了會發生衝突。

這還不算，狼群竟然嗅著氣味尋找足跡追攆埃蒂斯紅豺群，明目張膽地進行挑釁。

大花狼的意圖十分明顯，要把豺群趕出日曲卡山麓，把這片食物豐盛的土地占爲己有。赤裸裸的弱肉強食，連和平共處的原則也不講了。埃蒂斯紅豺群祖祖輩輩都生活在這裏，豈肯輕易相讓。領土權就是生存權，當然不能等閒視之。

日曲卡山麓的金秋季節十分短暫，一眨眼，白色的冬天就來臨了。幾場風雪過後，雪線已降至山腳。本來冬天就是食物匱乏的季節，即使沒有狼群，要尋找到足夠的食物也很困難，現在，在狼群的淫威下，埃蒂斯紅豺群更是窮途末路，吃了上頓沒有下頓。更要命的是，雪地行走會留下不易抹去的痕跡，狼群常常循著豺群的足跡追蹤而來。

豺群被迫退到了怒江邊。

怒江不會封凍，湍急的江水在江心捲起一個個漩渦。現在留給埃蒂斯紅豺群的唯一生路，就是渡過江去。

怒江是條界河，日曲卡山麓到此爲止，對岸是個陌生的蠻荒之地。只要渡過江去，就算是擺脫了狼群的威脅。可是，夏索爾領著豺群在怒江邊徘徊了整整三天，仍下不了渡江的決心。

故土難捨，埃蒂斯紅豺群世世代代生活在日曲卡山麓，每座山頭、每條溝壑、每道溪流、每片樹林、每叢灌木，都熟悉得閉著眼睛也能走到，爪子踩在這塊土地上，立刻就會有一種血脈相連的親近感。渡過江去，等於被剝奪了生存領地，變成一群沒有根基的流浪豺。離鄉背井，集體逃亡，無疑會在每一隻豺心靈上刻下屈辱。

一旦渡過江去，再不可能回來了，狼群沒了競爭對手，會在日曲卡山麓這塊豐腴的土地上迅速繁殖，幾何級數地增長，用不了兩、三年時間，就會發展到數以百計的大狼群，更會像對付螞蟻似地對付豺群。再說，對岸免不了也會有兇猛的食肉獸，埃蒂斯紅豺群能否在陌生的土地上站住腳，也是個大問題。還有，豺雖然會泅水，但只會很蹩腳的狗爬式，在洶湧的怒江裏，恐怕很難避免會有老豺和幼豺被激流沖走或被漩渦吞沒。

渡過怒江，遷徙他鄉，絕對是個下策。可是，總比待在日曲卡山麓活活餓死或等著被狼群消滅要好吧。

在又一次被狼群跟蹤追擊後，豺王夏索爾下決心渡江了。晚渡不如早渡，與其成爲惡狼的腹中餐，還不如含淚告別故鄉，逃一條生路呢。

可突然間，局面發生了意料不到的逆轉。

扭轉乾坤的是白眉兒。

在日曲卡山麓發生狼害時，白眉兒並沒有消失，仍在埃蒂斯紅豺群活著，同其他豺一樣，也飽嘗了被狼群欺凌的苦楚。所不同的是，牠沒遭到狼的正面襲擊。

不知爲什麼，狼群似乎對牠特別客氣，特別照顧，正面撞見牠了，也不過張牙舞爪嗥叫幾聲，只要牠轉身退卻，狼便網開一面，不來追逐。

母豺兔嘴被夏索爾咬斷了一隻前爪，還沒很俐落，跑起路來一顛一簸，十分費勁，很容易成爲狼爪下的犧牲品，白眉兒就終日陪伴在兔嘴身邊，只要一遇到狼群，便緊緊貼著兔嘴一起逃命。所以，儘管兔嘴瘸了一條腿，倒也沒受到狼的傷害。

比較起來，白眉兒不怎麼懼怕狼。牠在當獵狗時，曾跟著主人翻過雪山丫口，到古戞納河谷獵過狼。狼雖然兇暴，也是獵人的手下敗將。狼和其他野獸一樣，被主人手中那桿會噴火閃電的獵槍擊中，照樣會腦殼破碎腦漿噴濺。

狼的生命其實也是很脆弱的。牠和一隻黑狼較量過，雖然自己臀部被咬出一塊金錢狀傷疤，卻也把黑狼一隻耳朵和半張臉撕了下來。當然，那時候有主人在身後撐著腰，狗仗人勢，牠什麼也不怕。但不管怎麼說，牠的生命史上有著咬敗狼的光榮記錄，就像游過泳的人不再害怕水一樣，這種勝利者的心態一直伴隨著牠。

白眉兒是個混血種，父親洛戞是條大狼狗，身上有十六分之一狼的血統。牠體格比豺高大得多，雖比不上酋領大花狼，但和其他狼比卻毫不遜色。因此，很自然，白眉兒並不像豺那樣在體魄健壯的狼面前有一種自卑感。

但是，狼害整整持續了近兩個月，白眉兒卻一直不敢挺身而出與惡狼交鋒，有兩重原因，一是牠覺得自己再勇猛，也不是八、九條狼的對手，豺群見狼聞風喪膽，牠隻身孤掌難鳴；二是牠覺得自己剛剛被接納進埃蒂斯紅豺群，立足未穩，根基不牢，大家都怕豺，唯獨牠跳出來與狼搏殺，不等於在貶低大家嗎？兩年前牠就是因年少不懂事，爭強好勝，結果得罪了豺王夏索爾，被逐出群體，漂泊流浪，幾度生死，至今想起來仍心有餘悸。慘痛的教訓使牠明白了該怎樣做豺，那就是處處謹慎，小心行事。要不是眼瞅著兔嘴沒命了，牠也不敢孤注一擲朝大花狼撲過去的。

狼群真是欺豺太甚了。那天黃昏，埃蒂斯紅豺群垂頭喪氣地散落在怒江一片寬闊的沙灘上，朝著落日長吁短嘆，突然，狼群像幽靈似地出現了。

這次進攻不同往常，往常狼群一開始進攻時總是彼此靠近彼此呼應，在酋領大花狼的率領下，從豺群中間突破，迫使豺四下逃散。但這一次，八、九隻狼卻從東南北三面形成一個包圍圈，西面是波濤洶湧的怒江。狼群的意圖十分明顯，就是要把埃蒂斯紅豺群趕過怒江去，趕出日曲卡山麓，一勞永逸地解決問題。

這群狼本來數量就少，散成包圍圈，隊形就更稀疏了，每隻狼都單獨面敵，狼與狼之間不可能再首尾相顧，彼此照應。豺群在數量上占絕對優勢，假如這時豺群奮起反擊，三、四隻大公豺扭住一隻狼，狼再兇猛，也會被咬得落花流水的。遺憾的是，豺群屢次被狼群擊敗，反抗的意志早被摧毀，形成了一種失敗的心理定勢，一見狼就驚駭奔逃。奸詐的大花狼也一定摸透豺都變成了驚弓之鳥，這才敢不顧狼數量上的劣勢，把隊伍散成包圍圈的。

狼們嗥叫著，從東南北三面向豺群壓來。

豺王夏索爾痛苦地垂著腦袋，耷拉著尾巴，退到江隈，又退到水線上。整個豺群嗚嗚咽咽也跟著退到水線邊緣。狼自然不會罷休，步步緊逼，在江岸上狂嗥亂叫。豺群無路可逃，被迫蹚進江去。

江水冰涼，寒冷徹骨，嫩黃色的江面倒映著白的雪峰和紅的夕陽。還沒走到江心，就有一隻名叫灰梟的老豺一腳沒踩紮實，被激流沖倒，順著江水往下游漂去，在浪花翻捲的江面時隱時現，沖出幾十丈後，灰梟老豺最後在白浪間露了一下腦袋，留下一聲水淋淋的哀嚻，便永遠消失了。

誰喜歡水葬呀，本來就驚恐萬狀的豺群更急得像熱鍋裏的螞蟻，在淺水灣你踩我我擠你，你蹦起來我躥出去，水花四濺，活像在表演一場蹩腳的水上芭蕾。

兵敗如山倒，豺敗也如山倒，怒江裏一片混亂。沒有牽掛的單身豺游得最快，差不多已游出淺水灣了；帶著幼豺的母豺讓幼豺叼住自己的尾巴，吃力地划動四肢，緩慢地向江心游去；有家的大公豺游在母豺和幼豺側面，用自己的身體擋住浪頭；年老體衰的豺則滯留在淺水灣不知該如何是好。

指揮已完全失靈。豺王夏索爾知道自己在潰敗的豺群中已喪失了權威，便知趣地放棄了指揮權。牠擠在豺群裏，悶聲不響，自己管自己逃命。牠知道，除非生出三頭六臂來，已無法挽回被狼群逐出世襲領地這樣一種悲慘的結局。

唉，早知道這樣，還不如早兩天就渡過江去呢；次序井然地渡江，肯定能減少許多不必要的損失。現在，後悔也晚了。

狼群仍呈包圍態勢，散在江邊的沙灘上，像群催命鬼似地爲豺群送行。這時，白眉兒正護衛著兔嘴由淺水灣往深水區撤退。

兔嘴瘸了一條腿，在陸地行走還馬虎，下到江裏，便無法保持身體平衡，才蹚進淺水灣，就一步一個歪仄，三步一個趔趄。灰臬老豺就是在牠前面五、六米遠的地方被激流捲走的。牠嚇壞了，對牠這樣的瘸腿豺來說，前面的激流也是張牙舞爪想把牠一口吞噬的怪獸，和背後那群窮兇極惡的狼本質上沒多大區別。牠發瘋似地在原地打了兩個旋轉，竟掉過頭來朝岸上奔去。

大花狼箭也似地從沙灘躍進淺水灣，兜頭攔截兔嘴。

大花狼以爲兔嘴掉頭回岸是要朝狼群反撲，對狼來說，這種反抗意識是極其可怕的，豺在數量上占絕對優勢，假如眾豺都學兔嘴的樣，都掉轉頭來，狼群就會前功盡棄，並面臨一場災難，所以，牠要親自出馬迅速制伏膽敢掉過頭來的兔嘴。

大花狼躍進淺水灣，江面沸騰起一片恐怖。

兔嘴見狼酋惡狠狠向自己撲來，出於一種習慣性的恐懼，又回轉身朝滔滔江心逃命。對兔嘴來說，前後都是死敵，朝哪個方向逃都差不多。淺水灣的江底舖著一層鵝卵石，鵝卵石上黏著墨綠色的青苔，兔嘴三隻爪子落地行走，踩在青苔上，步步打滑，逃得比海龜在沙灘上爬還慢。剎那間，大花狼就撲到了兔嘴的身上。

兔嘴正在齊脖深的水裏，被大花狼粗暴地一按，豺頭沉下水去，咕嚕咕嚕，嗆了好幾

口江水，江面冒出一串氣泡。大花狼兩隻前爪從兔嘴背上收回來，繞到那串氣泡前，狼眼發綠，殘忍地磨動著牙巴骨，牠要殺一儆百，讓豺群不要再抱什麼幻想，不要再在淺水灣磨磨蹭蹭，更快地渡過怒江去。

白眉兒一直跟在兔嘴身後，牠一看就明白大花狼繞到那串氣泡前想幹什麼。豺不會潛泳，兔嘴沉在江底嗆了幾口水，驚恐萬狀，一定會拚命掙扎將腦袋竭力向上伸，伸出水面呼吸新鮮空氣；豺脖兒必然抻得筆直，喉管暴突出來，一副引頸就戮的姿勢；那豺脖子伸出水面剛好就在大花狼的利齒前，而狼最拿手的殺戮方式就是噬咬獵物的喉管。

兔嘴簡直就是爲讓大花狼咬斷自己的喉管提供了一切方便。江面漂起一團黑色淤沙，淤沙間豎起兩隻三角形的豺耳朵……

白眉兒再也不能袖手旁觀了。現在別說面前只有一隻大花狼，即使八、九隻狼都聚在一堆，牠也會奮不顧身衝上去的。

兔嘴用用自己的血塗紅了牠的毛色，掩蓋了牠身上狗的氣味；要是兔嘴不撲到牠的身上保護牠，那隻前爪就不會被豺王夏索爾咬斷，就不至於會在淺水灣的鵝卵石上東倒西歪連站也站不穩，換句話說，兔嘴就能像其他健康的豺那樣用蹩腳的狗爬式慢慢渡過怒江去。

說到底，兔嘴是爲了救牠白眉兒，才陷入要被大花狼咬斷喉管的險境的。就算前面是龍潭虎穴，牠白眉兒也要闖一闖了。

白眉兒凌空躥躍起來了。爲了拯救有恩於自己的母豺兔嘴，也爲了雪恥種群的恥辱，牠勇敢地朝比自己高出半個肩胛的大花狼撲了過去。

白眉兒起跳的位置正好在大花狼的左側，牠沒有嚣叫，也沒有張牙舞爪虛張聲勢，悶聲不響就躥了起來；對付惡狼，沒必要發佈任何形式的戰爭宣言。

被殘陽映紅的江面湧起一朵蘑菇狀的水浪，水浪中間豎起一個威嚴的身影。大花狼正專心致志地等候兔嘴的脖頸從水面露出來，壓根兒就沒想到旁邊會冒出個膽敢主動進攻的豺來；牠被兩個月來在同埃蒂斯紅豺群較量中所贏得的一連串的勝利弄得有點忘乎所以了；在牠眼裏，豺簡直同聞見血腥味就會腿兒打顫的綿羊可以劃等號；等到牠聽見側面有水響的動靜警覺起來，已經晚了，白眉兒已以雷霆之勢撲到牠的頭頂。

假如換了一隻普通的狼，面對這種突如其來的猛烈撲擊必然會驚慌失措，扭頭躲避，大不了腰以下的某個部位被豺爪撕破被豺牙咬傷。扭頭躲避雖然有點狼狽，跟抱頭鼠竄相差無幾，但總比腦袋遭打擊要好一些。能伸能曲，不失爲一種明智的選擇嘛。但大花狼沒這麼做。大花狼任何時候都不願做有損自己光輝形象的事。

牠不愧是久經考驗的狼酋，瞄到從頭頂壓下來的白眉兒，既不扭身逃躥，也沒任何慌亂，兩條後腿在水底的鵝卵石上用力一蹬，身體直直地豎跳起來；牠又一次想重演挫敗豺王夏索爾的伎倆，用堅硬的狼頭撞擊對方，把對方撞得暈頭轉向，然後自己變被動爲主動。

白眉兒可不是豺王夏索爾的翻版。

大花狼犯了個經驗上的錯誤；缺乏理智的野生動物是很容易犯經驗主義錯誤的。

白眉兒本來設想壓到大花狼背上後，咬住大花狼的一條後腿，無論對方怎樣反撲，也絕不鬆口，直到把大花狼的腿骨咬斷爲止。牠很清楚，跟狼交手，一開始就要進行致命的攻擊，不能像在豺群裏跟同類相鬥那樣逐漸升溫逐步升級；性命攸關，你死我活，全憑開始那股銳氣了。

豺在本質上並不比狼慈善，心狠爪辣才能置狼於死地。沒想到大花狼會像人那樣兩足直立彈跳迎戰，並企圖用狼頭來撞牠的豺頭；牠反應極其敏銳，立即扭動豺腰，划動四肢，在空中做了個短暫的停頓。剎那間，大花狼腦袋撞了個空，身體超越了白眉兒的高度，狼脖兒恰巧與白眉兒的豺嘴形成一條水平線。

機不可失，時不再來，白眉兒趁勢來了個空中噬喉，這是牠的獵食絕招，牠曾用這個絕招戰勝過許多兇猛的野獸。遺憾的是，牠是在齊脖兒深的水裏起跳的，空中噬喉的動作又是隨機應變發揮的，力量與準確性都受到了影響，只咬到了大花狼左側的的頸根，而不是致命的喉管。

白眉兒和大花狼同時跌回水裏。白眉兒在落到水裏的一瞬間，胡踢亂蹬，狂跳瘋躍，借著水的力量，噗，在大花狼左側的頸根咬開了一個口子，狼血染紅了一塊江面。那塊被撕破的頸皮還有一半黏連在大花狼的頸根上，白眉兒仍緊緊咬住不放。

大花狼哀嗥一聲，身體一仄，喝了兩口混雜著狼血的江水，嗆得咳嗽起來，牠曉得，假如繼續被白眉兒像螞蟥叮血似地叼住耳朵不放，牠不但無法反咬一口，還很有可能會被江水嗆得窒息。牠横了横狼心，大幅度擺動狼頭，硬是把那塊已被咬破卻還黏連在脖子上的頸皮徹底給撕了下來，就像從樹上撕下塊樹皮那麼隨意。牠寧可讓狼血噴得更兇，寧可脖頸上永遠留下抹不去的疤癥，也要從討厭的豺嘴裏脫出身來，獲得反撲的權利。這就是典型的狼酋性格。

大花狼曾單獨對付過一頭兩歲齡的小狗熊，牠咬住小狗熊的喉管後，小狗熊兩隻巴掌在牠背上像擂鼓似地拍打、捶擊、摑劈，把牠脊背撕得稀爛，牠覺得就像是一隻球狀閃電放到脊背上炙烤一般劇痛難忍，牠仍緊緊咬住小狗熊的喉管不放，直到小狗熊嗚呼哀哉。區區一塊頸皮又能算得了什麼。

一陣撕裂的痛楚後，大花狼終於從白眉兒身旁跳開去。牠雖然受到了料想不到的打擊，卻並不沉重，也非致命；牠往前躥跳，試圖躥出丈把遠後，能安全地沒有障礙地掉轉頭來，喘半口氣，鎮定一下情緒，然後以十倍的瘋狂，百倍的仇恨，把身後那隻令狼討厭的毛色偏黃的大公豺置於死地。

換一隻普通的公豺或一條一般的獵狗，嘴裏叼著一塊血淋淋的狼肉，會炫耀的搖首擺尾，會驕傲地吠叫一通，假如真這樣，那就糟了，就不可避免地遭到大花狼異常兇猛的反攻倒算。白眉兒可不是那樣的傻瓜。富有叢林狩獵經驗的白眉兒並沒有被初咬的勝利所陶醉，牠曉得狼的生存意志高於虎豹熊獅等一切在陸地行走的猛獸，掛了彩的狼敢同獵人拚個你死我活。因此，白眉兒在大花狼往前躥跳時，沒半點猶豫，沒半點遲疑，囫圇將狼肉吞進肚

去，身體便呈流線型彈射過去，恰好做出了一個二級前撲的動作。

雖因水流的影響，這動作應有的優美打了折扣，實效卻沒降低。當大花狼躥出丈把遠後驀然回首，身體還沒轉夠位置，白眉兒已撲了過來，大花狼來不及躲閃，腰眼被撲了個正著。

狼是麻桿腰，最怕被擊中腰部，踉踉蹌蹌站不穩；大花狼情急之中想用側身倒地橫滾的辦法躲開白眉兒二級前撲的鋒芒，牠忘了這是在水中，水的浮力使牠無法像在堅硬的陸地上那樣隨心所欲地滾動，牠四爪離地，氽在江水裏，像截朽木似地隨波漂逐。白眉兒就像捉魚似地，見到哪兒有水波湧動就朝哪兒猛撲。

大花狼悶在水裏，簡直就沒有出頭機會，灌了一肚子江水。後來，大花狼好不容易扒住一塊礁石，從水裏掙扎著露出臉來，朝江隈的沙灘長嗥一聲，喝令眾狼快來救駕。

在白眉兒和大花狼鏖戰時，埃蒂斯紅豺群所有的豺都停止了渡河，已游到深水區的豺都掉轉頭游回淺水灣，翹首觀望；沙灘上的狼群也都傻瞪著眼，被這場眼花撩亂的狼豺格鬥迷糊住了。

大花狼一聲長嗥後，沙灘上的狼群如夢初醒，順著斜坡衝進淺水灣，排成月芽形，氣勢洶洶向白眉兒逼近。

白眉兒雖然在同大花狼的較量中占著上風，但很明顯，別說八隻狼一起過來圍剿牠，只要有另一隻狼介入，勝負就會立即逆轉，白眉兒就會很快葬身狼腹的。淺水灣吃緊，形勢急轉直下。

突然，響起一聲深沉悲壯的豺嚣，豺王夏索爾像隻脫韁的野馬，連奔帶跳，向漸漸圍攏來的狼群迎面躥去。霎時間，所有的大公豺和沒有拖累的年輕母豺齊聲囂叫著，朝狼群撲躍過來。

那些帶崽的母豺吸取了以往失敗的教訓，把幼豺們都集中在淺水灣一座龜形礁島上，自己頭朝外尾朝內，在礁島邊形成一道護衛圈。

整個豺群解除了後顧之憂。

豺群三、五隻爲一組，盯住一隻狼。豺群曉得這是背水一戰，假如再度戰敗，真的只能和親愛的家鄉訣別了。豺個個都憋著一肚子氣，兩個月來的屈辱和憤懣，像火山一樣地爆發了，每隻豺都變成了勇不可擋的拚命三郎。大公豺約克的耳朵被狼牙咬豁了，舔舔漫流到嘴角的血，又朝狼撲了上去。母豺蓓蓓的半截尾巴被狼咬斷，仍不顧一切地與狼周旋。

表現最英勇的要算母豺兔嘴了，在狼群向白眉兒圍過來時，牠幾乎是與豺王夏索爾並肩衝進狼群的，牠瘸著一條腿，又嗆了好幾口江水，當然不是狼的對手，才噬咬了兩個回合，就被一隻灰狼用狼爪摳中左眼窩，眼珠子被摳了出來，吊在唇吻前，晃晃蕩蕩，像吊著一顆黑橄欖，牠哀嚣一聲，一甩豺頭，把眼珠子晃進自己口中，咬下來吞進肚去，又發瘋般地與灰狼扭成一團。

狼開始還想故伎重演，繞開大公豺向幼豺襲擊，動搖軍心，但豺群已有防備，三、四隻豺纏住一隻狼，前堵後追，使狼沒法脫身；即使有個別狼動作靈活，覷個空隙從豺的圍追中溜出來，也被護衛在礁島邊的母豺攔住，無法接近幼豺。

八隻狼被豺一隻隻隔離開，失卻了群體的威力。

對狼群更爲不利的是，這是一場沒有指揮的混戰。

當大花狼長嗥後，眼瞅著狼群向自己圍過來，白眉兒確實心裏像塞了坨冰，涼透了。當看到豺群呼嘯而上，牠又信心百倍，力氣陡增。人類有句俗話說，擒賊先擒王，這在具有群體意識的動物界同樣通行。牠知道自己對付的是狼酋，能否鬥敗狼群，勝負的關鍵就是看能否鬥敗狼酋。倘若被大花狼緩過勁來，混亂的狼群便會很快恢復秩序，神情頹喪的狼就會像吞食了鴉片似地重新變得精神抖擻，形散神散心散、已快成爲一盤散沙的狼群，就會以狼酋爲核心，凝聚成堅強的戰鬥集體。這樣的話，豺群就有可能重新面臨潰敗的危機。

白眉兒深知自己責任重大，不敢絲毫鬆懈，暴風驟雨般地朝大花狼連續撲擊，不給對方有任何喘息的機會。

大花狼不愧是隻身經百戰、出生入死、久經考驗的狼酋，雖然被灌了一肚子的江水，仍沒氣餒沉淪。牠很快從昏眩中驚醒過來，並想出扭轉劣勢的高招。牠在又一次被白眉兒撞得跌進水裏後，突然趴開四肢，吐淨肺部的空氣，身體像片葉岩一樣沉到水底。

淺水灣裏早已泥沙翻滾，江水混濁得像墨汁，白眉兒視線模糊，看不清水底的動靜，還以爲大花狼又要在前方五尺來遠的水面冒頭呼吸了，就趕在前面跳了過去，抬起雙爪進行按撲。

牠撲了個空，更糟糕的是，大花狼突然從牠背後鑽出水面。追逐與躲閃的關係一下子顛倒了。大花狼猙獰的狼臉閃過一絲得意，抓住戰機兇猛地朝白眉兒撲咬。客觀地說，狼的噬咬本領勝過豺，儘管白眉兒不是普通的豺，但比起狼來還是略遜一籌。

頂要命的是，白眉兒發現自己上了大花狼的當，內心恐慌，銳氣頓減，在大花狼凌厲的攻勢下節節敗退。在齊脖兒深的水裏退卻，很難保持身體平衡，一步一滑，顧得了腳顧不了頭，那柔軟的頸窩就要暴露出來了。大花狼跳起來，鋒利的狼牙直逼白眉兒的頸窩。

就在這千鈞一髮的當兒，母豺兔嘴瞎著一隻眼，蹺著一條腿，連滾帶爬地趕過來，咬住大花狼的一條後腿，任憑大花狼在自己背上怎麼撕扯噬咬，死不鬆口。

白眉兒轉危爲安，重新站穩腳跟，又由被動變爲主動，撲到大花狼背上一個勁猛咬。大花狼被兔嘴叼住一條腿，像被釘子釘住了似的無法動彈，等於捆綁住了在讓白眉兒任意宰割，心裏窩火透了，瞅了個準，抬起另一隻後爪，朝兔嘴的右眼挖去，奶奶的，你嫌瞎了一隻眼還不夠，那就讓你嘗嘗雙目失明的滋味。噗，兔嘴的右眼又變成一隻血窟窿。

大花狼以爲兔嘴會張嘴呻吟，這樣牠就可以把自己那條腿從豺嘴裏解脫出來；牠很快發現自己想錯了，兔嘴只是全身搐動了一下，仍咬住牠的腿不放；喀嚓一聲，那條狼腿被咬斷了；兔嘴仍不甘罷休，咬住斷腿擰呀擰，直到把那隻被咬斷的狼爪擰下來爲止。

白眉兒又用犀利的爪牙在大花狼背上撕下一大塊皮肉。

大花狼渾身是傷，還跛了一條腿，招架不住了，又見自己的同伴一個個被豺糾纏住，沒誰能跑過來幫自己解圍，再這樣下去，自己這條命很快就會賠進去的，便長長地哀嗥一聲，躥到沙灘上，沿著彎彎曲曲的江岸奔逃。

狼酋一逃，狼群沒了主心骨，立刻唏哩嘩啦地潰散了。

豺群歡呼著，興奮地囂叫著，揚眉吐氣地在狼群屁股後頭窮追猛攆。狼群逃進江畔一片茂密的冷杉樹林，暮色蒼茫，天漸漸暗下來了，豺群的追攆這才暫時告一段落。

翌日晨，豺群繼續沿著江岸線搜索追捕。勝利來之不易，最好能趁熱打鐵，再接再勵，擴大戰果，把討厭的狼群徹底趕出日曲卡山麓。

來到山丫口，遠遠便聞到一股新鮮屍骨的酸味。豺群散成扇狀，小心翼翼地走攏去；灰色的砂礫上，大花狼僵硬地趴伏著；牠的腹部被撕咬開，內臟和狼肉被掏吃一空，只剩下一副白森森的骨架和一張殘缺不全的皮囊；四周有一片凌亂的狼腳印，腳印穿過山丫，向怒江延伸；豺群追到江邊，佇立礁島，極目遠眺，江對岸煙霧迷濛的山巒上，有幾個小黑點在蠕動；風從對岸刮來，依稀能聽到淒厲的狼嗥。

很明顯，昨天半夜，大花狼帶領狼群逃到這裏後，失血過多，再也走不動了。清晨，走投無路而又飢腸轆轆的狼群把奄奄一息的大花狼當早點分食了，覺得無法再在日曲卡山麓混下去，就泅渡怒江，繼續漂泊流浪，尋找適合牠們生存的新領地。

令豺群感到奇怪的是，大花狼身上和四肢被吃空了，狼頭卻完好無損。也許是狼頭骨多肉少，嚼之無味；也許是眾狼對酋領一向尊重，不好意思破壞酋領的尊容。狼頭生氣勃勃，面對著日曲卡山麓這片豐腴的土地，兩隻眼睛瞪得賊圓，閃爍著貪婪渴求的光。那藍幽幽的瞳仁裏，倒映著挺拔瑰麗的日曲卡雪峰。牠死不瞑目，牠的肉體已經死亡了，牠的靈魂仍想征服和佔有腳下這片土地。

埃蒂斯紅豺群圍著狼酋的屍骸，沉默了一會，突然，幾十隻豺齊刷刷面對白雪覆蓋的日曲卡雪峰引頸囂叫起來，呦嘔——呦嘔——聲音激昂悲壯，在怒江峽谷發出一陣陣回響；牠們歷經艱辛，浴血奮戰，終於贏得了保衛領地、保衛家園的勝利！

第十二章　榮登王位

王位過渡十分平靜，沒有爭執，沒有廝殺，沒有內訌，這在埃蒂斯紅豺群的歷史上是絕無僅有的。

埃蒂斯紅豺群在日曲卡山麓少說也生活了數百代，更換過幾百個豺王。每一次王位更替，豺群社會便動盪不安，演出一場流血的悲劇。可以說，新豺王都是踩著老豺王的鮮血登上豺王寶座的。

雄性動物與生俱來就有一種權利欲，都是社會地位的角逐者。就像掃帚不到灰塵不會自己跑掉一樣，年老昏聵的豺王不經過一場生死較量，是絕不會禪讓王位，自動退出歷史舞臺的。吃會吃膩，玩會玩膩，當豺王絕不會當膩。對一個種群來說，一次王位更替就是一場災難。現任豺王夏索爾就是將老豺王坨坨的尾巴齊根咬斷，把坨坨的威風剪滅，這才趾高氣揚地爬上王位的；而坨坨篡奪王位的過程就更殘酷了，把上任老豺王兵宛背上咬出碗口大血洞，老兵宛倒在血泊中無力再站起來，坨坨就在老兵宛的呻吟和哀嚚聲中喜氣洋洋地登上了權利的頂峰。

如果豺王在意外事故中突然身亡，和平也絕對沒指望，甚至比正常狀態下的王位爭鬥更糟糕，地位相近的大公豺們誰都覬覦空缺的王位，誰也不服氣誰，誰都覺得自己最行，是最理想的王位繼承者，於是，互相傾軋，互相拆臺，你爭我鬥，今天甲咬傷了乙，明天丙又把甲趕出豺群，這種社會地震起碼要持續十多天，直到一隻出類拔萃的大公豺把地位相近的公豺們全部壓服爲止。

這種地位爭鬥雖然殘酷，並使社會不安定，但也有有利的一面：在激烈的衝突中，平庸的草豺無法濫竽充數混進領袖階層；競爭就是篩選，保證體格最健壯、頭腦最聰慧的最強者擔任豺王，這當然有利於種群的生存。

然而，這一次王位更替，卻輕鬆得像幕喜劇。

狼酋死了，其餘的狼都逃過怒江去了，狼害徹底消除，籠罩在埃蒂斯紅豺群上空長達兩個月之久的陰雲被驅散了。雖然在這場空前酷烈的淺水灣戰役中，老豺灰梟死於非命，母豺兔嘴變成了瞎眼豺，還有好幾隻豺受了傷，但從全局衡量，損失是小小的，勝利是大大的。埃蒂斯紅豺群沉浸在勝利的喜悅中。

天遂豺願，從狼酋屍骸邊離開後，又撞見了一頭正在江邊飲水的香獐，就像是老天爺特意送上門來犒勞豺群的一樣，撲倒香獐，吃飽喝足，陰霾的天空也放晴了，紅豔豔的太陽，湛藍的天空，令豺群感到十分愜意。兩個月受的窩囊氣一鼻孔出掉了，繃緊的心弦突然間鬆弛了，又遇到難得的好天氣，豺群懶洋洋地散在江畔一塊礫石灘上，烤烤太陽，打打瞌睡，養精蓄銳。

就在這時，王位的更替拉開了序幕。

礫石灘中央有一塊高出地面約半米的裸岩，形狀像隻蛤蟆。夏索爾輕輕一躍，登上蛤蟆岩。蛤蟆岩上光溜溜平坦坦，被太陽曬得亮堂堂暖融融，躺在上面不僅可以登高望遠，顯示豺王的威儀，還可以用腹部在岩石上蹭癢癢，何等的舒服。

突然，夏索爾發現礫石灘左側兩隻正在閉著眼睛打瞌睡的母豺在牠縱身躍上蛤蟆岩時，四隻豺眼冷不丁瞪圓了，脊背上的毛也恣張開，陡地站立起來。

這兩隻母豺的肢體動作說明附近發生了引起牠們警覺的事。夏索爾在蛤蟆岩上朝四周張望，江面風平浪靜，右側那片灌木林也沒什麼異常，大概這兩隻母豺是神經過敏了吧，牠漫不經心地想著，又躺了下來。

剛躺下，又像著了火似的跳起來──散落在礫石灘上的豺群忽然間像患了急性傳染病，個個都由慵懶狀變成驚厥狀，豺眼圓瞪，體毛豎立，肌肉繃緊，如臨大敵。更讓牠吃驚的是，豺群冷嗖嗖的目光在牠夏索爾身上彙成了一個焦點，彷彿牠夏索爾頭上突然長出兩支羊角來了。

這是怎麼回事，吃錯藥了還是怎麼著？豺群一片沉默，火山爆發前的沉默。

夏索爾雖然還不明白豺群究竟發生了什麼事，心裏卻莫名其妙地產生了一種恐慌。

那隻名叫蓓蓓的母豺向礫石灘正面那小塊草坪走去，蓓蓓側著身體走，眼光始終盯著牠夏索爾，像蟹一樣在橫行，速度雖然緩慢，步子卻跨得十分堅決，神情莊重肅穆，像要去參加什麼重大的慶典活動。

這很奇怪，怪不得牠夏索爾心驚肉跳。

彷彿事先約好了似的，公豺、母豺、老豺、幼豺，幾乎所有的豺都學蓓蓓的樣，舉步朝那小塊草坪走去。

草坪上，臥著苦豺白眉兒和瞎眼豺兔嘴。牠們是在向白眉兒靠攏。

夏索爾腦袋一陣昏眩，像失足從懸崖跌落深淵似的產生一種失重感。

眾豺以草坪爲中心點，散成半圓形，眾星捧月般地圍住白眉兒。好幾隻母豺都諂媚地跑過去舔白眉兒的面頰。夏索爾不是傻瓜，當然明白將要發生什麼事了。

假如只有個別的豺這麼做，牠會毫不猶豫地撲上去用尖爪利牙教訓忤逆者，把政變陰謀消滅在萌芽狀態。問題是現在有那麼多的豺都跑到白眉兒身邊去了，自己形單影隻，撲下去恐怕非但於事無補，反而會扇起更旺的叛亂火焰。

現在最要緊的是尋找同盟者，有了忠實的幫手，或許還能扭轉局面，夏索爾想。

牠立即將眼光掃向右前方，右前方一條隆起的砂礫帶上躺著察迪。察迪生性凶蠻，體格強壯，長得幾乎和牠夏索爾一般高大，屬於出類拔萃的大公豺，在豺群中的地位僅次於牠夏索爾。這一點從察迪此刻躺臥的位置就可以看得出來，那條隆起的砂礫帶比牠夏索爾躺臥的蛤蟆岩稍低些，又比其他豺躺臥的地方要高一些。

察迪雖然四肢發達，頭腦卻有點簡單，對豺王來說，這是最佳搭檔。因此，長期以來，察迪就是牠夏索爾最親密的同性夥伴。牠夏索爾四年前能成功地咬敗老豺王坨坨，靠的就是察迪的鼎力相助。

老豺王坨坨有隻相依爲命了七、八年的母豺，名叫蘇蘇，蘇蘇替老豺王坨坨生了四窩兒女，感情好得只有死神才能把牠們拆散。當牠夏索爾向坨坨發起王位挑戰時，蘇蘇咆哮著奔過來要幫坨坨的忙。假如讓坨坨和蘇蘇聯起手來，牠夏索爾就是再長出一張豺嘴來，也很難在那場王位爭奪戰中取勝。

就在這危急關頭，察迪朝蘇蘇衝刺過去，使牠夏索爾能集中力量對付風燭殘年的坨坨，贏得了勝利。

現在牠夏索爾的地位受到挑戰，牠理所當然扭頭向察迪求援。只要察迪同牠並肩搏殺，牠相信眼前的局面是能扭轉過來的。別看大部分豺此時都不約而同地聚攏到白眉兒身邊，那沒什麼了不起，虛假的繁榮而已。多數又怎麼樣？真理往往掌握在少數派手裏。群眾選舉算個屁，全民公決算個屁，別玩人類虛僞的一套。對豺來說，爪子和牙齒裏出政權。

察迪臥在那條隆起的砂礫帶上，豺臉埋進毛茸茸的前臂彎，胸肋有節奏地起伏著。這傢伙，怎麼就那麼貪睡，在這節骨眼上進入夢鄉了呢？

呦——嗽——夏索爾朝察迪急切地呼叫了一聲。

醒醒吧，老夥計，白眉兒就要把我的王位搶走啦，火燒眉毛，刻不容緩，醒醒吧！

牠看見察迪菩提葉狀的耳廓像乾沙上的小魚跳個不停，身體卻仍是那副熟睡狀。唉，察迪呀察迪，緊要關頭你怎麼睡得那麼死，那麼沉呢。

呦嚯——呦嚯——呦嚯——夏索爾急眼了，兩隻後爪勾住蛤蟆岩的縫隙，抻長脖子將尖尖的豺嘴湊近察迪的耳畔，厲聲尖囂。哪怕是聾子，哪怕靈魂正在曲徑通幽的夢鄉作逍遙遊，也會被驚醒的。可察迪非但不醒，反而把身體蜷得更緊，像隻煮熟的蝦。

夏索爾總算明白了，察迪並非酣睡得太沉叫不醒，而是不願醒，不想醒，不肯醒。這混蛋，根本就沒有睡，而是用裝睡來逃避現實。

夏索爾心裏透亮，察迪並不是因爲害怕才裝睡的，這隻肌腱凹凸分明的大公豺在埃蒂斯紅豺群中素來以橫蠻勇猛著稱，決不是軟蛋膿包；察迪之所以裝睡，是對牠夏索爾產生了一種信仰上的動搖，是對白眉兒產生了一種發自內心的崇拜。察迪此刻的心態與大多數豺的心態是一致的，將白眉兒看作是力挽狂濤把埃蒂斯紅豺群從崩潰邊緣拯救出來的大救星。讓救星當豺王名正言順。

呦嚯——醒醒吧，察迪，別再裝睡了，我倆的命運是連在一起的，好比一根線上拴著的兩隻螞蚱，一榮俱榮，一損俱損，我倒楣了，你也好不了，我被廢黜了王位，你的地位也會大幅度下降，再當不成一豺之下眾豺之上的名聲顯赫的豺了。

呦嚯——醒醒吧，察迪，別再犯傻了，我曉得你把白眉兒當做豺群的大救星，不好意思向大救星亮出你的尖牙利爪，生死存亡關頭，不能太書生氣了，其他事情都能講道理，唯獨政權問題沒什麼道理可講，歷朝歷代，從來就是勝者爲王，敗者爲賊，只要保住了王位，沒道理也變得有道理，歷史的功績可以移花接木，戴到我們的頭上來，恥辱與罪過可以張冠李戴，戴到對方的頭上去。沒什麼不好意思的，人都這麼幹，更何況豺呢。

察迪仍沒有要醒的意思。

還有大公豺約克和母豺蓓蓓，牠平時對牠們都不錯的，獵到新鮮的食物，再少也會勻一份給牠們吃，比對別的豺要客氣多了，牠覺得小恩小惠是一種感情儲蓄，零存整取，需要時可以連本帶利一筆取出，可約克和蓓蓓也跟著眾豺瞎起鬨，跑到白眉兒身邊去了。

唉，豺心不古，感情的銀行說倒閉就倒閉了。

好吧，退一萬步說，就算要尊重事實吧，擊敗狼群這個事實，也不是不可以深入分析和重新評估的，夏索爾想。

是的，當埃蒂斯紅豺群被迫渡江的關鍵時刻，白眉兒首當其衝撲向狼酋，拉開了背水一戰的序幕，功勞自然不可抹殺，但假如在狼群衝下淺水灣時，不是牠夏索爾不顧身家性命率先躥上去攔截，白眉兒就是有三頭六臂，也早就給狼群撕成碎片了，從這個意義上說，牠夏索爾的功勞同樣是不可抹殺的。功勞大家有，平攤三六九；團結最重要，別搞窩裏鬥。

呦嘔呦嘔呦嘔呦嘔呦嘔，夏索爾朝情緒激動的豺群發出一項特別提案。

白眉兒過去只是埃蒂斯紅豺群地位最末等的苦豺，看在牠咬敗大花狼的份上，論功行賞，由苦豺擢升爲優秀大公豺，也就足夠了嘛。誰聽說過或者看到過在一個群體裏，最卑賤者突然就變成了最高貴者？真比人類坐電梯還升得快，比坐直升飛機還升得快，火箭式的提拔和升格是不會有好下場的。

圍在白眉兒身邊的眾豺非但不理牠的碴，還抻直脖子朝蛤蟆岩呦呦嘁嘁地叫，那是在慫恿白眉兒躥上蛤蟆岩來，把牠驅趕下去，完成篡奪王位的最後一道程序。

白眉站了起來，尾巴豎得像旗桿一樣筆直，朝蛤蟆岩走來。

夏索爾快急瘋了。就算牠今天非下臺不可，牠也不能把王位讓給白眉兒的。白眉兒雖出生在埃蒂斯紅豺群，但毛色和長相與其他豺有所不同，父系血緣究竟是誰還是個懸案，又有兩年時間離開豺群，這兩年裏是在做一隻混跡山林流浪豺，還是在扮演豺的天敵——獵狗的角色，也是個謎。豺王主宰著整個豺群的命運，關係到整個豺群的生死存亡，豈能讓一隻出身不好血統不純歷史還有疑點的豺來擔當？假如白眉兒果真像夏索爾曾懷疑過的那樣，有一半是狗種，並在離開豺群的兩年間與人和狗有著某種瓜葛，一旦掌握了領導權，豈不是要把豺群引向毀滅？

爲了埃蒂斯紅豺群千秋萬代永不變色，牠也不能輕易讓出王位。牠齜牙咧嘴擺出一副要殊死搏鬥的架勢。

白眉兒並沒被嚇倒，輕輕一躍，跳上蛤蟆岩，與牠四目相對。這是一種無聲的威逼。夏索爾心裏發虛，冷汗都從舌尖冒出來了。白眉兒站在牠面前，比牠整整高出半個肩胛，身大力不虧。白眉兒身後有眾豺助威幫襯，聲勢奪人，牠孤身一豺，無依無靠，牠親眼目睹過白眉兒是怎麼同大花狼搏殺的，兇惡的狼酋尚且不是白眉兒的對手，牠和白眉兒單挑，更是必敗無疑。

天哪，怎麼辦呢？

再說白眉兒，此刻有一種意外的驚喜。牠並不是為了炫耀自己的力量、提高自己的地位，才鋌而走險同大花狼廝殺的，平心而論，當時牠連一丁點兒這方面的想法也沒有，牠完全是為了救兔嘴才不顧一切向大花狼反撲的。但既然眾豺都催促牠去向夏索爾發起王位爭奪戰，都擁戴牠當新豺王，牠又何樂而不為呢。牠早就對自己所處的苦豺地位深感不滿了。

牠知道，夏索爾失去了眾豺的支持，連察迪也蜷縮著身子在裝睡，在這場王位爭奪戰中，自己是贏定了。牠沒必要急急忙忙撲上去噬咬，牠想讓夏索爾先動手，然後用兩級前撲加空中噬喉進行還擊，乾脆俐落地奪取王位。後發制豺嘛，還可體現自己沉著冷靜的王者風度。

開始，夏索爾還豎著尾巴，亮出滿口尖利的豺牙，色厲內荏地叫幾聲，後來牠發現，豺群都不懷好意地在礫石灘上躥來跳去，朝牠呦呦怪囂，人有自知之明，豺也有自知之明，豺心所向，大勢所去，牠夏索爾再裝硬漢子，徒受皮肉之苦而已。

突然間，夏索爾高豎的尾巴耷拉到地，豺嘴也識相地閉緊，腦袋垂到頸窩，豺眼裏那股凶光黯然熄滅，身體萎軟的像隻被踩癟的豬尿脬，緩慢地扭過身來，極不情願卻又無可奈何地從蛤蟆岩上溜了下來。

這無疑是從權利頂峰滾下去的的象徵。

豺群歡呼起來，先是大公豺，後是攜幼帶崽的母豺，輪流跳上蛤蟆岩，舔吻白眉兒的胸脯，這是豺群特有的頂禮膜拜的儀式，表明新豺王得到了群體的認可和擁護。

夏索爾站在礫石灘上，仰望著白眉兒，內心的憤懣是難以用語言來表述的。牠恨在關鍵時刻背叛牠的察迪，恨那些立場轉變得比風車還快的公豺和母豺。假如當初牠堅持把剛剛歸群的白眉兒當作異類消滅掉，就不會有今天被攆下王位的屈辱和痛苦；假如牠早曉得豺群有背水一戰與狼群決一雌雄的決心，牠一定會比白眉兒早一步向大花狼撲去，白眉兒就無法嶄露頭角脫穎而出了。現在，後悔也晚了。唉，留在日曲卡山麓當個被彈劾下臺的前豺王，還不如渡過怒江去，在漂泊流浪的豺群裏繼續做豺王呢。

儘管夏索爾內心燃燒著仇恨的毒焰，但牠畢竟是智慧出眾的豺，牠曉得此時此刻自己只要流露出任何一點桀驁不馴的神態來，都可能招來一場滅頂之災。好漢不吃眼前虧，表面的屈服並不意味著內心的誠服。牠柔和地擺動著豺尾，輕輕躍上蛤蟆岩，四條豺腿一彎曲，跪伏在地，豺嘴探進白眉兒的腹下，呦嘓呦嘓叫得無比熱烈，並伸出舌頭長時間地舔白眉兒的一隻前爪，也不嫌髒。牠頂禮膜拜的儀式比任何一隻豺看上去都要虔誠得多，都要隆重得多，都要鄭重其事得多。

這應了人類一句俗話，大丈夫能伸能屈。

在夏索爾履行頂禮膜拜儀式時，白眉兒的牙齒正對著夏索爾的頸椎，咬起來方便極了。

此時此刻，白眉兒理應狠狠心腸朝夏索爾撲下去，使其流血，使其殘廢，或者使其魂飛魄散落荒而逃。這樣做，牠不用擔心會受到眾豺的譴責。

不流血，休想建立高低尊卑的新秩序。短暫的流血換來永久的和平。

遺憾的是，白眉兒沒這樣做。牠想，夏索爾已經向自己舉起了白旗，俯首稱臣，自己再撲上去咬似乎也太不人道了。牠想，在兩個月的狼害中，豺群已損失了好幾隻豺，還有幾隻豺被咬傷致殘，種群的數量和質量都在下降，不應當再發生自相殘殺、導致減員的事了。牠想，在狼群從沙灘衝下淺水灣向牠圍過來時，夏索爾率先撲向狼群奮勇拚搏，怎麼說還是有功的，將功贖罪，也應當給牠一條出路。牠想，自己當上了新豺王，不但應該團結和自己意見相同的豺，也應當團結和自己意見不同的豺，方顯示新豺王與眾不同的氣度和風範。牠想，自己比起夏索爾來，占壓倒的優勢，即使夏索爾妄想復辟，一條小泥鰍能掀起多大的浪來？

牠寬容地用下巴頷在夏索爾的頸椎輕輕摩挲了一下，以示接受對方的頂禮膜拜。

無毒不丈夫，白眉兒看來算不得是大丈夫。

夏索爾下到察迪躺臥的位置，察迪這時已經醒了，知趣地騰出空位，讓給夏索爾，自己往下降一層，到礫石灘和優秀大公豺站立在一起。察迪原先躺臥的位置居於眾豺之上又居於豺王之下，地位很微妙。夏索爾替代了過去察迪的地位。

第十三章　兔嘴殉身

按正常的速度，埃蒂斯紅豺群天黑前能趕到野豬嶺，找個避風的山旮，好好睡一覺，養精蓄銳，恢復因長途跋涉而帶來的疲勞，第二天早晨就可循著雪地上野豬留下的蹄印，找到隱蔽的野豬窩，聚餐可口的野豬肉了。

野豬嶺距離埃蒂斯山谷約有四、五百里，在日曲卡山麓的最西端，要翻七道山梁，道路崎嶇難行，豺群要兩頭摸黑連續走三天才走得到。方向正好是背著怒江，不知是地勢太高的緣故，還是土地爺故意惡作劇，這一路上都沒有水源，乾得只有野駱駝能夠生存。豺的活動半徑一般在百里左右，不到萬不得已，是不會跑到太遠的地方去覓食的。因此，雖然野豬嶺有美味可口的野豬，埃蒂斯紅豺群卻幾年也不到野豬嶺去一趟。

這一次，實在是遇到了罕見的饑荒，豺群才不顧路途遙遠去打野豬的主意的。

那天清晨，豺群把用三隻豺的性命作代價換來的最後一隻羊分食掉後，開始了新的長征。

一切還算進行得順利，只是雙目失明的兔嘴銜住白眉兒的尾巴走，速度比較慢；第三天

在過銀鞍山時，坡太陡，又是亂石舖地，兔嘴更是一會兒滑倒，一會兒摔跤，慢得像蝸牛在爬；白眉兒是豺王，牠走得慢，其他豺不敢超前，整個豺群都因兔嘴受到影響，天黑時，未能按預定計劃到達野豬嶺，只趕到離野豬嶺還有五十里的駱駝峰。

天黑透了，扭頭望不見自己的尾巴，從駱駝峰到野豬嶺中間要穿過一道雪山丫口，路崎嶇難行。白眉兒決定就在駱駝峰住一夜，天明後繼續趕路。耽誤半天時間，並不影響大局。

打尖的兩隻公豺很快在半山腰上找到一個石洞。這是一個石鐘乳溶洞，形如彎嘴葫蘆，口小腹大，裏頭很寬敞，整個埃蒂斯紅豺群鑽進去，都不顯得擠。

豺以家為單位，散落在石洞各個角落，很快安靜下來。大家都知道這是最後一個饑餓的夜晚，到了明天，一切就會好起來的。

老天爺和埃蒂斯紅豺群開了個惡毒的玩笑。

白眉兒睡到後半夜，突然被一陣陣尖嘯聲驚醒，側耳一聽，像是北風在怒號。牠跑到洞口一看，外面風雪淒迷，山野一片慘白，一股比刀子還尖利的風，從洞外猛烈灌進來，刮得牠站都站不穩，倒退了好幾步。幸好洞口是彎形的，風只能在洞口附近肆虐，洞內還算暖和。

老天保佑，這是場過路的暴風雪，天亮後就雪霽天晴，紅日高照，使埃蒂斯紅豺群能按計劃順利到達野豬嶺，白眉兒在心裏默默祈禱著。

一天過去了，暴風雪不但沒有停，反而越刮越猛烈了。埃蒂斯紅豺群被困在駱駝峰半山腰的石鐘乳溶洞裏，動彈不得。這麼大的暴風雪，如果鑽出洞去繼續趕路，走不了多遠，幼豺和體弱的母豺就會被暴風雪吞噬掉性命，年輕力壯的公豺或許能堅持走到雪山丫口，但也絕對穿不過長約二里多的丫口的；一刮暴風雪，兩座雪山之間的丫口就是名副其實的鬼門關，別說豺了，就是終年在雪線上生活的雪豹，也不敢在暴風雪中穿越雪山丫口；強行通過，再健壯的豺也會被凍成冰棍兒。

饑餓籠罩著埃蒂斯紅豺群。

豺群在離開日曲卡山麓時吃過一隻羊，一路上運氣好的豺逮著一、兩隻老鼠充饑，運氣不好的豺僅吃了一些被凍死的鳥，還有些豺什麼都沒吃到。整個豺群已連續餓了四天，隻隻豺都已餓得眼睛發綠，有幾隻幼豺已餓得聲音都叫不出來了。

這個石鐘乳溶洞裏連隻蝙蝠和老鼠也找不到，只有洞底的岩壁上，長著一層墨綠色的青苔。有兩隻公豺大概實在餓得受不了了，就去啃青苔吃，剛剛咽進去，又哇地一聲吐了出來；豺不是牛羊，永遠也不可能用青苔地衣之類的植物來充饑的。

白眉兒蹲在石洞彎口，心急如焚。假如牠早曉得昨天下半夜會下起暴風雪，而且一下就不會停，牠決不會在讓豺群在駱駝峰住下來的，牠一定會咬緊牙關，摸黑穿過雪山丫口走完這最後五十里的。只要到了野豬嶺，再大的暴風雪也無所謂了。遺憾的是，豺沒有氣象預報的能力。現在，想後悔也來不及了。

突然，牠聽見石洞底端傳來一片嘈雜的聲音，牠轉身望去，原來是一隻名叫鹿踢兒的幼豺餓昏過去了，母豺珊瑚低嚻著，叼住鹿踢兒的後脖頸，試圖讓癱倒在地的寶貝重新站起來，但鹿踢兒像個木偶，剛站立起來，珊瑚的嘴一鬆，又啪地一聲栽倒下去，顯然，鹿踢兒永遠也站不起來了。

鹿踢兒這麼快就餓倒了，白眉兒一點也不感到驚奇，鹿踢兒本來就是所有幼豺中身體最單薄的一個；珊瑚懷著鹿踢兒時，還沒足月，在獵殺一頭梅花鹿的混鬥中，不慎被鹿蹄蹬著一下腹部，就早產了，因此取了個鹿踢兒的怪名字；早產兒先天不足，體質羸弱，是很容易夭折的。

大公豺約克是鹿踢兒的父親，牠跪在地上，深情地舔吻著鹿踢兒已失去知覺的眼睛。許多豺都圍了上去，垂頭耷尾，對珊瑚和約克表示一種安撫和慰問。

就在這時，只見察迪、博里、賈里和前任豺王夏索爾等一幫大公豺突然蜂湧而上，從母豺珊瑚的鼻吻底下把剛剛死去的鹿踢兒叼搶出來，你爭我奪，開始撕扯。白眉兒驚駭得差點暈倒。

雖說鹿踢兒已經死了，但畢竟是大公豺約克和母豺珊瑚的親生豺兒，屍骨未寒，感情尚在，假如約克和珊瑚瘋狂地撲向正在啃食牠們寶貝的大公豺，就會爆發一場活生生血淋淋的自相殘殺。而約克和珊瑚十有八九是會這麼做的，白眉兒想，豺父子和母子間的感情濃度勝過狼與狗，必須立即制止大公豺們這種殘暴的行爲，制止一場迫在眉睫的窩裏鬥。

呦嚱——呦嚱——牠朝大公豺們威嚴兇猛地囂叫起來；你們這幫喪盡天良的無賴，快給我停止啃食同類這種罪惡的行徑！但大公豺們誰也沒理會牠的囂叫，仍埋頭瓜分著鹿蹋兒。

假如只有一隻大公豺在噬咬鹿蹋兒，牠可以撲上去，狠狠教訓膽敢打破禁忌啃食同類的混蛋，但現在，幾乎所有的大公豺都參與了這件事，牠雖然身爲豺王也無能爲力了。法不制眾，牠本領再大，也不能與所有的大公豺爲敵的。

面對一群餓鬼，豺王的威勢不起作用了。

白眉兒曉得，此時此刻，假如牠能像變魔術似的變出一頭馬鹿或一隻野兔來，根本不用聲嘶力竭地囂叫，大公豺們立刻就會放棄啃食鹿蹋兒的。可是，牠什麼食物也拿不出來。唉，民以食爲天，天要塌了。

牠想，很快就會爆發一場自相殘殺的。

可是，出乎牠的意料，大公豺約克和母豺珊瑚並沒狂怒地朝正在分食牠們寶貝豺兒的大公豺們撲過去，而是互相對視了一會，同時背過身去，面朝著岩壁，嗚咽哀囂，似乎牠們雖然悲痛欲絕，卻能理解並容忍大公豺們的行爲。

鹿蹋兒反正已經死了，被扔掉或被吃掉對早已失去了感覺的鹿蹋兒來說，是沒有什麼差別的。假如被扔掉，對饑饉的豺來說，是一種白白的浪費；吃掉，廢物利用，倒能使一些已被餓得奄奄一息的豺恢復生機。

從這個角度看，大公豺們分食鹿蹋兒似乎也不算是不道德的事。任何禁忌都不是絕對的，只有活下去才是最重要的。

白眉兒油然對約克和珊瑚產生了一種敬意，牠覺得牠們背過身去面壁而泣，這行爲含有一種爲了群體的生存而獻身的慷慨和悲壯。

一會兒，鹿蹽兒就變成了七零八碎的肉塊。每個豺家庭都分到了一小塊帶骨肉，成年豺啃骨頭，幼豺吃肉。

石洞中央還剩著兩小坨肉，白眉兒知道，一小坨是留給牠和瞎眼母豺兔嘴的，另一小坨是留給約克和珊瑚的。牠本不想吃的，但經不起饑餓的誘惑，還是把那坨肉叼了來，和兔嘴分吃了。另一坨肉在地上晾了大半天，直到天黑，也沒誰去動它。

半夜，白眉兒正睡得迷迷糊糊，看見一條黑影悄悄移向洞中央那坨肉，憑感覺，是大公豺約克。過了一會，洞底傳來兩隻豺撕扯和嚼咬肉塊的聲音。

不知道這是道德的淪喪，還是理智的覺醒。生存永遠是第一位的。假如這暴風雪再沒完沒了地刮下去，這個彎嘴葫蘆形的石洞真有可能變成埃蒂斯紅豺群的集體墳墓。

第三天，暴風雪又下了整整一天。

第四天中午，暴風雪才開始轉弱，呼嘯的北風漸漸停了下來，鵝毛大雪也變成粉塵似的小雪。

白眉兒走到兔嘴跟前，轉過身，將尾巴抻直，把尾尖輕輕塞進兔嘴的口裏；兔嘴的眼睛看不見，要靠銜住牠的尾巴才能行動。然後，牠朝洞外長嚚一聲，示意豺群跟著牠衝出洞去，向五十里外的野豬嶺挺進。

白眉兒心裏很清楚，這是一次孤注一擲的冒險。

要是在正常情況下，區區五十里路，對豺來說，簡直是小菜一碟。可眼下暴風雪刮了整整三天半，一路冰天雪地，行走起來十分艱難；最大的難題還不是惡劣的天氣和山路上覆蓋的冰雪，而是饑餓。前天雖然分食了鹿踼兒，但鹿踼兒太瘦小了，豺多肉少，只能算是打打牙祭，好歹使豺群能堅持活著沒被餓死罷了。

豺群又餓了整整兩天，大部分豺都虛弱得四肢發軟，走起路來搖搖晃晃。在溫暖如春的石洞裏尚且如此，到冰天雪地行走，結局可想而知。這種身體狀況，別說走到野豬嶺了，恐怕走不到雪山丫口，就會有一半倒下，另一半在穿越雪山丫口時也會抗不住嚴寒被凍成冰棍兒。最多有三五隻體力特棒的大公豺和耐力特好的年輕母豺能勉強抵達野豬嶺。

不錯，牠可以睜一隻眼閉一隻眼，讓鹿踼兒的慘劇在這一路上重演幾次，誰倒下去了，就吃掉誰。但是，並非每一隻公豺和母豺都像約克和珊瑚那樣，能用理智克制住失子的悲痛，顧全大局，忍痛割愛，變廢爲寶。已經有好幾隻母豺咬破自己的腿彎用自己的血漿餵幼豺，以維繫幼豺的性命；這些母性特別強的母豺，能心甘情願看著自己的寶貝變成別的豺的食物嗎？

儘管路途有種種凶險，但白眉兒仍決定立即動身挺進野豬嶺，待在石鐘乳溶洞裏，只能白白等死；天上不會掉肉塊下來，在石洞裏拖的時間越長，豺群的身體就越來越虛弱，穿越雪山丫口的可能性也就越小，生的希望也就越渺茫。冒險也得趁早。

白眉兒領著兔嘴還沒走到洞口，突然，七八隻大公豺吱溜躥到牠們前面，一字兒排開，堵住了牠們的去路；緊接著，所有的母豺和幼豺也都湧到洞口，四肢彎曲，跪臥在地，長長的舌頭伸出口腔，呦呦嗚嗚低聲嚚叫起來。

母豺和幼豺們的肢體動作以及淒惋的低嚚聲，是豺一種特殊的語言，一般是地位較低賤的豺用來向地位比自己高的豺乞求垂憐，乞討食物，或者說是哀求對方給自己一條生路。

集體向牠乞食，這不是在開玩笑吧。牠要是有辦法弄到食物，何須牠們來求，早就分給牠們吃了。牠身為豺王，當然有責任使豺群免遭饑餓，但老天爺存心跟牠過不去，牠能有什麼辦法呢？牠本事再大，也鬥不過天的呀。豺王不是萬能的。牠抬起兩條前肢，露出癟癟的肚子，也伸出長舌頭呦嗚了兩聲：

——我跟你們一樣，也餓著肚子呢。我假如有食物的話，會讓自己餓得肚皮貼到脊梁骨嗎？

豺群仍執拗地跪臥在牠面前，一個勁地呦呦嗚嗚低嚚，叫得白眉兒心驚膽顫，不知道會發生什麼事。

這時，前任豺王夏索爾和大公豺察迪躥了上來，四隻綠瑩瑩的豺眼望著白眉兒身後的兔嘴，舌頭殘忍地磨動著牙齒，發出兩聲短促的嚚叫。

白眉兒很熟悉夏索爾的這套動作，夏索爾在當豺王時，牠是苦豺，每次夏索爾要威逼牠執行苦豺的危險差使，使用的就是這套身體動作。

苦豺？誰是苦豺？現在就是有苦豺，又頂什麼用呢？所有的豺的眼光都穿過白眉兒的頭頂，落到兔嘴的身上。

白眉兒打了個寒噤，突然醒悟過來是怎麼回事了。牠們是要兔嘴做苦豺，這苦豺不同於以往的苦豺，以往的苦豺是試探虛實，用生命去冒險，現在沒虛實可探，也沒險可冒，很明顯，這苦豺其實就是……牠不敢往下想，舌尖上嚇出一層冷冷的黏液，突然間，牠呲牙咧嘴衝著夏索爾和察迪以及整個豺群兇猛地咆哮起來，快收起你們這種罪惡的想法，只要我白眉兒還活著，誰也休想傷害兔嘴一根毫毛！

夏索爾和察迪朝後縮了縮，但整個豺群仍把洞口堵得嚴嚴實實。所有的眼睛都冷冷地盯著白眉兒和兔嘴，所有的豺都停止了嚚叫，石鐘乳溶洞靜得像座墳墓。

第一步是哀求和乞討，第二步就是冷酷的威逼了。除了白眉兒，所有的豺都認爲兔嘴理應爲群體犧牲自己。兔嘴雙目失明，還瘸了一條腿，是個雙料殘廢，早該被生活淘汰掉了；從日曲卡山麓出來，要不是兔嘴老滑倒老跌跤，影響了整個豺群的行進速度，豺群早就在暴風雪來臨之前趕到野豬嶺了，也不會被困在這個石鐘乳溶洞裏；從這點推理下去，兔嘴是造成豺群目前這個生存危機的罪魁禍首，就算是贖罪，也該讓牠獻身。

每一隻豺心裏都很清楚，假如就這樣空著肚子走出洞去，很多豺都會因虛脫而倒斃在雪地裏；肚子裏必須要有內容，這內容非兔嘴莫屬。少了兔嘴，埃蒂斯紅豺群的整體力量不會受到絲毫損害，相反，還少了一個累贅和包袱。

平心而論，眾豺的這種選擇還算是公正的。

可白眉兒不是這樣想的。兔嘴幾次救過牠的命，沒有兔嘴，這世界上也不會有牠白眉兒的，牠怎麼能讓豺群把兔嘴吞噬掉？兔嘴的腿是為牠而瘸的，兩隻眼睛裏有一隻是為牠而瞎的，對牠來說，兔嘴恩重如山，別說兔嘴還活著，就是死了，牠也不能讓兔嘴受到殘害！呦嚘呦嚘，牠使勁叫起來。

——兔嘴是在同惡狼搏鬥時被摳瞎了兩隻眼睛，牠是為群體利益而殘廢的，牠是功臣，你們卻要吃掉牠，你們還有沒有一點良心啊？

——假如沒有兔嘴，埃蒂斯紅豺群早就被狼群趕過怒江去了，歷史的功績不容抹煞，牠理應得到你們的愛戴和尊敬！

豺群對白眉兒激動的囂叫無動於衷，仍用饑饉貪婪的眼光注視著兔嘴。

兔嘴瑟瑟發抖，哀囂著，朝白眉兒身上擠。牠雖然眼睛瞎了，什麼也看不見，但從聲音裏已感覺到發生了什麼事。白眉兒舔舔兔嘴的額角，別害怕，有我在，誰也休想傷害你。兔嘴信任地把頭靠在牠的腰上，安靜下來。

七八隻大公豺分成兩隊，貼著洞壁，從左右兩側朝白眉兒身後迂迴過來；很明顯，牠們是要擔當執法隊，不，是擔當劊子手的角色。

白眉兒慢慢後退著，把兔嘴塞進一個凹形的石旮旯裏，這樣就可保護兔嘴免遭來自背後的襲擊。然後，牠擺出一副撲咬的姿勢，發出一聲聲讓豺聽著毛骨悚然的嚎叫。

七八隻大公豺被迫停了下來，你望我，我望你，突然一齊仰起脖子嚣叫起來。立刻，堵在石洞口的母豺和幼豺也跟著嚣叫，叫聲忽而委婉綿長，忽而高昂激越，忽而淒厲哀怨，忽而氣勢洶洶。

白眉兒一聽就明白，這是豺群在向牠傾吐複雜的情愫，既讚美牠高大勇猛，又埋怨牠優柔寡斷，既有懇求的意思，也有威脅的成分。可以說，這是一種全民公決，也是一種最後通牒。

這些餓瘋了的豺，是什麼傻事都幹得出來的。白眉兒的心陡地縮緊了，牠明白自己目前的處境，牠雖然是優秀豺王，也無力與整個豺群抗衡的；牠雖說會兩級前撲和空中噬喉，但在一個空間十分狹小的石洞裏，根本無法施展這些絕招；在這個小小的石洞裏，只能扭成一團混戰一氣，牠寡不敵眾，很快就會被饑餓的豺群撕成碎片的。

唉，要是現在突然從洞外躥進來一頭野豬就好了，一切問題就迎刃而解了，但這是異想天開，不可能的。

唉，要是現在哪隻幼豺像鹿踢兒那樣突然倒斃，也能度過危機，但好幾隻幼豺雖然已餓得快虛脫了，一時半刻卻還死不了。

牠經過九死一生的磨難，好不容易成了埃蒂斯紅豺群的豺王，卻馬上要變成豺群的食物了，想到這一點，一陣悲哀襲上心頭。爲了一隻雙目失明其醜無比又瘸了一條腿的母豺，犧牲掉自己，這值得嗎？

關鍵問題還不在這裏，牠被豺群咬死了，兔嘴會怎麼樣？極有可能豺群咬死牠後，一不做二不休，順帶著把兔嘴也收拾了；就算豺群網開一面，放過兔嘴，兔嘴瞎眼瘸腿，能活下去嗎？這麼說來，不管牠犧不犧牲自己，兔嘴都免不了一死。既然這樣，牠又何必爲兔嘴白白殉葬呢。

其實，雙目失明，又瘸了一條腿，無法覓食，也無法行走，活著又有多大意思呢，假如換了牠，牠真覺得活著還不如去死呢。或許，牠確實該學得更現實些。

牠猶豫著，不知道自己該不該跳開去。這其實並不難，牠不好意思直接閃開的話，可以裝著是向大公豺察迪撲過去噬咬，聲勢可以造得大一點，大聲嚚叫，磅礴起跳，牠跳得太猛太高了，情急之中忘了是在空間有限的石洞裏，這是完全可能的，也是說得過去的，牠一頭撞在洞頂的岩壁上，撞得眼冒金星，當然也就沒撲到察迪身上，而是落在對面的空地上，牠喘著氣，竭力想使自己緩過勁來，這樣就足夠了，早已等得不耐煩了的豺群決不會放過這個機會的，肯定會在牠起跳落空的一瞬間朝失去了庇護的兔嘴衝過去的，又瞎又瘸，嘴唇還豁了個V型口子的兔嘴，決不會是幾隻窮兇極惡的大公豺的對手，要不了幾秒鐘，身體就會被卸開。

木已成舟，牠當然沒必要再跟整個豺群過不去了。這樣做，一箭三雕，一是能保證埃蒂斯紅豺群吃到食物，恢復體力，順利穿越雪山丫口，二是牠不僅保全了性命，還能穩穩當當地繼續做牠的豺王，三是牠可以對自己解釋說，牠並非出賣兔嘴，而是偶然失誤讓大公豺們鑽了空子，也就不用內疚、傷感和痛苦了。

這主意確實不錯，做起來也不困難。

牠先氣沉丹田地長嚣一聲，然後四肢彎曲準備起跳了，突然，牠覺得應該再看兔嘴一眼，不管怎麼說，兔嘴在牠小時候曾像母親一樣給過牠溫暖，就算是和遺體告別，也該再看兔嘴一眼的。

牠扭過頭來，正好和兔嘴臉對臉。兔嘴兩隻黑洞洞的眼窩流動著一抹幽深的光澤，臉平靜得像結冰的湖面，剛才恐懼的表情消失得無影無蹤；身體也不再像剛才那樣偎縮在牠背上，而是貼緊岩壁，離牠足足有一尺多遠，好像要同牠保持一定的距離似的。

牠的心像突然被刺了一刀似的疼，兔嘴雖然眼睛看不見，但心如明鏡，能洞察一切；兔嘴用一顆殘疾者敏感的心，感覺到了牠的猶豫和動搖，或許還感覺到了牠內心隱秘的企圖；兔嘴的臉刹那間變得平靜，是因爲知道牠就要用一種巧妙的辦法拋棄牠，生的希望已經絕滅，反倒不覺得害怕了；兔嘴不再偎縮在牠背上，是知趣地自覺地離牠遠一點，是不願連累牠。

白眉兒羞愧得真想用爪子撕破自己的臉。想當初，在前任豺王夏索爾嗅聞到牠身上豺毛深處有狗的氣味而招來一夥大公豺準備處死牠時，兔嘴奮不顧身地罩在牠身上。不僅如此，當夏索爾把兔嘴咬得皮開肉綻時，兔嘴仍堅定不移地用自己的身體庇護著牠，直到被咬斷一條腿，失血過多昏死過去；假如當時兔嘴也多長一個心眼，要點滑頭，在夏索爾把牠背部咬傷後，裝著無力抵擋夏索爾的凌厲攻擊，從牠白眉兒身上栽落下來，是完全說得過去的，一隻普通的母豺怎麼會是豺王的對手嘛；這樣的話，兔嘴既能算是救過牠，而自己的腿也不會被咬斷，兩全其美。然而，兔嘴並沒耍這樣的小聰明，而是不惜流乾血也救牠救到底。

還有，在怒江淺水灣同狼群那場酷烈的廝殺中，兔嘴已經被一隻灰狼摳瞎了左眼，但當看到牠白眉兒就要被大花狼咬住頸窩的時候，不顧一切地躥上來咬住大花狼一條後腿，大花狼舉起尖利的狼爪去挖兔嘴的右眼，這時候，假如兔嘴閃一閃私心雜念，鬆開咬住大花狼的嘴，也是完全合情合理的，牠已經瞎了一隻眼，當然要格外珍惜剩下的最後一隻眼，雙目失明對沒有殘疾者協會的豺來說，和死亡基本上是可以劃等號的，誰也無權指責牠要保住一隻獨眼的願望，然而這麼一來，牠白眉兒就必死無疑，在這生死攸關的時刻，兔嘴沒有任何猶豫，寧可自己變成瞎眼豺，也決不鬆口，使牠白眉兒轉危爲安，轉敗爲勝。

和兔嘴相比，白眉兒覺得自己卑鄙得就像一堆臭狗屎。在關鍵時刻，兔嘴都是真心實意地救牠，而牠卻虛情假意地想耍手腕出賣兔嘴。牠覺得兔嘴像面鏡子，照出了自己的醜陋。牠汗顏內疚，簡直無地自容。

牠要救兔嘴，哪怕失去豺王寶座，哪怕犧牲自己也要救兔嘴；地位很重要，生命很寶貴，但情義更是無價的。

牠收回準備起跳的姿勢，身體主動朝兔嘴靠了靠；霎時間，兔嘴的臉又恢復了恐懼的表情。

七八隻大公豺和五六隻年輕的母豺一字排在白眉兒面前低囂著，神經質地顛跳著，一場殺戮眼看就要爆發了。

突然，白眉兒朝前跨了一步，四肢一曲，躺臥下來，然後側轉身體，仰面朝天，脖子抻直。這個身體語言十分明確，就是放棄抵抗，聽任宰割。

呦嗷，呦嗷，牠朝殺氣騰騰的豺召喚著。

——來吧，你們不是想弄到食物嗎，那就把我撕成碎片吧。

牠不能把兔嘴交給饑餓的豺群，也無法讓豺群放棄罪惡的念頭，倘若與豺群混戰一場，不僅取勝無望，還會白白把兔嘴也給搭上的；牠向豺群奉獻出自己的身體，或許豺群會網開一面讓兔嘴活下去。

豺群都給鎮住了，面面相覷，不知該如何是好。

一隻身強力壯高居豺王寶座的大公豺，竟然要替一隻瞎眼瘸腿的母豺去死，這在埃蒂斯紅豺群是從未有過的事，這完全不符合汰劣留良的叢林法則。但是，這種壯烈的情懷和至死不渝的愛意，卻讓汰劣留良的叢林法則相形見絀。

豺群遲遲不敢撲上來噬咬。對絕大多數豺來說，並非要置豺王於死地，而是遵循豺社會一條古老的遺訓：犧牲無用的個體，保全群體的性命。牠們攻擊的目標是兔嘴而非白眉兒；

牠們朝白眉兒和兔嘴圍上來，也只想將白眉兒糾纏住，拖拽開，好收拾兔嘴。

只有前任豺王夏索爾是個例外。

夏索爾開始時也像其他豺一樣，覺得天經地義該由兔嘴做特殊的苦豺，一方面可以解決食物問題，另一方面也使牠出了口惡氣；要不是兔嘴多管閒事，白眉兒早被當做豺的異己分子給豺群處理掉了，牠也不會被從豺王的寶座給攆下臺的。沒想到白眉兒竟然傻到願意替兔嘴去死，這使牠產生了一種意外的驚喜，白眉兒一死，豺王寶座非牠夏索爾莫屬，牠不用費吹灰之力，就可復辟成功，重新成為埃蒂斯紅豺群的首領。

牠希望早已等得不耐煩了的豺群蜂湧而上，「成全」了白眉兒。遺憾的是，豺群不知何故，都站著發愣。

牠怕再僵峙下去，會節外生枝，就試探著朝前跨了一步，想給大公豺們起個帶頭示範作用；呦嘓——背後傳來一聲粗啞的低囂，牠回頭一看，大公豺和年輕的母豺都用陰森森的眼光望著牠，很明顯，這眼光裏含有一種譴責；牠忍不住哆嗦了一下，又退縮回來。別著急，要沉住氣，牠告誡自己，等待最佳時機。

一時間，石鐘乳溶洞裏沒誰走動，沒誰囂叫，沒誰蹦躍，隻隻豺都凝神屏息，彷彿一群陶俑。

再拖下去，太陽很快就會下山，天黑前就趕不到雪山丫口了；摸黑穿越可怕的雪山丫口，成功的可能就更小了。

白眉兒在自己前腿內側咬了一口，然後閉起眼睛，讓血流出來，血腥味會使饑餓感成倍發酵，並刺激起瘋狂的廝殺衝動；閉著眼睛，大概可以減輕前來噬咬的豺的心理負擔。果然，豺群翕動鼻翼，情緒漸漸亢奮起來，有好幾隻大公豺眼光迷濛，嘴角滴出口水。

夏索爾呦呦叫起來。到嘴的血不舔白不舔，到嘴的肉不吃白不吃；你們難道要在這墳墓般的石洞裏集體餓死嗎？

大公豺察迪夢遊般地躥到白眉兒面前，張嘴想咬了，可舌頭剛剛觸碰到白眉兒的頸窩，不知是懾於豺王的威勢，還是受汰劣留良這條法則的束縛，又把嘴縮了回來，撲楞了兩下尾巴，走開了。

真沒用，夏索爾想。看來，除了牠，沒誰有魄力往白眉兒的頸窩咬。

奶奶的，再試探牠一次。牠朝前跨了兩步，等了等，這次，沒誰再低聲囂叫，也沒誰再用譴責的眼光看牠。好了，牠可放開膽子幹了。

牠暗暗憋足勁，瞄準白眉兒的喉管，閃電般躥過去；牠要一口解決問題，麻利地咬斷白眉兒的脖子，讓白眉兒想後悔也來不及。

夏索爾尖利的牙齒差不多要咬住目標了，突然，一個紅色的身影斜刺躥上來，咚地一聲撞在牠腰間，牠沒防備，被撞出好幾尺遠。爬起來一看，原來是兔嘴撞了牠。

兔嘴站在白眉兒面前，呦——嚁——發出一聲撕心裂肺般的叫聲；聲音如石破天驚，震得石洞微微顫抖，洞頂的泥灰石屑紛紛灑落；聲音如驚雷炸響，具有極強的穿透力，使每一顆

豺心都忍不住一陣纖顫。

兔嘴嚣叫一聲後，扭轉身，柔軟的鼻吻深情地摩挲著白眉兒還在流血的前腿內側，兩隻黑洞洞的眼窩凝望著白眉兒的臉。

牠什麼都看不見！牠什麼都看得見！

白眉兒預感到要出事，骨轆翻爬起來，想阻止可怕的事情發生，可是，已經晚了。只見兔嘴敏捷地跳開去，突然全身豺毛姿張，昂首挺胸，像朵正在燃燒的火焰，三條豺腿猛力一蹬，身體筆直朝前飛彈出去；那優美的姿勢和磅礡的氣勢，就像是在朝一頭已口吐白沫走投無路的黃麂進行最後的撲擊；在身體騰空的一瞬間，兔嘴把腦袋勾起來，把高低不一的兩隻前爪縮在腹部；砰地一聲響，兔嘴的頭重重撞在堅硬的岩壁上，腦袋開花，腦漿四溢。

一朵美麗的火焰熄滅了。

白眉兒和所有的豺都被這突如其來的變化驚呆了，傻愣愣地望著躺在地上已氣絕身亡的兔嘴。

好一會兒，夏索爾和察迪才像從夢境中醒來，發出一兩聲不知是哀悼還是歡呼的嚣叫。豺群這才邁著沉重的步伐，慢慢朝兔嘴圍攏過去。

白眉兒長長地哀嚣一聲，躥出洞去。牠寧願活活餓死，也不會去吃兔嘴身上的肉的。

第十四章 幸福降臨

嚴酷的冬天終於過去了，埃蒂斯紅豺群從野豬嶺回到了日曲卡山麓。

雪線退到了半山腰，融化的水雪滋潤了大地，尕瑪兒草原春風蕩漾，草籽吐芽，一片翠綠。南遷的鹿群在體內生物時鐘的準確引導下，又從溫暖的南方回到了牧草豐盛的日曲卡山麓。斑羚、岩羊也結束了刨開雪層啃食地衣苔蘚的苦日子，從神秘的山旮旯裏鑽了出來。冬眠的土撥鼠、青蛙和狗熊在驚蟄雷聲中甦醒了。荒蕪了整整一個冬天的大地重新恢復了生機勃勃的景象。

對埃蒂斯紅豺群來說，可怕的饑餓已成爲過去，食物日漸豐盛，一隻隻豺都吃得肚兒溜圓，瘦骨嶙峋的身上重新綻出凹凸分明的肌肉。

埃蒂斯紅豺群又進入了發情期。整個埃蒂斯豺群喧喧嚷嚷，好不熱鬧。去年秋天因狼害而損失了一個發情期，這會兒豺群變本加利尋歡作樂。

在成年豺中，只有白眉兒對這季節變化無動於衷。牠仍然像平常那樣生活，既不對母豺多看一眼，也從來不朝天空發出求偶的叫聲。該率領豺群覓食，牠就率領豺群覓食。空閒下來，就獨自找個角落靜靜地躺臥著。偶爾豺群裏發生身強力壯的公豺企圖強暴不肯就範的母豺，母豺發出求救的叫聲，牠才出面用豺王權威制止大公豺胡作非爲。

有一隻情竇初開的母豺在月光如水的夜晚走到牠面前一指遠的地方，輕柔地搖動蓬鬆如蘆花的尾巴，呼出對雄性來說如蘭似麝的氣息，露骨地進行挑逗，但白眉兒卻臥在樹叢裏紋絲不動，像塊沒有知覺的木頭。情竇初開的母豺碰了一鼻子灰，鼻吼哼了兩聲，扭身便去找對自己有那種意思的公豺了。在埃蒂斯紅豺群，並不缺乏異性，找誰都可以使自己做母親的。

白眉兒那顆心彷彿是用沒有感覺的石頭雕琢成的，如水春情也休想泡酥牠。

那些暗中對白眉兒抱有好感的母豺，見牠如此冷漠，都紛紛丟掉幻想另擇良偶了。只有藍尾尖仍不死心，牠以成熟雌性特有的自信，非要和白眉兒結成伴侶。

俗話說，男追女隔座山，女追男隔層霧；霧紗輕薄，若有若無，一碰即散一捅即穿，幾乎沒有什麼障礙。

藍尾尖不是剛剛成熟的小母豺，牠已經生育過兩胎了，或許可稱之爲少婦型母豺。比起那些對什麼都懵懵懂懂的小姐型母豺來，藍尾尖體態更豐腴，臀部更渾圓，腰肢更柔軟，眉眼間蘊含著淡淡的憂傷，丰姿綽約，不乏青春的嬌美，更有一種成熟的韻味，也就更有一種吸引異性的魅力。

藍尾尖是下臺豺王夏索爾從大公豺博里和賈里那裏接收來的妻子。一般來說，豺有相對穩定的配偶，發情期夫妻重溫春夢，因此，發情期開始，夏索爾理所當然地找藍尾尖作伴，藍尾尖卻將尾巴閉闔在兩胯之間躲開了。牠不願意再讓夏索爾做自己未來兒女的父親。即使夏索爾還沒下臺，還是威風凜凜的豺王，牠也不想再讓牠踩到自己背上來了，更何況夏索爾已經下臺，落毛的鳳凰不如雞，下臺的豺王不如狗。

藍尾尖並非水性揚花式的雌性。牠之所以會產生另覓佳偶的念頭，完全是出於一種母性的天性。

由於生存環境的嚴酷，埃蒂斯紅豺群中的母豺，一般都挑選兩種類型的配偶。一是忠誠型的。母豺單靠自己的力量無法挑起養育兒女的沉重擔子，必須要有公豺在牠哺乳期間幫助覓食，在兒女稍大些時，要靠公豺來訓導下一代怎樣獵食，怎樣躲避天敵等叢林生活的全套技能，因此，挑選更願意留在自己身邊、對自己一往情深、忠誠可靠的配偶，就不僅能滿足感情上的需要，還具有生存意義上的價值了。二是偉丈夫型的。只有身體最強壯、皮毛最鮮豔的大公豺，才能保證母豺生育出最健壯最有生命力的後代。和體格羸弱、皮毛灰暗的公豺交配，往往生下平凡的後代；強壯的體格在險惡的叢林中具有不可忽視的意義，不僅容易獵獲食物，容易生存下來，長大後還容易獲得交配的機會，得到繁衍生命的權利。

當然，對母豺來說，最好是找個忠誠型兼偉丈夫型的。遺憾的是，人無完人，豺無完豺，忠誠型的往往各方面都比較窩囊，而偉丈夫型的，又都花頭花腦花心腸。在埃蒂斯紅豺群中很難找到兩型兼備的大公豺。

大前年春天，藍尾尖剛發育成熟時找的第一個配偶，就是忠誠型的。那時牠還很幼稚，認爲在大公豺的諸多美德中，忠誠應當是排第一位的；偉丈夫型的雖然中看，但假如在牠生下豺崽後就從牠身邊溜之大吉，身軀再偉岸再好看又有什麼用呢，二減一等於一，所有的家庭重擔和養兒育女的艱辛都落在牠身上，偉丈夫就變成了要牠獨自品嘗的一杯苦酒。牠覺得忠誠型的雖說長得很普通，地位也一般，卻永久陪伴在自己身邊，一加一等於二，怎麼說也能替自己分擔家庭的重擔和養兒育女的艱辛，最要緊的是心好，心好了什麼都好了。

在這種想法的支配下，藍尾尖找的第一個配偶就是帝帝。帝帝絕對忠誠，自從同牠結成伴侶後，對其他的母豺從不多看一眼，藍尾尖走到哪裡牠就跟到哪裡，簡直成了藍尾尖的影子。一隻貌不出眾、又沒有多少情趣的公豺白天黑夜黏在牠身邊，開始牠還覺得挺得意的，時間一長，就膩歪了，有時厭煩得真想一腳把帝帝踢出去。

產下三隻豺崽後，日子就更寡淡乏味了。光精神上的貧困倒也算了，無法忍受的是食物的匱乏。牠剛產下崽，身體虛弱，無法覓食，再說剛生下來的幼豺活像剝皮老鼠，茸毛細軟，全身粉嫩，連烏鴉都敢來竊食，牠一步都離不開小寶貝，只有靠帝帝給家庭提供食物。

帝帝本來在豺群中就屬不起眼的小角色，食物豐盛時混飽自己的肚皮倒不成問題，食物缺乏時，連自己活下來都有點勉強。雖然帝帝只要得到半隻松鼠或一條兔腿，寧可自己空著肚子也要送到牠面前，但好心腸並不能保證有好運氣，帝帝常常空手而歸。

藍尾尖饑一頓飽一頓，乳汁也就斷斷續續、有一天沒一天。三隻豺崽餓得皮包骨頭，可說是三根筋挑著一個頭。由於長得瘦弱，也由於父豺在群體中地位卑微，小傢伙經常受到同齡夥伴的欺負。

到了冬天，一場暴風雪過後，優秀的大公豺都餓得饑腸轆轆了，帝帝更是走投無路，一連幾天都找不到食物，三隻小寶貝在短短的一天裏頭相繼變成餓殍。

藍尾尖一輩子也忘不了三隻小寶貝斷氣時的情景，小腿可憐地在雪地上踢蹬，無神的眼睛盯著牠藍尾尖，嘴唇黏滿了沙土——餓極了只好啃拌著雪的沙土充饑。帝帝蹲縮在一隅，扭著頭不看奄奄一息的兒女，似乎這樣就可以減輕沉重的負疚感。

當最後一隻幼崽毛茸茸的小腦袋無力地側歪在雪地上時，藍尾尖一顆母性的心碎了，牠朝帝帝投去輕蔑的一瞥，當時心裏就冒出一個這輩子不可能再逆轉的念頭：離開帝帝，離開這個窩囊廢；不能再找忠誠型的了，一定要找偉丈夫型的，才有力量庇護妻兒免遭災禍。

前年春天，當豺體內的生物時鐘指向春情勃發時，藍尾尖毅然決然地把帝帝晾在了一邊，向優秀的大公豺博里拋出一串秋波，沒想到博里的孿生兄弟賈里橫插了一槓子，兄弟倆爭風吃醋打了起來，豺王夏索爾本來是要來調解爭紛的，可突然間，竟自己也充當起求婚者的角色了，藍尾尖立刻將感情的風標移動位置，指向夏索爾。

夏索爾無疑比博里和賈里更具有偉丈夫型的特色：健美的身軀，尖利的犬牙，銳不可擋的豺爪，叱吒風雲的氣概，組合成非凡的雄性風采。牠接受了夏索爾的「搶婚」。果然，偉丈夫型的配偶給藍尾尖帶來了比想像更美好的幸福，牠在埃蒂斯紅豺群中的地位一下提高了許多，極大地滿足了雌性的虛榮心。

當年秋天，牠產下一雌一雄兩隻豺崽，豺兒起名月升，豺女起名月圓。龍生龍、鳳生鳳，豺王的兒女決不會是孬種，月升和月圓剛從產道降臨這個世界，就吱吱叫得格外響亮，三天就能睜開眼睛，七天就能爬到牠藍尾尖的身上來搶奶吃。夏索爾不愧是豺王，攜帶回來的食物質精量多，新鮮肥膩的羊腸羊肚，滴著血冒著熱氣的大塊鹿肉，嚼得滿嘴流油，牠的兩排乳房鼓得像吊在樹梢上的野蜂窩。

養到翌年春天，月升和月圓胖得像豬崽，活蹦亂跳，比同齡幼豺大出整整一圈。

優良品種真是受益無窮啊。就在藍尾尖爲自己能及時換腦筋、丟棄忠誠型改找偉丈夫型而得意洋洋時，晴天一聲霹靂，夏索爾突然感情叛變，和一隻名叫農農的小母豺打得火熱。

假如夏索爾實行雙軌制，喜新不厭舊，倒也罷了，偏偏夏索爾是個忘恩負義、喜新厭舊的傢伙，才短短兩天時間，就變得好像和牠藍尾尖從來沒任何瓜葛一樣，不僅停止送食，連看都不朝牠看一眼。藍尾尖立刻陷落困境，又要跟隨豺群一起出去覓食，又要照顧幼豺，根本忙不過來。

跟著公豺們外出狩獵，即使有所收穫，輪到牠也所剩無幾了。最要命的是，牠外出覓食，月升和月圓只好丟在窩裏，小傢伙很淘氣，常常趁牠外出之際，溜出隱蔽的石縫四處亂躥。大禍就這樣釀成了。

那天傍晚，當牠叼著一隻從雕爪下搶來的麂鹿，跑回窩的時候，發現兩隻幼豺不見了。

牠焦急地千呼萬喚，也不見月升和月圓。石縫裏冷冰冰的，只有一些凌亂的樹葉。牠又四處尋找，在一條長滿蘑菇的箐溝裏，找到幾撮玫瑰紅的豺毛，還有點點滴滴凝固了的血跡。在豺毛和血跡周圍，是一片清晰可辨的狼獾的爪印。

狼獾身體小如黃鼬，卻兇狠貪婪比狼有過之而無不及，膽子賊大，敢趁母豹瞌睡之際偷偷溜進豹窩叼剛出生的豹崽。可憐的月升月圓，竟成了狼獾的腹中餐。狼獾早已逃之夭夭，連影子都見不到了，藍尾尖一腔怒火便對準夏索爾。假如夏索爾不見異思遷，牠就用不著跑出去覓食，也就決不會讓該死的狼獾鑽了空子。

但夏索爾身強力壯，牠藍尾尖沒有足夠的力氣將其變成自己的出氣筒，於是便遷怒於農農。牠想，假如沒有農農這個小妖精騷兮兮地充當第三者，夏索爾就不會離開，家庭就不會分裂，月升和月圓也就不會被狼獾褫奪了性命。復仇的計劃不難實施。

這天下午，豺群來到溫泉谷，那兒其實是個死火山口，小小的瓶頸似的山窪裏，東一眼西一汪有十幾處溫泉，熱霧氤氳，散發著一股濃烈的硫磺味。其中有一眼蝶狀溫泉水特別燙，水面咕嘟咕嘟沸騰著氣泡，四周的岩石都被燙得焦黃，由此而得名為火泉。

藍尾尖在一塊爛泥塘裏捉了隻田鼠，瞅見農農獨自在火泉邊溜躂，便走過去，假裝不小心讓嘴裏的田鼠逃脫了；田鼠哧溜朝火泉方向逃命，藍尾尖笨手笨腳怎麼也逮不住。農農看得心癢眼饞，趕過來撲捉田鼠，想撈個便宜。不知不覺便到了火泉邊緣。藍尾尖細長的豺眼四下一瞄，見沒誰注意這裏，便悶聲不響地從側面猛躥上去，豺頭咚地一聲撞在農農的胸肋上。

這是一股用仇恨凝聚成的衝力，又突然，又猛烈，農農四爪離地，身不由己地騰飛起來，不偏不倚掉進火泉。小妖精的嘴還叼著田鼠，來不及吐掉，也就來不及發出求救的呼叫。沸騰的火泉濺起一簇水花，農農便神不知鬼不覺地從這個世界消失了。

便宜了這個騷兮兮的小母豺，藍尾尖想，一下子被燙死的滋味，總比被狼獾撕成碎片的滋味要好受些。

事情結束後，藍尾尖下決心不再和夏索爾糾纏不清了。牠總算悟出一個道理：找偉丈夫型的結局並不比找忠誠型的結局更妙些。看來，這兩個極端都要不得，牠必須找一隻偉丈夫和忠誠這兩種型兼而有之，這兩種品質完美地集於一身的公豺。

那時候，白眉兒還沒回豺群，牠在埃蒂斯紅豺群裏找不到這樣十全十美的大公豺，找不到牠就寧可不做母親；牠不能年復一年地一次又一次地承受失子的悲痛。

牠等待著，耐心地等待著，執拗地等待著，絕望地等待著。

就在這時候，白眉兒出現了。藍尾尖很快發現，白眉兒正是自己夢寐以求的偉丈夫與忠誠兩型兼備的理想配偶。

白眉兒身軀比夏索爾還高出半個肩胛，威武雄壯，敢同狼酋拚鬥，證明具有超級膽魄；牠能輕而易舉地就把夏索爾攆下王位，證明頭腦和四肢同樣發達。用豺的標準來衡量，白眉兒算得上是出類拔萃的偉丈夫。

最讓藍尾尖動心的是，白眉兒同時把忠誠的品性發揮得淋漓盡致。瞧那個兔嘴，瘦得連奶子都縮進肚皮去了，背脊上的體毛東一綹西一綹，像缺少土壤的石崖上長出來的稀草，雙目失明不說，還跛了一條腿。換了其他任何一隻公豺，就是一輩子找不到配偶也不會對兔嘴動情的；可白眉兒卻與眾不同，整日陪伴在兔嘴身邊，彷彿是守著一隻如花似玉的嬌母豺，從沒見牠流露出半絲厭惡的神情。

當兔嘴險遭狼●撲咬時，白眉兒奮不顧身地上去相救；當兔嘴被豺群指定爲獻身的苦豺時，白眉兒甚至想替兔嘴去死。這真是一種牠藍尾尖聞所未聞的罕見的忠誠。

阿彌陀佛，兔嘴還算知趣，撞壁而死，騰出了一個好位置。

藍尾尖想，自己同兔嘴相比，無論相貌、體態、毛色、風度、氣質都要勝過百倍，絕不是誇張，兔嘴是屎渣渣，牠藍尾尖是一朵花。

按豺的直線思維來判斷，白眉兒既然對屎渣渣都忠貞不渝、寸步不離，那麼，一旦有一朵嬌豔的花向牠開放，豈不美得牠骨頭酥軟？怕是黏在「花」的蓬鬆的大尾巴後面，趕也趕不走囉！

開始，藍尾尖像其他母豺那樣，在白眉兒的面前用舞蹈般的姿勢跑來跑去，展覽自己婀娜的身材和豔如霞光的皮毛。異性的美不僅賞心悅目，還是一種強大的牽引力量，會牽引出無端的柔情和難以抑制的衝動。

牠還有意站在白眉兒的上風口，抖動身體，抖出一團團雌性胴體的芬芳，隨風送進白眉兒的鼻孔。氣味在哺乳類動物的求愛活動中堪稱無形的紅娘，既是情感的橋梁，又是情欲的魔扇，能最大限度地撩撥對方的心弦。可惱的是，白眉兒像個瞎子、聾子和鼻炎患者，對牠藍尾尖的種種挑逗無動於衷。

藍尾尖深感委屈。假如牠是隻生活閱歷淺薄的小母豺，早就知難而退了；但牠飽經風霜，牠曉得這世界上真正優秀的大公豺太少了，過了這個村就沒有這個店，牠不能輕易放棄，無論如何，牠都要讓白眉兒拜倒在牠蘆花般的豺尾下。

正面用雌性的媚態和雌性甜美的氣息去勾引，看來是行不通了，那麼，就用迂迴的手段進行曲線引誘。

藍尾尖想，白眉兒是因思念兔嘴而對其他異性失去興趣的。（想到這一點，藍尾尖心裏就有一種無可奈何的酸溜溜的感覺，但牠是隻成熟的母豺，敢於正視現實。）白眉兒喪失了心愛的意中豺，心情過度悲傷悒鬱，才會在熾熱的的發情期表現出反常的孤獨。

對豺來說，一種草藥治一種病，心病尚需心藥醫。既然媚態和氣息都無法打動白眉兒那顆僵木的心，那麼，變化方式方法，投其所好，順應白眉兒特殊的心態，也許就能奏效。不管怎麼說，把對方的注意力吸引到自己身上來，是達到最終目的的先決條件。

藍尾尖很聰明，立刻來了個一百八十度的大轉彎。牠收藏起雌性的嬌態，克制住春情的衝動，對豺群熱鬧的求偶交配活動充耳不聞，擺出一副心如枯井、已激不起任何漣漪的冷漠表情，整天除了覓食進食，便尋找一個不爲眾豺所注意的僻靜角落，踡縮著身體，作沉思狀。

牠本來就因爲在擇偶和生育問題上遭受過兩次沉重的打擊，雙眸蒙上了一層淡淡的憂傷，猶如出色演員在演適合自己性格的角色，很快就入戲了，真的像隻被生活所遺棄的可憐的母豺。

當然，這僻靜的角落既要避開眾豺的眼睛，又不能讓白眉兒看不見；倘若白眉兒也看不見，這戲演給誰看呀！也不能離白眉兒太近，太近了容易被對方懷疑是在演戲。藍尾尖很會挑地方，總是離白眉兒躺臥的位置二十來米遠，避開正面，找個斜角，距離和角度都很微妙，既不是面面相覷，又很容易互相看到。

用憂傷對付憂傷，用深沉對付深沉，這在埃蒂斯紅豺群中絕對是一種新式勾引法。凡是新鮮玩意兒，總會引豺注目的。

頭一天，白眉兒只是淡淡地望了望藍尾尖，並沒表現出特殊的反應，或許白眉兒還以為藍尾尖太累了，想多休息一會。

第二天，藍尾尖繼續表演。牠昂著頭顱，兩眼長時間地凝視著藍天飄浮的白雲，唇吻緊閉，豺臉蒙著一層聖潔的光輝，神態介乎於矜持和莊重之間，顯現出雌性的高貴。

大公豺博里不知是出於欣賞還是出於憐憫，銜著一塊不知從哪裡弄來的牛排，跑到牠藍尾尖面前，把牛排連同殷勤一起奉獻到牠嘴邊。

傻蛋，來得正好！牠彷彿是泥塑木雕，連瞧都不瞧博里一眼。博里激情澎湃，騰、跳、撲、躍、挪、閃、躥，盡情地表演著雄性的力量美，以期能打動藍尾尖的芳心。藍尾尖做出一副極不耐煩的表情，慢吞吞的站立起來，沉靜地走開去，換了個地方，又朝天空憂傷地眺望。

博里抬起一隻前爪搔搔自己的額頭，很不理解地望望藍尾尖，銜起牛排尋找其他母豺去了。

走吧，親愛的道具，走吧，親愛的陪襯。

哦，白眉兒的眼光正朝自己投來呢。白眉兒眼角微微朝耳朵吊起，一副驚詫的表情。

哦，白眉兒開始注意自己了，藍尾尖高興地想。魚兒只有注意了釣桿上的誘餌後才會上鉤的。不難猜測白眉兒此刻的心理活動，這傢伙目睹牠藍尾尖冷漠地拒絕了博里的求愛後，一定產生了強烈的好奇心。怎麼回事，在發情期居然還有一隻年輕貌美的母豺同自己一樣，對什麼都不感興趣？

好奇心會引起探索，探索會導致進取。

藍尾尖用眼睛的餘光瞄見白眉兒越來越頻繁地朝牠張望。牠裝著在甩頭驅趕一隻牛虻，讓自己的視線與白眉兒的視線撞了個正著，牠用一種恰到好處的羞澀表情很快將自己的視線避開去，還扭了扭腰，使自己的身體再側轉一點，與白眉兒保持一個很刁鑽的角度；在這麼個角度上，白眉兒已不能很容易窺見牠藍尾尖的正面了，只能望見小半個側面，望見臉部一個朦朧的剪影。霧裏看花，水中望月，含蓄也是一種美。

白眉兒抻長脖頸，藍尾尖就把臉側轉得更厲害些；白眉兒縮回脖頸，藍尾尖就把臉重新調整得周正些。不能看不見，也不能一覽無遺。

我孤獨地品味著內心的痛苦；我心裏藏著一個誰也無法破釋的哀傷的謎。

這一招還真靈，白眉兒竟站起來，換了個位置，換到藍尾尖的正對面來了。

魚兒終於要咬鉤啦，藍尾尖得意地想，但牠還不急於收竿。牠覺得白眉兒像松脂一樣黏在自己身上的視線，還停留在好奇心印起的興趣上，就像魚發現誘餌後，正在用魚嘴小心試探，還沒往肚裏吞，這時收竿，十有八九會把魚兒嚇跑的，關鍵是要促使魚兒把誘餌囫圇吞進去。而要把好奇變成賞識，猜謎似的注視變成情人的凝視，看來得尋找一個生活的共同點，讓感情腳踏實地地向前發展。

這共同點不用找就自己跑來了。

這小傢伙確實是自己跑來的。這天下午，天氣有些悶熱，埃蒂斯紅豺群正在一塊苜蓿地閒遊，突然，一股陌生的氣味從上風口漫來，眾豺警覺地豎起尖耳，停止動作。

青翠的苜蓿桿嘩啦啦響，鑽出一隻小公豺，半歲模樣，身體瘦削，小尾巴被樹脂果漿黏成棍狀，脊背因營養不良而彎成弧形，背上有兩條對稱的銀白色斑紋。銀背豺怯生生地望著埃蒂斯紅豺群，嘴角咿哩嗚嚕發出柔聲哀叫。

不用細看就知道，這小傢伙不屬埃蒂斯紅豺群的血統。誰也不知道小傢伙從哪裡來，爲啥小小年紀就獨自流浪。也許，這是遙遠的古戛納河源頭某個豺群裏的成員，那個豺群因瘟疫而滅絕了，小傢伙是倖存者，被迫離鄉背井到這裏來尋一條生路；也許小傢伙的父母外出獵食不幸被猛獸或獵人所害，小傢伙離開群體出來尋找，迷了路。

不管怎麼說，這是一個小可憐。瞧牠那雙小眼珠子，充滿了驚恐悸怕，肩胛顫慄著，彷佛剛從地獄裏逃出來似的。牠不斷地叫喚著，很明顯，是在懇求埃蒂斯紅豺群收留牠。

豺群一片靜穆。突然，大公豺察迪兇猛地囂叫了一聲，朝銀背小公豺張牙舞爪地躥躍過來。這是一種恫嚇，一種威脅，表明這樣一種態度：討厭的小癟三，快滾開，滾遠一點，我們決不會收留你的！

銀背小公豺哀囂一聲，轉身逃出苜蓿地。但沒走多遠，又踅了回來，大概牠實在是無處可去，哪怕被咬一頓，也想留在埃蒂斯紅豺群裏。

察迪繞到側面，借著茂密的苜蓿桿作掩護，悄悄向銀背小公豺逼近。一場恃強凌弱的屠殺即將發生。

呦——在這節骨眼上，白眉兒朝察迪威嚴地喝叫了一聲，制止野蠻的行凶。察迪頗不服氣地望望白眉兒，悻悻退回豺群。

本來嘛，處理這類事情屬於豺王的職權範圍。按照埃蒂斯紅豺群的傳統習慣，對前來投奔的流浪豺，毫無例外都採取這樣的方針：假如是具有生育能力的沒有累贅的年輕母豺，照收不誤；凡是公豺，一概拒之門外。

用人的眼光看，這傳統習慣很不人道。但從豺的立場看，卻是合情合理的。接納母豺，可以繁衍種群，對群體有益；接納公豺，不僅增加了食物的壓力，還勢必會混淆血統，平添爭偶糾紛，造成豺群混亂，有百弊而無一利。自然界兇猛的食肉獸往往都有以鄰爲壑的陋習，都有強烈的排外意識，豺也不例外。

排斥流浪的公豺，是一條不可動搖的原則。即使是豺王，也無權更改這條原則。

藍尾尖就站在白眉兒身邊，牠想，白眉兒一定是不忍心將這小可憐咬成殘廢，想換一種較溫和的辦法把小傢伙趕走了事。

牠很快發現自己判斷錯了。白眉兒朝前跨了幾步，站在銀背小公豺的面前，既不齜牙咧嘴地恫嚇，也不惡聲惡氣地驅趕；白眉兒端詳著小傢伙，眼光裏有一種迷惘和慈祥，似乎思緒飄得很遠很遠……

藍尾尖不知從哪裡得來的靈感，一下看透了白眉兒隱秘的心事。這銀背小公豺同白眉兒年幼時的經歷太相似了，都是失去雙親和群體庇護的可憐兒，都是想有個溫馨的家快想瘋了的流浪兒。白眉兒觸景生情，聯想到自己的昨天，辛酸的昨天永遠不能忘懷，於是，便對銀背小公豺油然產生了一種憐憫和同情，一種很難磨滅的惻隱之心；這種心理絕對會生出要把小傢伙留下來的想法。白眉兒之所以還在猶豫，是怕大公豺們對牠的想法投反對票。

很多時候，傳統和習慣比王權更有權威性。

夏索爾、察迪和其他幾隻大公豺大概也看出了什麼蹊蹺，在豺群裏躥來鑽去，呦嚦，呦嚦，彼此低囂著，聯絡著。瞧這陣勢，倘若白眉兒果真不顧傳統習慣收留下銀背小公豺，怕會鬧出點什麼亂子來的。

白眉兒也聽到了背後豺群裏的嘈雜與喧鬧，牠像從夢幻中醒來，茫然四顧，煩躁地踢蹬著腳下的泥土。

假如能幫白眉兒解脫困境，藍尾尖想，白眉兒肯定會對牠萌生感激之情的。牠投之以桃，牠就會報之以李。更重要的是，牠藍尾尖出面救下了銀背小公豺，在白眉兒的感覺世界裏，等於是救了白眉兒苦難的昨天，這樣，就不愁白眉兒不稀里糊塗掉進情網。

藍尾尖是那種敢想敢做的母豺，立刻發出一聲驚喜的長嚚，踏著碎步跑到銀背小公豺的跟前，兩隻前爪摟住對方細弱的脖頸，表現出久別重逢的親暱。呦嘞呦嘞，母親終於找到了失散的兒子。還將一泡尿淋在小傢伙的身上，蓋一層埃蒂斯紅豺群特殊的氣味。

藍尾尖是個天才演員，再假的戲也演得相當逼真，倒是那個交了好運的傻小子，不明白發生了什麼事，拚命想從藍尾尖的懷裏掙扎出去。

別動！露出破綻，你就會被憤慨的大公豺們咬成碎片的。

藍尾尖瞧見白眉兒英俊的臉上先是掠過一道詫異，後又唇吻向上翹起——露出豺所特有的欣慰的表情。

好幾隻大公豺呦呦叫著，對眼前這幕漏洞百出的假戲喝倒彩。

在豺群裏發生了有爭議的事，豺王就要出面仲裁。白眉兒走上前來，圍著藍尾尖和銀背小公豺繞了三匝，煞有介事地東聞聞西嗅嗅，然後輕輕嚚叫三聲，轉身離去。

檢驗合格，同意接納。藍尾尖閃電般地擁著銀背小公豺離開苜蓿地，鑽進牠棲身的岩縫，讓那些大公豺目瞪口呆去吧。

銀背小公豺成了埃蒂斯紅豺群的一員。小傢伙很乖巧，把藍尾尖認作乾娘，黏在藍尾尖的身邊半步也捨不得離開。

從心裏說，藍尾尖並不喜歡銀背小公豺。牠自己又不是不會生育，要領個義子來過過做母親的乾癮。豺天生也沒那份同情心。但牠知道，銀背小公豺可以成爲牠與白眉兒結爲終身伴侶的鵲橋。因此，只要是在白眉兒的視線內，牠儘量表現出母性的溫柔。牠將食物塞到銀背小公豺的口中，牠細心地舔去黏在小傢伙皮毛上的樹脂和果漿，牠耐心地教小傢伙捕捉老鼠的技能。

很快，牠的努力就初見成效，白眉兒的眼光在牠身上逗留的時間越來越長。有時，白眉兒乾脆待在牠和銀背小公豺身旁，共同進食，共同遊戲。

乍看上去，很像一個完整的豺家庭。

對藍尾尖來說，感情投資是有實際目的的。牠必須在豺群發情期以內，使得白眉兒在靈與肉兩方面都成爲自己的伴侶。情網已經織好，已經撒開，已經罩住了魚兒，該伺機收網了。

那天，天氣特別晴朗，豔陽高照，東風送暖。黃昏時分，太陽坐在山頂，月芽兒掛在樹梢，草葉上還有太陽的餘溫，濕潤的空氣裏，有一股蔓陀鈴淡雅的香味，紫色的暮靄輕柔慵懶地悄悄地在樹林裏瀰散開，天朦朧地朦朧山朦朧水朦朧樹朦朧月朦朧鳥朦朧。按體內生物時鐘的規律，豺群的發情期已接近尾聲，這也許是今年最後一個美妙的春情之夜了。

尾聲往往是戲劇的高潮。藍尾尖就等著演這幕壓軸戲呢。

銀背小公豺和同齡夥伴到小河邊玩耍去了，藍尾尖來到白眉兒身邊，舔白眉兒脊背上有些淩亂的豺毛，過了一會兒，牠又讓白眉兒替牠清理黏在身上的草屑樹葉。

有毛的獸類都愛互相整飾皮毛，這是動物最常見的交際活動，類似人類的交誼舞會和閒聊式的聚會。所不同的是，藍尾尖在替白眉兒梳理豺毛時，有意無意將溫熱的脖頸在白眉兒強壯的頸窩間來回摩挲，把濃濃的情意、甜蜜的愛意連同溫馨的夜一起灌進對方的心田。這是一種讓豺癡迷的愛撫。

藍尾尖看見白眉兒眼睛越來越亮，喘息聲也越來越重，臉上一派醉態。牠是過來豺了，牠曉得白眉兒的心已激動得在微顫了。

來吧，莫辜負了良辰美景；來吧，莫辜負了青春好年華。來吧，被太陽曬熱的草窩是豺的理想婚床；來吧，用我們太陽般的激情孕育比太陽更鮮嫩更有靈性的新生命！

白眉兒突然扭頭朝身後的日曲卡雪山西端野豬嶺方向望去，霎時，癡迷的眼神恢復了寧靜。藍尾尖知道，白眉兒又在想念兔嘴了。

這真是多餘的思念，大煞風景的思念。幸虧藍尾尖早有心理準備，知道該怎樣去化解白眉兒那緬懷兔嘴的情結。

呦呦，藍尾尖壓低了嗓子，學著兔嘴的腔調輕輕叫喚；牠本來模仿能力就很強，又暗中演練過幾次，不說是維妙維肖吧，也幾乎達到了亂真的地步。白眉兒吃驚地扭過頭來，一副夢幻般的表情。

突然，藍尾尖全身聳動，背脊和脖頸上的毛被弄得皺巴巴，一條後腿也瘸了，在草地上一拐一拐地走。更絕的是，雙眼翻白，不辨東南西北，胡走亂鑽，像隻瞎眼豺，活脫脫是兔嘴再生了。

並非人類才有演員，野生動物中在特定情景下也需要演戲，當然也就有臨時演員。以豺為例，帶著幼豺的母豺難免會遇到老虎、豹子、狗熊這樣的猛獸闖到豺窩附近，企圖捕食幼豺。每每這種時候，母豺便會瘸起一條腿，裝著受了傷的樣子，一拐一拐慢吞吞地逃，把那些猛獸的注意力吸引到自己身上來，等到把危險引向遠離豺窩的地方後，母豺就撒開四腿，飛也似地逃得無影無蹤了。

對藍尾尖來說，變成跛子，變成瞎子，不過是把一種生存手段活學活用到求愛程序上來而已。

藍尾尖一面演著戲，一面偷偷觀察白眉兒的反應。白眉兒眼神有點虛幻，有點飄渺，似乎進入了半催眠狀，悠悠長嚚一聲，搖搖晃晃朝牠奔了過來……

潺潺的流水唱著一支柔曼的小夜曲。

藍尾尖終於如願以償了。牠很快發現，白眉兒比牠想像的更有情有義得多。自打那個纏綿如夢的春夜後，白眉兒與牠形影不離，再親密就合二為一了。凡獵到食物，好吃的部位總是留給牠藍尾尖享用。再年輕再美麗再風騷的母豺再招搖獻媚，白眉兒也不會去多看一眼。

夏末秋初時，藍尾尖產下一對豺崽，剛剛斷奶，時令就進入深秋，老天爺紛紛揚揚下起小雪，食物驟減，豺群一連兩天沒捕獲到獵物，藍尾尖和一對小寶貝餓得肚子咕咕直叫。

這天夜裏，白眉兒踏著昏暗的星光走出石縫，黎明時叼回一隻豹崽來，那隻豹崽還沒死絕，用細弱的嗓子嗚嗚呻吟著。

白眉兒肩胛上有好幾道被豹爪抓傷的血痕，一看就知道經歷了一場殘酷的搏殺。孤身隻影闖進豹窩，在異常兇猛的母豹鼻眼底下搶奪豹崽，無疑是一場用生命作賭注的賭博，其九死一生的驚險程度可想而知。要是沒有那種愛妻子兒女勝過愛自己性命的品格，是決不肯去冒這個險的。

不僅僅白眉兒的忠誠令藍尾尖感動，那一公一母兩隻豺崽也讓藍尾尖陶醉。那隻母的前額有一塊淺黃色的圓斑，就取名黃圓；那隻公的尾尖有三節黑環，就取名叫黑圈。黃圓和黑圈一生出來就比別的豺崽壯實，十幾天後，金黃的毛色熠熠閃亮，就像裹在晨霧裏的太陽；兩個月後，兄妹倆便會聯手捉山耗子了。

有一次，白眉兒率領豺群外出獵食，牠藍尾尖蹲在石縫口正迷迷糊糊打盹，兩個小傢伙溜出窩去玩耍，一隻果子狸悄悄逼近來，想揀便宜，兩個小傢伙毫不畏懼地咿咿呀呀怪叫，嚇得果子狸不敢靠近。小小年紀就這般了不得，完全可以想像，長大後一定是不同凡響的一代豺傑。

膝下有強壯可愛的寶貝，身邊有忠誠偉岸的丈夫，對一隻母豺來說，幸福已達到了頂點，但願這樣的日子能永遠持續下去。

第十五章　陷入抉擇

刮的是西南風，豺群隱蔽在埃蒂斯山谷原始老林子深處一座被歲月和風霜剝蝕成蜂窩狀因此取名叫骷髏岩的四周，恰巧處於下風口，獵狗的鼻子再尖，也聞不到豺的氣味的。

一位獵人帶著一條大花狗，慢吞吞地從正前方那條被野獸踩踏出來的羊腸小徑橫穿過去。

豺群悄無聲息地鑽在岩角下和草叢裏，連平時嘰嘰喳喳十分淘氣的幼豺，也從父豺母豺驚駭恐懼的眼神中領會到事情的嚴重性，一反淘氣的常態，凝神屏息蜷縮在角落裏不敢動彈。

豺群耐心地等待著危險能像陣風似地刮過去。

骷髏岩是埃蒂斯紅豺群的大本營，俗話說，兔子不吃窩邊草，豺也有類似的行爲準則，不到萬不得已，儘量避免在自己的大本營附近發生殺戮流血事件，在自己的窩邊保持一塊淨土，保持一種平靜祥和的氛圍。

當然，對豺來說，面對獵人和獵狗，還單單不是不願在窩邊產生糾紛的問題，更重要的是不能暴露大本營的位置。

大花狗開路，獵人殿後，人和狗的表情都很輕鬆，看來，他們什麼也沒發現，不過是偶然路過這裏的。或許，這位肩著獵槍的獵人鑽透十里灌木叢來到骷髏岩來是想碰碰運氣，沒見到有價值的獵物，便打算往回走了。

只要再堅持一會兒，人和狗就會鑽進樹林，從豺群的視界內消失；既然豺看不見他們了，他們當然就更看不見豺了，兩相平安，偶爾發生的危機就算過去了。

前任豺王夏索爾緊張得懸吊到嗓子眼的心放下了一半。牠扭轉脖頸，朝臥在離自己不遠的白眉兒瞄了一眼，心想，白眉兒驚駭的眼光大概也要緩和一些了吧。牠不看不知道，一看嚇一跳，白眉兒那雙細長的眼睛裏，根本就沒有什麼驚駭，平靜得就像一潭秋水。

不，這樣形容不確切，應該說那眼光很柔和，很微妙，很清澈，很稔熟，似乎還有一種朋友相見的親切與興奮。

這極不正常。豺見到獵狗就像見到毒蛇一樣，眼光應該憎惡；豺見到獵人就像見到豹子一樣，眼光應該驚慌。豺打心眼裏討厭獵人和獵狗，眼睛是心靈的門窗，眼光應該有所反映的。白眉兒儘管驍勇強悍，但再厲害的豺王也不是神仙，連獵人獵狗都不放在眼裏。白眉兒的反常眼光只有一種解釋，就是前面正在行走的獵人或獵狗，與牠曾經有過一段親密的接觸。

想到這裏，夏索爾忍不住打了個寒噤，一直埋在心底的懷疑和擔心又浮上心頭：那隻眉眼間有塊白斑、毛色偏黃，身體出奇地大搶奪了牠豺王寶座的傢伙，難道真是混進豺群來的狗？牠又用心盯著白眉兒看，喏，這傢伙的視線在跟隨著獵人的身影緩慢移動，栗色瞳仁裏絲毫沒有警覺與監視的意味，剛好相反，有一種惜別與送行的韻味，似乎在行注目禮。

夏索爾越看越覺得自己的懷疑有道理。

獵人和獵狗快走到樹林邊緣了，假如沒有意外，很快就會消失得無影無蹤了。夏索爾突然煩躁得像豺毛上濺落了火星，產生了一種按捺不住的衝動；牠不清楚自己想幹什麼，但牠明白自己必須要幹點什麼。

獵人和獵狗還差幾步就要進樹林了。牠不能再猶豫了，無毒不丈夫。牠要迫使白眉兒率領豺群和獵人進行正面交鋒，倘若白眉兒果真像牠懷疑的那樣是狗種，在這場與獵人的生死搏鬥中一定會暴露無遺的。

牠迅速環視四周，很好，誰也沒有注意自己。牠和察迪並排臥在一起，牠假意伸了個懶腰，似乎身底下的岩石太滑，身體將傾倒，兩隻前爪在空中劃動著，突然在察迪的腰間搡了一把。

察迪臥伏的位置本來就有點危險，在一塊大岩石的邊緣，前面是幾叢衰草，冷不防被搡了一下，身不由己地向前滑了半步，滑出了岩石邊緣。沙啦沙啦，衰草連同泥屑石塊像道小瀑布瀉下陡坎，在靜宓的山野裏，這聲音傳得很遠很遠。

更糟糕的是，察迪本來前爪是勾住一叢衰草的，衰草滑下去，牠保持不住平衡，身體也像坐電梯似的往陡坎下滑，陡坎有兩米多高，察迪下意識地尖嚣了一聲：呦嗬——

即使獵人和獵狗的耳朵都有點背，是半聾子，距離那麼近，也聽到這聲響亮的豺嚣了。霎時，正跨進樹林的獵人一個急轉身，嘩啦一聲拉動槍栓，長長的槍管上鑲著五道黃燦燦銅箍的火藥槍，直指豺群隱伏的方向，獵狗發瘋般地吠叫起來。

寧靜的山林刮起一股腥風血雨。

白眉兒沒料到會平地起波瀾。現在，再想同前面的人和狗和平共處是不可能的了。牠只覺得四爪麻木，腦子一片空白，不知道自己該怎麼辦才好。

假如不考慮任何微妙的感情因素，身爲豺王，在眼前這樣關係到整個豺群生死存亡的危急關頭，應當毫不猶豫地跳出來長嚣一聲，旋風般地朝獵人和獵狗猛撲上去。

然而，白眉兒卻遲遲沒有作爲。

那位獵人就是白眉兒昔日的主人阿蠻星。

白眉兒在阿蠻星剛剛從骷髏岩前那條羊腸小徑出現時，就一眼認出來了。牠和阿蠻星共同生活了兩年，阿蠻星的身影和氣味已深深烙印在牠腦子裏。阿蠻星救過牠，也冤枉過牠，牠永遠也忘不了的。

當牠看到在羊腸小徑上行走的是闊別已久的阿蠻星時，不知爲什麼，那恨的情緒根本提不起來，心裏倒滋生起一股柔情，好像胸窩下有一隻火塘，豺心被溫暖的火苗烤成了狗心。

牠當然不會傻乎乎跑出去同阿蠻星來一番久別重逢後的親熱，但牠的眼神很自然地流露出脈脈溫情來。

這眼神不幸讓夏索爾看見了，害了牠，也害了豺群。

就在白眉兒被察迪暴露目標的囂叫聲驚得發呆的時候，夏索爾倏地躍上岩石頂，脖頸一揚就要發出撲咬的囂叫。夏索爾的用意很明顯，在白眉兒萎靡時，自己正好可表現果斷勇猛的作風。這說不定就是一個地位沉浮的契機，把失卻的王位重新奪回來。

隨著夏索爾的動作，幾乎所有的大公豺都從隱伏的位置直立起來，眼睛充血，磨動著爪牙準備廝殺。就等著一聲號角般的長囂了。

白眉兒望見了夏索爾登高的動作，立刻反射動作般地意識到，假如自己再無動於衷，就會被豺群視爲在關鍵時刻自動放棄領導權，陷入十分被動的境地。牠來不及多思索，就直起喉嚨狂囂一聲。

太險了，只比夏索爾搶先了零點幾秒。

立刻，綠色的樹林和灰白的石崖間，躍動起一塊塊紅色，像火焰，像蛇信子，也像穿紅襖的山妖，從四面八方從各個隱秘的角落向獵人和獵狗逼近。

轟，阿蠻星手中的獵槍炸響了，骷髏岩一個角隅傳來一聲豺垂死的哀囂。

白眉兒心陡地緊了一下，昔日的主人犯了一個無法補救的錯誤，他一定以爲遇到了零星的流浪豺，或者以爲是與豺群的一次偶然遭遇，貿然開了槍；他不曉得他面對的是一群藏在岩縫和石洞裏的幼豺、公豺和母豺。爲了小傢伙的安全，豺群是不惜流血犧牲拚命到底的。

果然，死亡不僅沒能嚇退豺群，反而更刺激了豺群噬血的野性衝動。好幾隻大公豺和兩三隻母豺不再隱匿在草叢岩角繞S形的圈子，改爲直線朝人和狗撲擊。

白眉兒看見阿蠻星靠在一棵冷杉樹上，手忙腳亂地解下腰間的火藥葫蘆，往槍管裏倒火藥。日曲卡山麓的獵人用的都是那種開一槍就要重新裝塡一次火藥的老式獵槍，不能連射。

夏索爾和察迪富有叢林生活的經驗，抓住裝子彈的間歇，像兩支離弦的箭，向阿蠻星猛撲上去，顯然，牠們是想搶在獵槍能第二次擊響前把阿蠻星撲倒。

阿蠻星身邊那條大花狗吠叫著迎上來，攔住夏索爾和察迪；大花狗雖然英勇頑強，但畢竟一張嘴咬不過兩張嘴，四隻爪撕不過八隻爪，才鬥了兩個回合便招架不住，拖著血淋淋的身體哀叫著落荒而逃。

白眉兒不認識這條大花狗，也許是阿蠻星在牠出逃後重新買來的一條獵狗吧。唉，撲咬的技藝實在很難恭維。

夏索爾和察迪成鉗形向大花狗合圍上去。在這種情況下，豺群是絕對不會讓獵狗活著逃出骷髏岩的。獵狗識路，逃出去後，很快就會領來大隊的獵人和成群的狗對豺群進行報復的。

夏索爾和察迪很快追上大花狗，骷髏岩展開了一場殘酷的屠殺。

白眉兒在夏索爾和察迪對付大花狗的時候，從側面繞向阿蠻星。牠小跑著，不露聲色地放慢自己的腳步。牠無法做到像隻真正的豺那樣，刻毒地巴望冷杉樹下的阿蠻星被咬斷喉嚨。牠希望昔日的主人能看清眼前這險惡的形勢，趁大公豺們的注意力集中在大花狗身上的機會，趕緊鑽進茂密的樹林逃遁。

但阿蠻星並沒退卻，他很快往槍管裏裝塡完火藥，抬起槍管向立在一塊深褐色骷髏岩上的一隻豺瞄準。白眉兒順著槍管朝前瞥了一眼，不由得大吃一驚，深褐色的骷髏岩上站立著的，竟是藍尾尖！

藍尾尖聽到槍聲和狗吠豺囂聲，從棲身的石縫裏鑽出來瞧熱鬧。阿蠻星瞇起一隻眼，將準星、缺口和藍尾尖的腦袋三點連成一條線，這是一條死亡的黑線。

白眉兒這時已靠近阿蠻星，嗖的一聲對準他的手臂撲撞過去。那支黃燦燦的獵槍凌空飛了起來，像一隻長尾巴犀鳥，在空中劃了道弧形，哐啷一聲掉入草叢。

獵人失去了獵槍，就等於豺被拔掉了牙齒。

白眉兒完全可以接著再做個漂亮的空中噬喉的動作，一勞永逸地結束眼前這場人豺糾紛，可牠沒這樣做。牠在空中偏了偏臀部，好像身體被風吹歪了，掌握不好平衡，重重地跌落在地上，打了個滾，滾進一塊岩石底下。

牠不忍心傷害昔日的主人，也不想讓困境中的阿蠻星認出自己來。

博里、賈里和另外幾條母豺瞪著血紅的眼睛，朝阿蠻星圍攏過來。

「花龍，花龍，快來啊！」阿蠻星對大花狗發出呼叫。大花狗倒在血泊中，狗尾巴被咬掉了，頸窩被咬開一個血糊糊的窟窿，已無力吠叫，兩隻狗眼遙望著危急中的主人，嘴裡噗哧噗哧吐著血沫。

阿蠻星拔出隨身佩帶的長刀胡亂劈砍著，往密林深處退卻，但已經晚了，十幾隻豺前後左右盯上了他。他顧得了前，顧不得後，一會肩膀被撕破，一會屁股被咬出血。他大概也明白自己已陷入絕境，逃是逃不掉了，硬拚也拚不過越圍越多的豺，無奈之下，他做了個往前衝刺的假動作，劈傷衝在最前面的博里，待豺群稍稍後退時，他把刀銜在嘴裏，雙手抱住冷杉樹幹，像隻猿猴似地爬上樹去。

豺不會爬樹，圍在樹下乾瞪眼。阿蠻星騎在一根橫杈上，驚魂甫定地大口喘著氣。

一天一夜過去了，豺群仍緊緊圍住冷杉樹不肯撤離。每隻豺心裏都很明白，要保住埃迪斯紅豺群骷髏岩大本營的秘密，唯一的辦法，就是死守住這棵孤零零的冷杉樹，不放那個躲在樹杈上的獵人生還。

白眉兒雖身爲豺王，也不能違背全體豺民的意志，喝令豺群從那棵冷杉樹下撤走。這真是一場靜悄悄的生與死的對峙。

阿蠻星在樹上不時手搭涼篷向遠處眺望，扯起喉嚨發出呼叫。可惜，只有山谷對面的一隻雪豹偶爾回應一聲嘲弄般的長嘯。

第二天後半夜，他大概是累極了，竟坐在樹杈上抱著樹幹打起瞌睡。不知是瞌睡太沉還是樹幹太滑溜，他身體一仄，突然歪倒。喀嚓，坐著的那根樹杈一下被他扳斷了。樹底下的豺群本來都是臥伏著的，聽到動靜，齊唰唰站了起來，個個都奓開茸毛，迅速擺好了蜂湧而上進行無情撕咬的架勢。

阿蠻星在墜落的一瞬間大概驚醒了，兩手亂抓，算他幸運，抓住了樹冠最下層一根橫枝，身體像邊鞦韆似地吊在半空。不知是由於驚嚇過度還是殘夢未消，他就這樣傻呆呆地吊著不動。

他的一雙腳離地面約有兩米半高。夏索爾、察迪還有好幾隻大公豺像接力跳高似的，一隻接一隻奔到冷杉樹下往上躥跳，企圖將阿蠻星拽下樹來。不管是起跳的豺還是站著瞧的豺，都悶聲不響，只有爪子踏地和凌空跳躍的輕微聲音。

真是不幸中的大幸，阿蠻星吊的高度剛好在兩米五，躥跳能力最強的夏索爾恰好搆不著，還差幾公分豺舌才舔得著阿蠻星的腳底板。

兩米二、三左右是豺的躥高極限。空中傳來大公豺們牙齒咬空的喀喀聲。

阿蠻星覺察到樹下有動靜，低頭一看，嚇得魂飛魄散，雙腳使勁踢蹬，腰扭得像臨近冬令的水蛇，想重新攀上樹冠。但他體力已十分虛弱，且加上心慌意亂，怎麼努力也還吊在半空。

白眉兒正在傻看，冷不防被夏索爾撞了一下。牠將視線從冷杉樹上收了回來，不由得心裏一陣緊張。夏索爾高深莫測的眼光不斷在牠和冷杉樹上吊著的阿蠻星之間打來回。其他豺也都期待地望著牠。藍尾尖走到牠面前，用脖頸推牠的腰，臉上一派殷切期望的表情，很明顯，是催牠上陣。牠當然懂，豺群把從樹上將阿蠻星拽下來的希望寄託在牠身上了。

說真的，整個埃蒂斯紅豺群，只有牠白眉兒有把握把阿蠻星拽下樹來。牠的躥高極限大約是兩米五，剛好搆得著阿蠻星的腳脖子。可是，牠能將昔日的主人送進豺嘴嗎？

不錯，牠是豺王，牠理應站在豺的立場，為豺的利益而奮勇出擊；可牠的眼光一觸及阿蠻星，鼻子裏一聞到昔日主人的氣味，豺王的膽魄和力量就煙消雲散。牠曾當過阿蠻星的愛犬，往昔的經歷猶如樹的年輪，是無法抹得掉的。牠做不到「人」一走茶就涼，翻臉不認人。牠想採取聽天由命的態度，假如阿蠻星在冷杉樹上堅持不下去掉下來了，牠就趁混亂躲遠一點，牠不會參與這場獸對人的屠殺，儘管牠的肚子餓得慌，牠也不願去品嘗人肉的滋味；但牠也不會在眾目睽睽下去阻止豺群對阿蠻星的撕咬，事實上，牠就是捨得一身剮，也無力將昔日的主人從豺爪豺牙下拯救出來的。

阿蠻星因瞌睡險些掉了下來，不上不下地吊在樹半腰，打亂了白眉兒的既定方針。豺群在等著牠表現豺王的威風呢。豺群曾在怒江的淺水灣親眼目睹牠躥跳得比狼酋更高，牠是無法抵賴自己能躥跳到兩米五高度這個事實的。唉，牠要是早知道會發生這樣令牠進退維谷的事，牠或許會事前假裝在滑溜溜的岩石上扭傷了腿，走路一拐一拐，這樣就可以免去向昔日的主人撲咬。現在臨時裝著跛腳的樣子，怕連最笨的豺也要懷疑牠豺皮下跳動的是一顆什麼顏色的心？

牠知道除了個別豺心懷叵測外，絕大部分豺都用企盼信賴想一睹豺王風采，想儘早結束豺與人的對峙這樣善意的眼光在望著牠。除非牠想糟蹋自己的身分，是不能不在這樣一個關鍵時刻去盡豺王的職責的。

換了隻純粹的豺，不用其他豺來請，早就急不可耐地發揮自己的躥高技藝，將豺的公敵——獵人從冷杉樹上拽下來了，一展豺王的威勢。

完全可以想像，當牠的利齒在半空中準確地咬住阿蠻星的後腳跟，會是一種什麼樣的情景；牠的身體重量再加上猛往下的那股墜力，再加上豺牙嵌進皮肉的鑽心般的疼痛，阿蠻星即使再長出一隻手來，也無法抓得住樹枝了；他會斜斜地無可奈何地跌落地面，夜空將響起一聲令豺毛骨悚然的慘叫；兩足行走的人的重心本來就不如四爪踏地行走的獸的重心這麼穩，頭重腳輕往下跌，肯定跌得鼻青眼腫，不等他從腰裏拔出長刀，就會被瘋狂的豺用利齒切斷喉管。

明擺著的，把阿蠻星拽下樹來，就等於把他拽進了地獄。

白眉兒緊張地思忖著，尋找既能掩飾自己又能幫助阿蠻星免遭厄運的雙全之策。

真是急中生智，驀地，牠混沌的腦袋瓜裏透出一束光亮：玩它個時間差！吊在樹枝上的阿蠻星隔幾秒鐘身體就往上抽動一次，就像練單槓的引體向上動作一樣。白眉兒瞅準阿蠻星身體狠命往上抽的瞬間，縱身起跳；牠躥跳得十分認真賣力，動作猛如虎快如風，一看就知道是竭盡了全力絲毫沒摻假；牠確實也跳到了兩米五的高度，但在豺嘴即將咬到人腳的刹那間，那腳剛好向上抽了抽，就差那麼一點點而咬了個空；牠的唇吻頂在阿蠻星的腳底板上，免費送去了一股升騰的力量；阿蠻星彷彿踩在跳板上，往上一躥，身體又回到樹冠上去了。

但在身體往上翻捲的時候，他腰間那把長刀從刀鞘滑出來，掉在地上。

白眉兒落下地來，發出一聲憤怒悔恨的囂叫，又向樹上躥跳噬咬，當然什麼也沒咬到；牠懊惱地在樹下滴溜溜旋轉，痛苦得想咬掉自己的尾巴。

豺群起先對牠沒能得手都露出遺憾的表情，現在見牠這副模樣，反倒聚過來安慰牠；藍尾尖舔牠的體毛，其他豺都緊靠在牠身邊，表示要分擔牠的痛苦。無論再優秀的大公豺，也不可能永遠不出一點差錯，何況對手又是天地之靈傑的人呢。

不管怎麼說，還是有收穫的，咬下一把長刀來，徹底解除了獵人的武裝。

唯獨夏索爾沒有一點理解的表示，牠遠遠地蹲在一塊岩石上，乜斜著豺眼冷冷地望著白眉兒。牠打心眼裏懷疑白眉兒是否真正有誠意把獵人從樹上拽下來。

可惜，沒證據來證明牠的懷疑。

又過了一天。

第三天夜裏，皓月當空，山野大地一片銀灰。

連續兩三天的躁動不安，很多豺都疲乏得支持不住了。阿蠻星仍高居在冷杉樹上，用腰帶把自己拴牢在一根結實的橫杈上，豺群無計可施，只有圍在樹下耐心地等待天上掉下人肉來。

長時間的等待十分枯寂無聊，夜深了，絕大多數豺都鑽到離冷杉樹不遠的骷髏岩或周圍的草叢裏酣然大睡，只有銀背小公豺蹲在樹下放哨。

銀背小公豺是埃蒂斯紅豺群的外來戶，這種熬更守夜的苦差事自然就落到牠頭上。

銀背小公豺青春年少，瞌睡自然就大，啓明星升起來時，腦袋一沉一浮地漸入夢鄉。

月亮沉下去了，山川大地沉浸在殘夜的悲涼中，巍峨的日曲卡雪山像道黑色的幕帷遮住了淡淡的晨光，遠處有貓頭鷹在囂叫。白眉兒睡不著，不知怎麼搞的，一顆心像被一隻無形的手捏住，一陣陣發緊，有一種要出事了的恐怖預感。

牠臥在離冷杉樹約十幾米的一叢灌木裏，凝神注視著冷杉樹上的動靜。

突然，牠看見樹上那個黑影悄然移動了，一寸一寸地從樹冠往樹下溜。人確實比獸聰明得多，阿蠻星離開樹杈後，把一件上衣掛在樹枝上，冷丁一看，還以爲他仍困守在原來的位置上呢。

銀背小公豺睡意正濃，整個豺群都蒙在鼓裏。

白眉兒將身體往灌木叢深處挪了挪，不動聲色。牠知道昔日的主人被圍困在冷杉樹上已經三天，沒吃的也沒喝的，再也沒法堅持下去了；與其被困在樹上活活餓死，還不如冒冒險趁黎明前的黑暗逃跑呢。

黑影順著樹幹滑落地面，動作輕柔，沒發出一點聲響。

黑影到了地面，一改人的直立姿勢，四肢著地，像隻大青猴，身體隱藏在草叢裏，一點一點向骷髏岩外的森林爬去，很快，便從豺群的視界內消失了。

逃吧，逃得越快越好，逃得越遠越好，白眉兒想，也省得自己在狗性和豺性間矛盾動搖，忍受痛苦的折磨。牠是無法既做饒勇的豺王又做忠貞的獵狗的。

偏偏在這個節骨眼上，發生了意外。

大公豺察迪被尿憋醒了，兩條前腿向前伸展，腦袋上翹，腰肢凹落，伸了個頗爲典型的犬科動物的懶腰，朝前走了幾步，抬起左後腿，嘩嘩撒出一泡臊味很濃的熱尿；尿還沒浊盡，牠漫不經心地朝樹冠瞄了一眼，那件空衣裳襯出的人形黑影還在，但豺眼雪亮雪亮，在黑夜中透視度極好，那空衣裳畢竟和真人有所差別，白眉兒在暗中注意到，察迪似乎看出了蹊蹺，尾巴唰地一下豎得筆直，尿線緊急剎住，蓬鬆的豺毛收縮得異常緊湊，朝樹上那件空衣裳凝視了好一陣，似乎有點捉摸不透那黑影的真僞。

月亮早沉下去了，啓明星在黎明前凜冽顫抖的空氣中閃爍不定，能見度太低，豺眼再尖也無法看得十分明瞭。察迪圍著冷杉樹繞了幾匝，鼻尖貼地作嗅聞狀。白眉兒心裏又一陣揪緊，阿蠻星剛剛離開，儘管黎明前山霧濃重，但仍依稀能嗅出點異常氣味來。果然，察迪聞了幾遍後，尖尖的嘴吻朝著啓明星張開，脖頸抻直，擺出一副囂叫報警的模樣。

白眉兒心裏涼得像落了層霜。只要察迪發出報警的囂叫，沉睡中的豺霎時間就會甦醒，群策群力，搜尋嗅聞，跟蹤追擊，很快就會找到還沒逃遠的阿蠻星的。阿蠻星手無寸鐵，精疲力竭，光憑早已退化了的一副白牙和四隻雖靈巧卻軟弱的手腳，是無論如何也逃不脫葬身豺腹的劫難的。

察迪的嘴張開了，卻又奇怪地合攏。事後很長一段時間白眉兒都覺得納悶，爲何察迪要把已到了嗓子眼的報警的叫聲又咽進肚去了。是覺得沒把握吃不準那樹上的獵人是否真已潛逃、怕冒冒失失報警，結果是虛驚一場，受到眾豺的責備？還是覺得正在潛逃中的獵人孤身一人容易對付，想隻身擒敵當一回英雄？這成了千古難解的謎。反正，察迪出於某種動機，竟然欲叫未叫，而是嗅著被濃霧蓋得稀薄難辨的氣味一路小跑而去。

白眉兒來不及細想，也輕輕站起來，尾隨在察迪後面。

轉過一道山灣，便看見一個人影在晨嵐嫋繞的林子裏彳亍。阿蠻星顯然已身心交瘁，手腳並用，半走半爬，跌跌衝衝，模樣狼狽極了。察迪佇立在山崗上，朝人影觀察了一會，不聲不響地拐進一條小路，疾速向前奔馳。

白眉兒曉得，察迪是要繞到前面去進行攔截。白眉兒沒再尾隨察迪，而是徑直追趕阿蠻星。

人的視覺、嗅覺和聽覺都十分糟糕，阿蠻星對正在逼近的危險懵然無知，仍沿著那條牛毛細路往前走。前面出現一道半人高的陡坎，他揪住一根藤子，吃力地想翻過去。他雙手剛攀住陡坎，突然像見著鬼似地尖叫一聲，身體僵住了。

察迪立在陡坎上，兩隻豺眼閃爍著綠熒熒的冷光。

阿蠻星就像是雪做的筋骨，遇著烈焰騰騰的野火，萎了，軟了，癱了，倒了，順著陡坎軟綿綿滑落下來。

察迪前肢微曲，立即就要居高臨下進行撲咬了。毫無疑問，已被折磨得只剩下半條命的阿蠻星，絕對經不起大公豺察迪這凌厲的一擊，轉眼間就會被咬斷喉嚨倒在血泊中的。白眉兒只覺得熱血往腦門上湧，從樹林縱身一躍，跳到了阿蠻星身邊。

黑暗中，阿蠻星還以為又是一隻豺追上來了呢，倒在地上，絕望地哀嘆了一聲。

察迪也以為白眉兒出現是來幫自己一起收拾這可惡的獵人的，呦啾，朝白眉兒歡叫了一聲，兩隻大公豺前後夾擊，眨眼工夫就能乾淨俐落地解決問題。

要是允許白眉兒自由選擇，牠希望既給阿蠻星一條生路，又別去傷害察迪的性命。但此時此刻，豺和人的矛盾尤如水和火一樣無法調和。要麼犧牲昔日的主人，要麼捨棄察迪，牠沒有第三條道路可走。只要站在阿蠻星身邊，牠感情的天平不由自主地就會傾斜過去。

察迪磨動著血紅的豺舌，朝阿蠻星撲了下去。白眉兒不敢遲疑，也凌空躥起，撲在察迪身上，一口叼住察迪的喉管。

可憐的察迪，四肢在地上踢蹬了幾下，來不及發出一聲哀嚚，就再也站不起來了。牠直到咽氣大概都還沒弄明白為啥豺王會要了牠的命。

在白眉兒以迅雷不及掩耳之勢將察迪咬翻的過程中，阿蠻星靠著陡坎坐在地上，看著咬成一團的白眉兒和察迪，不明白是怎麼回事；他無法想像在危急關頭會有一隻豺跳出來救自己的性命，他懷疑自己是不是在做夢。

白眉兒想起自己跟阿蠻星之間的恩恩怨怨，百感交集，心裏酸甜苦辣鹹五味俱全。牠望望躺在血泊中的察迪，又望望癱在地上的阿蠻星，甚至不明白自己爲什麼要這樣做。

天邊出現一道魚肚白，晨光熹微，清晰地勾勒出白眉兒矯健的身影。阿蠻星盯著白眉兒，不斷用手背揉自己的眼睛，喃喃地說：

「你……我在樹上時注意過你，你是那群豺狗的頭；你……你竟然救了我，你的模樣像我養過的獵狗白眉兒；對，你就是白眉兒！」

白眉兒輕輕搖了搖尾巴。

「……要是你真是白眉兒，你就過來舔舔我的手。」他朝牠伸出一隻手來。

白眉兒退後了一步，對牠來說，狗的生涯已經成爲歷史了。

「……你瞞不過我，你一定是白眉兒，我看出來了，你比所有的豺都要高大，你毛色不像豺那麼紅，你眉眼間有一道白斑。唔，我的白眉兒，你救了我的命，我過去誤會你了；讓我們忘掉過去，跟我回家，重新開始生活吧；我要給你蓋間最溫暖的狗窩，天天餵你最新鮮的肉食。」

白眉兒垂著頭，緘默無聲。

晚了，一切都晚了。牠現在有妻子兒女，是埃蒂斯紅豺群的豺王，再也不可能回獵戶寨重新做獵狗了。

「我的白眉兒，跟我回家去吧。」

天邊那道魚肚白逐漸擴展，染上了一層淡淡的水紅，天快亮了。天一亮，豺群甦醒過來，就會發現冷杉樹上那個黑影其實是件空衣裳，就會嗅著氣味追蹤而來，那時，不但昔日的主人阿蠻星插翅難逃，牠也會被牽連進去，白眉兒想。

該結束了，一切都該結束了。牠露出尖利雪白的牙齒，嗷——朝阿蠻星發出一聲威風凜凜的豺嚚。這是恫嚇，是驅趕，也是一種訣別。

阿蠻星驚恐地瞪大眼睛，面對著牠，一步一步後退，退到小路彎口，轉身連滾帶爬地走了。

白眉兒也回轉身來，打算把察迪的屍體收拾掉，突然，牠想起一件性命攸關的事來，拔腿飛也似地朝阿蠻星的背影追去。

很快，牠就在一線天那條險峻的隘口追上了阿蠻星。

牠堵在隘口中央，擋住了阿蠻星的去路。就這樣放他回去，他已知道埃蒂斯紅豺群骷髏岩大本營的位置，萬一帶著人群和狗群來報復，豈不是把埃蒂斯紅豺群給毀了？牠要他放棄前來報復的念頭。

「哦，我的白眉兒，你是回心轉意了想跟我一起回家去，是嗎？」阿蠻星和顏悅色地說。

白眉兒左右平掃著尾巴，汪汪汪發出一串短促的叫聲。

「你既然不想跟我回家，那就讓開路，我要回家了。」

白眉兒把路堵得更死了，還呲牙咧嘴做出一副撲咬狀。

阿蠻星額上滲出了冷汗：「我的白眉兒，你究竟想要幹什麼？唔，你是想告訴我，你不是豺，你是受了老黑狗的冤枉，是嗎？我相信你，過去是我錯了，我錯怪了你，我現在向你賠禮道歉，這總可以了吧。放我走吧。」

白眉兒仍堵在隘口，伸出長長的舌頭，表示自己的意圖沒被理解而焦急萬分。

「我的白眉兒，你到底想要什麼？你快告訴我呀。唔，我急糊塗了，你是狗，狗再聰明也不會說人話的。讓我想想，你爲啥剛才幫了我，現在卻又要堵住我。」他搔著腦殼，皺著眉頭，思索了片刻，用疑惑的口吻說：「我知道，你是那群豺的頭，你不會要我放棄帶著獵人和獵狗回來找豺算帳吧？」

汪，白眉兒理直氣壯地吠叫一聲。

「好吧，我答應你，我回去後不對別人提這件事，永遠忘掉這件事。我發誓，我不會來報復的。」

白眉兒往隘口的岩壁靠了靠，讓出一條道來。

阿蠻星側著身子，從白眉兒身邊走了過去。

目送阿蠻星走遠後，白眉兒回到陡坎，叼起還溫熱的察迪的屍體，拖到一處斷崖邊；察迪死得冤枉，還沒瞑目，兩隻豺眼睜得圓圓的像兩顆野葡萄。白眉兒懷著歉疚的心情，用舌

頭將察迪的眼皮舔合攏，然後將察迪推下斷崖；幾十丈高的斷崖下是波濤洶湧的怒江，察迪掉下去後，只濺起一朵小小的濁浪便消失了。

處理了察迪的屍體後，白眉兒將自己的嘴在蘸滿露水的草地上擦了又擦，把沾在唇吻四周的察迪的血跡洗抹得乾乾淨淨，然後，又用爪子把搏鬥現場梳理了一遍，遮蓋掉所有的痕跡。

回到骷髏岩，天色微明，銀背小公豺還在打瞌睡，豺群也還沒有甦醒。

察迪失蹤已經十幾天了，埃蒂斯紅豺群差不多已經把牠給遺忘了。但夏索爾卻始終沒把察迪淡忘，恰恰相反，察迪的身影幾乎每時每刻都在牠腦袋裏悠轉。

夏索爾如此惦記著察迪，並非對朋友的思念，也不是對友情的緬懷，而是覺得察迪失蹤得太蹊蹺太可疑，裏頭肯定有名堂。

那天清晨，當夏索爾一覺醒來，被圍困在樹上好幾天的獵人不見了。緊接著就發現大公豺察迪也神秘地失蹤了。牠四處尋找，找了整整一天，也不見察迪的蹤影。難道察迪自行出走了？不，不可能。

夏索爾憑著豐富的叢林生活經驗，斷定察迪即使是死在獵人手中，其中也一定別有曲折，另有隱情，絕對不會是普通意義上的一場人與豺的搏殺。

夏索爾不是神仙，當然不可能猜透究竟是怎麼回事，但直覺告訴牠，這件事同白眉兒有關係。這不是憑空瞎想，牠確實看出不少疑點來。

首先，白眉兒未能在有效的撲擊高度裏，把懸吊在樹枝上的獵人拽下樹來，牠覺得這不像是技巧上的疏漏，倒像是有意的失誤。尤其可疑的是，那天清晨，當擔任哨豺的銀背小公豺甦醒後，發現樹冠上只留下一件空衣裳，驚囂起來，大部分豺立刻被驚醒了，連瞌睡最大的幼豺也睜開了眼，整個豺群騷動不安，這時候，白眉兒才伸著懶腰從睡夢中醒來。這顯然不正常。

白眉兒一向機警，不可能睡得那麼痲痹；當豺王的大公豺歷來都是睡覺睜著一隻眼睛，理應在銀背小公豺發出第一聲報警的囂叫時就驚跳起來。白眉兒醒得那麼晚，只有一種解釋，是想讓眾豺看到牠剛剛從睡夢中醒來。這不是欲蓋彌彰是什麼？

爾後發生的事就更加可疑了。冷杉樹下還殘留著獵人的氣味，白眉兒率領著豺群嗅著氣味追擊。這沒什麼，豺王在這種時候就該衝在最前面的。不正常的是，白眉兒越跑越快，把豺群遠遠甩在後頭，到了山灣一道陡坎下，白眉兒發瘋般地又抓又刨又叫又咬，等到夏索爾和眾豺趕到，陡坎下草葉紛飛土屑四濺，一片凌亂，獵人的氣味、察迪的氣味和白眉兒的氣味三種氣味被攪得稀爛。

幹嘛要在陡坎下又抓又刨的？難道獵人和察迪會鑽進地底下去嗎？這不是在有意破壞現場嗎？

察迪的氣味到一處斷崖邊消失了。斷崖下是洶湧的怒江，所有的線索都被掐斷了。察迪

和獵人是否摟抱著一起滾下了斷崖，還是獵人把察迪摔進怒江後自己逃掉了，永遠也找不到確切的答案了。

憤怒的豺群在斷崖邊將銀背小公豺圍了起來。這小子是哨豺，值勤時睡覺，嚴重瀆職，罪責難逃，按埃蒂斯紅豺群的一貫做法，該嚴厲懲罰。這小子本來就不是埃蒂斯紅豺群的血脈，死了也不足惜。就連一向以義母自居的母豺藍尾尖也一改往日慈祥的面容，將惡毒的眼光盯著銀背小公豺。

這小子大概意識到自己末日來臨了，呦呦嗚嗚地哀嚣著，一步步往斷崖邊緣退卻。這時候，白眉兒的表現很不合情理，按理說，銀背小公豺給豺群帶來了這麼大的麻煩，不管是有意還是無意，反正是做了獵人的幫兇，身爲豺王，對這種罪豺，應咆哮著衝過去用爪和牙進行無情的撕咬，以維護豺群鐵的紀律。可白眉兒臉上卻沒有絲毫怒容，不僅沒率先向銀背小公豺撲去，反而站在豺群的包圍圈後頭；當銀背小公豺在豺群激憤的眼光的威逼下，一步步後退退到斷崖邊緣，一步沒踩穩摔下去掉進怒江後，其他豺都覺得不解恨，站在斷崖上往在江水裏徒勞掙扎的銀背小公豺呦呦嗷嗷怪嚣時，夏索爾看見白眉兒竟垂下了頭，轉身離去了，完全是一副羞慚內疚的表情。

假如牠沒在裏頭搗過鬼，羞慚內疚個屁呀。

察迪失蹤後，白眉兒的表現也十分反常，讓夏索爾心裏疑竇叢生。這反常集中在對待母豺娜娜的態度上。

寮迪失蹤，娜娜變成了遺孀、寡婦和未亡豺。無論怎樣稱呼，性質是一樣的，就是變成了失去依靠的孤苦伶仃的母豺。

豺也是有感情的動物，母豺在配偶遭到意外後，一般來說，都要悲痛很長一段時間，過著獨身的日子，直到下次發情期才有可能重覓良婿。對喪偶的母豺來說，這無疑是一段苦澀的日子。公豺母豺聯手搭檔要養活小寶貝尚且不易，獨身母豺就更難了；又處於喪偶的悲痛中，神情恍惚，無心獵食覓食，靠撿食別的豺吃剩的殘渣剩羹過日子，有一頓沒一頓，膝下的幼崽經常餓得小眼珠子發綠，嗷嗷怪嚣。

豺群按弱肉強食的原則生活，很少會憐憫同情；在這種情形下，失去父豺庇護的幼豺十有八九是要餓死的。但娜娜卻沒吃這份寡婦的苦，因爲白眉兒對娜娜出奇地關心。豺群捕獲到獵物後，白眉兒總要在獵物的上等部位撕扯下一大塊肉來，叼著送到娜娜嘴邊。每到宿營地，白眉兒都會動用王者的權勢，把其他豺驅趕走，把娜娜和牠膝下的那對小寶貝安頓在較爲安全的中心圈內。有一次過一條河，河面雖說不寬，卻有點深，白眉兒先叼著自己的一隻豺兒游過河去，返回來後，又叼起娜娜的一隻寶貝游過河去，交叉運送，一視同仁，連藍尾尖都要嫉妒了。

白眉兒的行爲，遠遠超出了豺王對普通臣民的關懷。

開始夏索爾以爲白眉兒這樣做，是覬覦娜娜的年輕美貌，是在獻雄性的殷勤，想占點便宜。這倒是很平常的事，雄性動物嘛，絕大多數都是見異思遷的德性，都是吃著碗裏又瞧著

鍋裏。假如白眉兒真存有這份動機，牠夏索爾決不會大驚小怪去管這等雌雄間的閒事的。察迪已經死了，豺死不能復生，由著白眉兒去盡點丈夫的責任，對察迪留下的那窩遺孤，對整個豺群的興旺發達，都有好處。再說，白眉兒是豺王，豺王多佔有一隻母豺，也不算什麼奢侈。

但夏索爾很快發現，白眉兒並沒有這種享用遺孀的企圖。要是一隻大公豺對一隻母豺有這方面的意思，獻了殷勤之後，就會有一種權利感，就會借機會待在那隻母豺身邊，黏黏乎乎，卿卿我我。但白眉兒卻表現得與眾不同，完全不像是要套近乎，把肉塊扔在娜娜面前，轉身就走，一分鐘也不耽擱，彷彿娜娜身上害著什麼傳染病似的。

夏索爾極仔細地觀察過，白眉兒在娜娜面前，從不嘻皮笑臉露出輕佻相，從不像動情的公豺那樣，兩隻欲火中燒的眼珠子直愣愣盯著娜娜，那副嚴肅正經的樣子，真讓夏索爾懷疑這傢伙是不是閹割過的。倒是娜娜經常得到豺王的恩惠，很不好意思，或者說有點受寵若驚，喪偶的悲痛很快平息，心靈的創傷也漸漸癒合，黯淡的毛色恢復了鮮亮，看白眉兒時，兩顆麻栗色的瞳仁一閃一閃，就像兩隻已裝有誘餌的魚鉤。

有一次，夏索爾親眼看見，當白眉兒把糯滑可口的一大圈牛腸牛肚送到娜娜和三隻幼豺身旁時，娜娜秋波頻送，眉目含情，那根蓬鬆的豺尾翹得老高。對母豺來說，這是一種門戶開放的身體語言。娜娜還吆喝著把三隻幼豺支使開去，草窩窩裏只剩下娜娜和白眉兒；娜娜身體軟得像用春天的陽光捏成的，側躺在白眉兒唇吻下，仰著那張媚臉，宛如一朵渴望雨露滋潤的花朵。白眉兒卻無動於衷，扭過身去小跑著離開了。

夏索爾看見娜娜臉上表情惘然。夏索爾以爲是藍尾尖在附近，白眉兒怕老婆，所以不敢吃已到了嘴邊的肉。牠四下望望，連藍尾尖的影子也沒見到。

夏索爾還做過兩次實驗。第一次，牠裝著對娜娜垂涎三尺的模樣，當著白眉兒的面，百般調戲，強行追逐，白眉兒就像沒看見似的。第二次，牠裝著饑餓難忍的樣子，把娜娜剛從白眉兒那兒得到的一塊肉搶走了，白眉兒見狀勃然大怒，惡狠狠地撲上來同牠廝鬥，直到牠把肉送回娜娜面前做出求饒的姿態這才算完。

這兩個實驗說明一個真理：白眉兒絕非出於兩性的吸引力這才照顧娜娜的。白眉兒的所作所爲，和埃蒂斯紅豺群傳統的行爲規範大相徑庭。

夏索爾不相信世界上會有純粹盡義務做好事的大公豺，不相信豺的道德詞典裏會有無私的同情與憐憫。其中必有隱情，牠想。

夏索爾越想越覺得自己的判斷是正確的。看來，自己過去的懷疑是對了，白眉兒豺的外表下，跳動的其實是一顆狗心。假如身爲豺王的夏索爾真是一條狗，埃蒂斯紅豺群遲早會被引入狗的歧途，遭到種族滅絕的下場。牠夏索爾一定要設法找到確鑿的證據，在眾豺面前剝下白眉兒的僞裝，拯救埃蒂斯紅豺群！

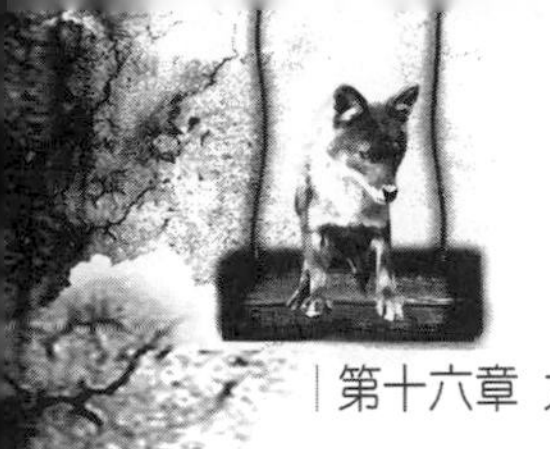

第十六章 大屠殺

白眉兒做夢也沒想到，昔日的主人阿蠻星會這麼快就背信棄義，對埃蒂斯紅豺群骷髏岩大本營進行大規模的圍剿。這真是一場驚天地動鬼神的屠殺，五、六十條各種毛色的獵狗滿山遍野狂吠亂叫，五、六十支獵槍噴吐著一團團耀眼的火光。

這場野蠻的圍剿是在黎明前開始的，豺群毫無防備，頓時亂成一鍋粥。公豺們像無頭蒼蠅似地亂躥，母豺們急忙叼起還在蹣跚學步的幼崽，想奪路突圍。但訓練有素的獵狗封鎖了所有的出口，小路、山頂和灌木叢裏埋伏著塡滿火藥的獵槍。

從第一聲狗吠第一聲槍響起，僅僅半個小時，埃蒂斯紅豺群便損失了三隻成年豺和一隻幼豺。整個豺群被圍困在一條長約半里、寬約五十來米的狹長的骷髏岩裏。四周佈滿了獵槍和獵狗，圍得水泄不通。幸虧骷髏岩滿地都是奇形怪狀的大石頭，遮擋了獵人們瞄準的視線，也給衝鋒陷陣的獵狗製造了障礙增加了難度。

豺群利用岩石作掩護，頑強地抵擋著獵狗的進攻。

突然，在一片狗吠豺囂聲中，響起一聲渾厚的牛角號聲。立刻，獵狗不再吠叫，獵槍也不再射擊，喧鬧的山野變得一片死寂。

隨著牛角號聲，骷髏岩對面那座小山包上站起一個身穿黑色對襟短衫的漢子，濃眉大眼，虎背熊腰。白眉兒不用細看，一眼就認出是昔日的主人阿蠻星。不用說，是阿蠻星組織並率領了這場狩獵。大禍的來由和根源不言自明了。

白眉兒後悔得簡直想咬斷自己的喉管。要是牠不那麼愚蠢和迂腐的話，阿蠻星早就變成豺群的美餐，埃蒂斯紅豺群就絕不會遭到眼前這場滅頂之災了。

你不是答應不來報復的嗎？你怎麼可以出爾反爾呢？白眉兒悲憤地朝阿蠻星長嚚一聲。

夏索爾和好幾隻大公豺也都認出站在小山包上帶領龐大獵隊前來圍剿的，就是那個曾被豺群圍困在冷杉樹上整整三天的獵人，惱怒而又驚詫的嚚叫聲此起彼伏，真正是群情激憤。

小山包上人影晃動，獵狗奔跑，阿蠻星在大聲吆喝著什麼，顯然，他們又要組織一場新的進攻了。

白眉兒發現，前來圍剿的獵人和獵狗起碼有一半是牠不認識的；也就是說，不單是獵戶寨的獵人和獵狗傾巢出動了，阿蠻星還聯絡了鄰村的獵人和獵狗，看樣子是決心要把埃蒂斯紅豺群一網打盡了。

平靜了一小會，新的進攻就開始了。骷髏岩小山谷右側響起狗群狂熱的吠叫，排槍齊射，霰彈打得亂石飛濺，硝煙瀰漫。獵人和獵狗順著山谷從右側向骷髏岩攻過來了，豺群不由自主地向山谷左側退卻。

白眉兒感到奇怪的是，左側山谷口見不到一個獵人，也沒有一條獵狗。難道獵人會網開一面？不，這不可能，這些獵人和獵狗長途跋涉好幾十里山路，又爬山又過河又鑽草窠窠，吃這麼多苦，必欲置豺於死地而後快，是絕不會心慈手軟的。那麼，是獵人疏忽了，忘了該堵死豺群的退路？也不可能。

牠想，假如換了豺群在這個地形下圍截一群羚羊，也不會那麼粗心地留下一個顯而易見的缺口的。人的腦袋比豺的腦袋要聰明許多倍，豺都想得到的事人能想不到嗎？牠還在當獵狗時，多次跟隨阿蠻星進山狩獵，阿蠻星經驗豐富，智慧出眾，絕不是草包獵人。看來，阿蠻星是有意留下這麼個缺口的，既然是有意留下的缺口，那就一定是個圈套，是個陷阱，是個火坑，是要把豺斬盡殺絕的一個大陰謀！牠不能貿然帶領豺群鑽進去的。

白眉兒冒著被尖嘯的霰彈洞穿腦殼的危險，跳上一塊大石頭朝山谷左側望了一眼，山谷口是片荒草甸子；草甸子形如烏龜，幾縷黑煙在草甸子對岸嫋繞升空。牠恐懼得打了個寒噤。

對懼怕火的豺來說，這可是名副其實的火葬場啊。牠恍然大悟，獵人之所以網開一面，其實是要把豺群驅趕進那塊荒草甸子去。初冬無雪，天乾物燥，荒草極易燃燒，一把火就可以把豺群燒個淨光。這主意實在太毒辣，太陰險了。

山谷右側的獵狗越咬越緊，獵人粗獷的撵山吆喝聲也越來越近，豺群被迫無奈地向山谷左側逃跑，很快就接近荒草甸子了。

再也不能猶豫了。白眉兒尖嚣一聲，攔住往草甸子退卻的豺群，然後，豺嘴指向山谷右側，短促地叫了兩聲，用身體語言告訴豺群，必須往這個方向突圍求生。

驚慌失措的豺群你望我我望你，張張豺臉露出驚愕困惑的表情。朝有著成群獵狗和幾十支獵槍把守的方向突圍，這不是飛蛾撲火自尋死路嗎？好幾隻大公豺怪模怪樣地嚣叫起來，以示不滿。

白眉兒來不及解釋了，在大公豺博里的肩胛上狠狠咬了一口，這是一種對不服從豺王指令的懲罰；牠是豺王，任何時候都有權調度豺群的行動。豺群懾於豺王的威勢，轉變了方向。

就在這時，草甸子對岸那幾縷黑煙突然膨脹了，升騰起一股柱狀濃煙，像條張牙舞爪的烏龍，還傳來乾枯的荒草被火焰引著後燃燒的畢剝聲。極有可能是兩處的獵人聯絡信號出了差錯，草甸子對岸舉著松明火把的獵人還以爲豺群已被驅趕進草甸子了，就迫不及待地把火給點著了。

這倒幫了白眉兒的忙，豺群紛紛朝牠發出倖免於難的慨嘆。

豺群雖然避免了全體葬身火海的下場，但形勢依然十分險惡。

對身爲豺王的白眉兒來說，一個難題才下眉頭，另一個難題又上心頭。豺群正按牠的旨意在向山谷右側突圍，但用突圍這個詞顯然是過於誇張了，確切地說，應該是逃難；整個豺群十幾隻公豺二十幾隻母豺，帶著二、三十隻當年出生的幼豺；幼豺年齡尚小，既跑不快，

又不會撲咬，成了群體突圍的一大累贅；母豺們害怕自己的小寶貝在突圍時失散，乾脆把幼豺叼在嘴裏，差不多一隻成年豺嘴裏都叼著一隻幼豺；隊伍鬆鬆垮垮，大豺囂，小豺叫，淒淒慘慘戚戚，活像一群被趕往屠宰場的豬。

前頭有手握獵槍的獵人，還有智力、體力、撲咬技巧和奔跑速度都十分厲害的一大群獵狗；叼著幼豺突圍，勢必嚴重影響奔跑速度，還無法對獵狗反咬一口；極有可能拖兒帶女的豺群剛衝到右側山谷口就被統統殲滅掉。就這樣突圍，無疑是前去送死；要想突圍成功，只有卸掉包袱——把幼豺留在原地！

這個做法雖然很明智，卻很殘忍。瞧這些小傢伙，依偎在母豺身體底下，骨碌骨碌轉動著驚慌不安的小眼睛，對牠們來說，母豺是唯一的保護傘。要讓母豺留下自己的孩子，等於在割母豺的肉；不是萬不得已，白眉兒絕不會這麼做的。

小傢伙們藏匿在骷髏岩的石縫間草叢裏，興許不會被發現，還有一線生機。當豺群突出去後，獵人和獵狗會緊追不捨，離開骷髏岩，這樣的話，小傢伙們留在原地反而能獲得解脫。

不管怎麼說，總比整個豺群徹底覆滅要好得多。

這事，當然只能從自己做起。白眉兒朝藍尾尖使了個眼色，叼起豺女黃圓，放進一個隱秘的石縫。藍尾尖不敢阻攔，又實在捨不得，急得想咬自己的尾巴。其他母豺也都護著自己的幼豺，朝白眉兒呲牙咧嘴地吠叫，以示抗議。

呦嗷——白眉兒威嚴地長囂一聲，以表白豺王不可動搖的決心。

一隻名叫嘉寶的母豺，秋天時一胎生了三隻幼豺，剛出生不久就被金雕抓走了一隻，後來又病死了一隻，只剩下唯一的一隻幼豺了，平時半步都捨不得離開；此刻大概擔心白眉兒硬逼牠留下小寶貝，歇斯底里地尖囂一聲，叼起自己的幼豺就往山谷右側躥去；剛躥到山谷口，從樹叢裏躍出四條獵狗，嘉寶嘴裏叼著幼豺，毫無還手之力，一眨眼的工夫，就被一條花斑獵狗把幼豺搶走了。

山谷外傳來幼豺垂死的嗚咽；嘉寶發瘋般地朝花斑獵狗撲去，大有一種玉石俱焚、同歸於盡的氣概。但還沒等牠的爪子落到花斑獵狗身上，砰地一聲槍響，嘉寶的頭蓋骨被掀開了，爆出一片白白的腦漿。

豺群怔怔地望著，許多豺眼一片駭然。

終於，藍尾尖也叼起豺兒黑圈，學著白眉兒的樣，送到石縫裏。其他母豺跟著仿效，紛紛將自己的寶貝就地藏起來，草叢裏，絕壁上，石縫間，到處是唏噓聲。所有的豺都明白，這是一次凶多吉少的生離死別。有的母豺抓緊片刻時間再餵一次奶，有的公豺銜來樹枝草葉，把藏匿著幼豺的角落僞裝起來。幼豺們生在弱肉強食的叢林裏，懂得在這種情形下該如何表現，都乖乖地縮在父母爲牠們選定的旮旯裏，沒有叫喚，也沒有淘氣。

這時，山谷右側的獵人和獵狗開始謹慎地向前推進，山谷左側草甸子的火焰也借助風勢，往山谷裏灌進陣陣熱浪。

最後的關頭到了，白眉兒匍伏在一塊磐石後面，沉住氣，等待著。那條可惡的花斑獵狗狗膽包天，兇猛地吠叫著衝在最前面。白眉兒等花斑獵狗兩隻狗爪差不多要踩著自己鼻子時，突然像離弦的箭，嗖地一聲從磐石背後躥出來，一口咬住花斑獵狗的後脖頸，霎時間，溫熱的狗血噴了牠一臉，剛才還氣勢洶洶的花斑獵狗便軟得像坨濕泥。

這小小的勝利極大地鼓舞了豺群的鬥志，豺群像股紅色狂飆，刮向獵狗群，和獵狗扭成一團。這是避免獵槍射擊的最好辦法。果然，獵人們乾瞪著眼，舉著獵槍不知往哪兒瞄準。失去了獵槍的庇護，獵狗威風銳減；雖然獵狗數量上超過豺，也只打了個平手。

白眉兒左衝右突，滿嘴都是狗毛狗血，一直處於豺群的最前列。很快，對豺的生活習性多少有點瞭解的獵人就把注意力集中到白眉兒身上。人類的戰爭詞典裏有擒賊先擒王的說法，幾支獵槍同時瞄準了白眉兒的心臟。

白眉兒機警地和一條黑狗糾纏在一起，獵人的扳機無法扣響。

終於，豺群越過獵狗和獵人設置的兩道封鎖線，衝出了小山谷。背後傳來獵狗羞憤的咆哮和獵人惱怒的吆喝。霰彈像一群群無形的小精靈，打得豺群四周濺起一簇簇泥花。

豺群完全可以逃得更快些，快快擺脫死亡的陰影。但白眉兒有意壓住逃亡的速度，與獵狗保持兩三百米的距離；這距離剛好在獵槍的有效射程內。

一隻公豺跑著跑著，後腳桿被鉛彈打斷了，躓顛躓顛落在後頭，很快就被幾條獵狗撕成碎片。一隻母豺腹部被穿了個窟窿，腸子漫流出來，又被樹枝纏住，腸子像繩子似地把牠捆綁了，變成獵槍的活靶子。

要是再逃快些，這些不幸也許是可以避免的，起碼，類似的不幸不會接二連三地發生。可是，白眉兒沉住氣，還是用和獵狗差不多的節奏奔逃著。整個豺群也沒有哪隻豺加快步伐逃到前面去。

所有的豺都想到了這一層：要是自己撒開腿像陣風似的逃得無影無蹤，獵人和獵狗也許就會中止這場徒勞的追逐，就會回轉身去搜索那條狹長的骷髏岩，這樣一來，那些藏匿在草叢石縫間的幼豺就十分危險了。

寧可自己冒生命的危險，也要把獵人和獵狗引得遠些再遠些。

對埃蒂斯紅豺群來說，幼豺是未來是希望，是種族的延伸，是生命的繼續。

從太陽當頂一直跑到太陽偏西，獵人大概都快累斷腿了，這才吹響牛角號，獵狗停止了追擊，豺群總算死裏逃生了。

豺群耐心地等到黑夜降臨，這才又順著原路返回骷髏岩。一走進小山谷，母豺們便急不可耐地長嚚短叫，呼喚自己的心肝寶貝。獵人已經撤走，獵狗也已經遠去，危險就像太陽一樣沉到山底去了；出來吧，小寶貝，媽媽回來了。

骷髏岩一片死寂，沒有任何動靜。

公豺母豺發瘋般地嗅著氣味撲向自己兒女藏身的地方，用爪子刨，用嘴拱，折騰了半天，連一隻幼豺也沒找到。皓月當空，豺群你望我我望你，面面相覷。

很顯然，獵人比豺想像的更聰明更有手腕，追不到豺群，及時踅回骷髏岩，讓嗅覺和豺同樣靈敏的狗把狹長的小山谷徹底搜索了一遍，結果，爪子稚嫩毫無反抗能力的二、三十隻幼豺無一例外都被搜捕出來了。

無法想像幼豺們現在怎麼樣了。也許已被剝皮燙毛，油烹清蒸，當做山珍海味擺到了人類的宴席上；也許還活著，被當做獵人的榮耀挨村挨戶展覽呢；也許被當做訓練的活靶子，讓小獵狗百般戲弄百般虐待……

每隻豺心裏都很明白，不管是死是活，幼豺落到了獵人手裏，絕不會有什麼好下場。

藍尾尖首先用喑啞的嗓門悲嚣起來。悲哀是會傳染的，霎時間，骷髏岩響起一片豺嚣，如泣如訴，哀怨悱惻，誰聽了都會毛骨悚然。

一種絕望的情緒瀰漫在白眉兒的胸臆。

豺不像人類那樣有保健制度，幼豺夭折司空見慣，但過去無論遭遇災荒還是人禍，總有相當數量的幼豺能躲過劫難存活下來，套用人類一句俗話，就是繼承香火。這一次，所有的幼豺一鍋端了，好比生命的長鏈中間斷了一環。對群體來說，這是一種毀滅性的凶兆。

不錯，母豺一年可以生兩胎，從理論上說，這種生存率是相當可觀的，呈幾何級數增長，少一兩隻幼豺似乎無礙種族繁榮的大局。但事實上，母豺要在幼豺長到一歲半或兩歲才會再次發情。扣除因感情因素而不願擇偶交配的母豺，又加上因天災人禍而高得無法想像的死亡率，埃蒂斯紅豺群丁口的增長率剛剛是零。

人類發動了一場和野生動物爭奪生存空間的持久戰爭，失敗的一方只能是野生動物，像埃蒂斯紅豺群這樣群體總數量不減下來，已經是相當不容易了。

眼下這場災難，使埃蒂斯紅豺群的數量從六十來隻一下子減到了三十來隻。豺是有感情的動物，在特定的情景下，感情的力量還相當強大，遭受失子的沉重打擊的母豺會很長一段時間沉浸在悲痛中不能自拔，也就是說，甭指望母豺們會在明年春季發情期正常交配。要是失去了整整一群幼豺，又錯過了一季發情期，種族的延續就成大問題了。

怎麼辦？怎麼辦？

就在這時，左側山谷外刮來一股秋風，傳來幾縷幼豺的哀叫聲。騷亂的豺群立刻安靜下來，隻隻豺都豎起耳朵來諦聽。

咿呀嗽——咿呀嗽——聲音若斷若續，但果真是幼豺在叫。

不等白眉兒發出指令，母豺們便爭先恐後地朝山谷左側躥去。在骨肉情深面前，豺王的權威也是有限的。

這是一塊荒草甸子，獵人放火把枯草燒掉了，變成一塊空曠的平地。滿地都是被燒焦的草梗和銀白色的灰燼。月光如畫，把這塊舖滿白灰的平地照得雪亮。

在草甸子中央，豎著一根木樁，木樁上套著一個鐵繩環，連著一圈繩扣，每隻繩扣都拴著一隻幼豺。幼豺的脖頸上都套著麻繩，散在木樁四周。初冬的夜，寒意料峭，幼豺擠成一團，喊爹叫娘。

白眉兒率領豺群趕到離荒草甸子幾百米遠的一片亂石灘裏停了下來。

豺不是憨頭憨腦的狗熊，也不是魯莽愚鈍的野豬，獵人玩的這套誘捕法，休想瞞得過豺的眼睛。雖說開闊的荒草甸子靜悄悄的，連個人影都瞧不見，也聞不到一絲人的氣味，但誰心裏都很明白，在離荒草甸子不遠的某片樹林或某叢灌木裏，肯定埋伏著一桿桿會噴火閃電的獵槍。

豺世世代代與人為敵，無數隻豺的生命換得一條血的教訓，在與獵人對壘時，看不見危險就是最大的危險。幼豺們拴在草甸子中央的木樁上，絕不可能是獵人在失物招領，讓母豺們把小寶貝帶回叢林去團圓。世界上還沒有這種菩薩心腸的獵人。很顯然，獵人們是有意把幼豺綁在荒草甸子裏的，就像釣魚用的誘餌，引誘豺群去上鉤。

這一招十分毒辣。是的，豺群看透了獵人的狡詐，曉得在靜悄悄的背後隱藏著殺機，但這一招仍然又毒又辣。

假如獵人佈置的是其他圈套，假如是用豬崽羊羔作誘餌，一旦被豺眼看透，一般來講，這圈套也就失效作廢了。唯獨眼前這個圈套，就是被你識破，也不愁你不往裏頭鑽。幼豺和母豺之間，有一根漚不爛斬不斷的愛的繩索；母豺絕不會因為幼豺身邊有圈套而對幼豺棄之不顧的；在任何危險的境地，母愛也不會減弱半分。

饑餓、寒冷、恐懼和被擒捉時的傷痛，使得幼豺們不斷發出嘔嘔哀嚚。幼豺們的哀嚚聲像一支支利箭，準確地射中母豺的心。二十餘隻母豺蹲在白眉兒面前，伸著舌頭，瞳仁綠瑩瑩的，閃爍著懇求的光。尤其是藍尾尖，不停地用爪子搔動白眉兒的頸窩，催促牠快下令衝進荒草甸子去拯救正處在水深火熱中的幼豺。

白眉兒望著荒草甸子裏的幼豺，不敢輕率下命令。

牠曾當過兩年獵犬，耳濡目染，太熟悉獵人玩的這套把戲了。荒草甸子平坦開闊，地上只有一層薄薄的草灰，既沒有可以隱蔽的樹蔭，也沒有可以藏身的石溝土坎，只要一走進去，立刻暴露無遺。對獵人來說，這無疑是十分理想的射擊場，視界開闊，月光明亮，能見度極好。雖然爲了迷惑豺群，獵人把獵狗統統轉移到其他地方去了，豺群不用擔心被狗追攆廝咬，但一支支黑森森的獵槍也就更沒了會誤傷獵狗的顧忌，瞄得準打得狠，發揮比白天更大的威力。

放棄救援幼豺，趕快離開這是非之地，是最明智的做法了。可是，救子心切的母豺們會服從牠的命令嗎？不，不可能的。對母豺來說，前頭即使是龍潭虎穴，刀山火海，也一定要闖一闖的；母豺在這種時候，都是腦袋像盆漿糊的糊塗蛋，都是失去理智的狂命徒，寧可粉身碎骨也不會退卻的。

假如犧牲幾隻成年豺的性命就能救出被拴在木樁上的二、三十隻幼豺，牠白眉兒不會猶豫不決的——以較小的代價獲取較大的利益，這筆帳豺也會算；現在的問題是，明擺著的，衝進荒草甸子去救幼豺，等於白白送死！

但假如牠阻止母豺前去救援，一意孤行，責令豺群撤走，勢必觸犯眾怒，沒有哪隻豺肯聽牠的。

怎麼辦？好爲難！

白眉兒憂心如焚，豺腦筋開不了竅，拚命想也想不出個既能保全母豺們性命又能救幼豺脫出苦海的兩全之策。

時間像流水似地靜靜流淌。銀盤似的月亮當空高懸，夜已經很深了。

藍尾尖等得不耐煩了，躥到白眉兒面前，張嘴在牠肩胛不輕不重地啃了一口，啃去幾綹豺毛。其他母豺也依葫蘆畫瓢，躥上來啃咬。

這是一種催促，一種威逼。白眉兒躲閃著，仍沒有要衝進草甸子去的表示。許多母豺的胸膛裏響起一片咕嚕咕嚕聲，表達對牠的失望和輕蔑，也是一種埋怨和憤慨。

白眉兒委屈地低囂了幾聲。牠何嘗不想衝進荒草甸子去把幼豺們救出來呢。牠是豺王，是群體的酋領，只有種族興旺，才有牠的顯赫威勢。拋卻豺王的身分不說，作爲藍尾尖的配偶，作爲黃圓和黑圈的父親，牠也恨不得立刻長出三頭六臂來，把埋伏在草甸子附近的獵人統統趕走，把幼豺解救出來。牠也不乏父親的愛心啊。可是，感情衝動並不能解決問題。除了父親的責任，牠還肩負著豺王的重擔，牠有義務使種群從瀕臨滅絕的邊緣解脫出來，牠不能看著整個豺群慘遭毀滅。

藍尾尖、娜娜和另幾隻母豺顯然不滿意牠的優柔寡斷，翹起尾巴在牠臉上羞辱地掃了兩下，從牠身邊跳開去。

夏索爾不知什麼時候已跳到了一塊大石頭上，挺著胸脯面朝著荒草甸子，目光如炬，耳廓筆直，渾身上下無所畏懼的英雄氣概，一副慷慨赴難、不惜赴湯蹈火的模樣。夏索爾一隻前爪和一隻後爪不停地刨著地，這是即將向目標撲躍的信號。就像磁石具有吸力似的，好幾隻母豺迅速向夏索爾聚攏過去。夏索爾得意得連眼角都快扯到耳根了。

白眉兒差點沒暈過去。都什麼時候了，夏索爾還想著要來同牠爭奪地位！要是夏索爾果真能把幼豺救出來，牠白眉兒甘心情願拱手把豺王位置讓出來。但憑夏索爾的這點能耐，是絕對救不出幼豺的，這傢伙無非是想利用眼前這場危機把牠白眉兒比下去罷了。這無聊透頂的地位角逐，將會把整個豺群斷送掉的。

牠想上前阻攔，但還沒等牠跑到夏索爾面前，藍尾尖就用身體擋住了牠。

藍尾尖乜斜著眼，眼光充滿鄙夷和蔑視，彷彿在看一隻膽小的兔子。藍尾尖這種態度是可以理解的；在自己的小寶貝身陷絕境時，不敢挺身而出的公豺簡直就不是公豺，豺王當然也就不配再做豺王了！

真正是眾叛親離。白眉兒明白，假如牠再前去阻攔夏索爾的愚蠢的行為，牠的一番苦心更會被當作驢肝肺，牠的明智和謹慎會被視為懦弱怕死，牠對群體的赤膽忠誠會被誤解成把群體的生存當兒戲；但假如牠聽任夏索爾率領豺群衝進草甸子去，一場毀滅性的災難就會發

生，寧靜的荒草甸子轉眼間就會變成埃蒂斯紅豺群的集體墓地。

阻攔不行，聽之任之也不行；牠必須當機立斷，拿出克服危機的好辦法來。

真是急中生智，牠腦子裏驀地跳出一個絕妙的主意：隻身跑進開闊的草甸子去，與比狐狸更狡猾的獵人展開一場智鬥！

牠是狗，準確地說牠曾經做過狗，牠身上有一半狗的血統，牠皮毛不像純粹的豺那樣紅豔，牠會像狗那樣吠叫，會甩尾巴，除了瞭解內情的阿蠻星外，眼睛再尖的獵人也休想一眼就看出牠豺的真面貌來。假如牠出其不意地跑進荒草甸子，甩動尾巴，發出汪汪叫聲，埋伏在暗處的獵人會以爲是誰家跑散的獵狗，那就不會斷然朝牠開槍，牠便有時間有機會走到草甸子中央的木樁旁，咬斷繩索，救出幼豺來！

出奇制勝，這辦法也許能行。

白眉兒衝動地往前跑了兩步，猛地又收斂住四條腿。不錯，這主意很絕，有一定把握能救出幼豺。但牠一旦這樣做了，就等於不打自招，在眾豺面前暴露出自己狗的血統。豺們認清牠狗的真面目後，絕不會再擁戴牠做豺王了，恐怕也不會再容忍牠留在埃蒂斯紅豺群中了。

牠跳出去用狗的吠叫狗的搖尾迷惑獵人，要是精明的獵人看出破綻，在毫無遮蔽的開闊地裏，在明亮的月光下，在那麼近的距離內，只消一顆鉛彈，就可以把牠的腦袋打得像開瓢的葫蘆；要是精明的獵人由於一時疏忽而沒能看出破綻，牠救出了幼豺，也會葬送自己在埃蒂斯紅豺群的錦繡前程，說不定憤怒的豺群會要了牠的身家性命。

牠跳出去救幼豺，成功也好，不成功也好，對牠來說，結果都很不妙。生命都是自私的，牠何苦要白白犧牲掉自己呢。豺的一生，生命只有一次，死了不能復生。雖說救出幼豺後，埃蒂斯紅豺群可能劫後餘生，但牠不存在了，豺群的興衰對牠來說還有什麼意義呢？

大公無私對豺來說就是傻瓜的意思。

白眉兒又退回亂石灘。藍尾尖憎惡地朝牠嚚叫一聲，緊緊地貼到夏索爾身邊去了。救子心切的母豺們眾星拱月般地圍著夏索爾。夏索爾一副躊躇滿志、力挽狂濤的表情，順著亂石灘小踏步向前運動，很明顯，是在尋找一條最佳路線向荒草甸子中央的木樁衝擊。

埃蒂斯紅豺群的生死存亡處於千鈞一髮的危急關頭。

白眉兒望著精神極度亢奮的藍尾尖，一股熱血直衝腦門。藍尾尖是牠心愛的妻子，現在還亂蹦亂跳，幾分鐘後，就會倒在獵人的槍口下。還有牠心愛的寶貝黃圓和黑圈，也難免在這場屠殺中喪命的。牠是黃圓和黑圈的父親，牠有責任保護牠們，使牠們免遭殺戮。

牠如果苟且偷安，爲了自己的安全不裝成狗跑進草甸子去，不僅藍尾尖會死於非命，黃圓和黑圈也將成爲人類的盤中餐。牠最親近的豺都死了，埃蒂斯紅豺群都毀滅了，牠獨自活在這個世界上，還有什麼意義？

牠不想大公無私，但牠更不想成爲群體毀滅後的孤魂；牠可以割捨一切，但割捨不掉黃

圓和黑圈；牠們是牠基因的複製品，是牠生命的延續。

罷罷罷，寧可暴露出自己狗的血統，也要把幼豺救出來！爲了救出黃圓和黑圈，爲了整個種族的利益，牠只好鋌而走險了。

就在夏索爾率領母豺們，準備孤注一擲衝出亂石灘的一瞬間，白眉兒旋風般地躥進荒草甸子。

汪汪汪汪，寂靜的草甸子爆響起一串清亮的狗吠聲。

這吠叫聲那麼純正，那麼標準，那麼道地，那麼圓熟，一聽就知道是條真正的狗在叫。背後的亂石灘一片沉寂，白眉兒不用回頭看就可以想像得到，整個豺群包括牠的妻子藍尾尖在內，都被這突如其來的變化驚得目瞪口呆。

荒草甸子正前方約五、六十米遠那片十分可疑的灌木叢沒有任何動靜，其實，荷槍實彈的獵人就埋伏在哪兒，但獵人們是不會輕易向獵狗開槍的。

埃蒂斯紅豺群真是不幸中的大幸，此刻輪換值勤的那撥獵人剛巧不是獵戶寨的，也就是說，瞭解白眉兒底細的阿蠻星沒在場。

月光如畫，被燒成一片灰燼的荒草甸子，像鋪著一層明亮的水銀。白眉兒一面吠叫，一面朝草甸子中央的木樁慢慢靠攏。牠不能跑得太快，獵狗對不明真相的可疑東西都是這樣靠近的，牠不能違反常規，讓獵人瞧出破綻來。

牠的爪子踏在厚厚的草灰上，揚起一團團輕煙似的灰塵。牠一路搖動著尾巴。牠已經兩年沒像狗那樣搖過尾巴了，剛開始搖時，未免有點生硬，東刺西掃，上擺下甩，風格不像地道的狗，尾尖總帶著野性的稜角；但很快，尾巴就搖得嫻熟起來，在空中甩出一個個漂亮的圓圈，像花影，像水紋，像一隻隻小月亮。

再有叢林生活經驗的獵人看到牠搖尾、聽到牠吠叫，做夢也不會想到牠是喬裝的狗。

牠已接近木樁，幼豺們嗅到了熟悉的氣味，嗚呀嗚呀朝牠急切地呼叫著。牠的黃圓和黑圈用爪子扒動脖頸上的繩索，掙扎著欲撲進牠的懷來。幸虧人類智慧的大腦還未能破譯出豺的語言，聽不懂幼豺們在嚷些啥，不然的話，肯定是天機洩露，功虧一簣。

白眉兒儘量做得像條真正的獵狗那樣，朝木樁氣勢洶洶地咆哮著，躍躍欲撲，彷彿隨時準備把幼豺撕咬成碎片。

埋伏在灌木叢的獵人果真以爲白眉兒是條跑散的獵狗，出於狗性的本能，在撲咬幼豺呢；對獵人來說，這當然是又氣又好笑的事，很快傳來噓噓的驅趕聲。

「這是哪家的狗，怎麼這般討厭。」

「看不清是誰家的狗，他媽的，興許是其他寨子的獵狗，繩子沒拴牢，溜出來玩的，聞到豺的氣味後就跑來了。」

「快，把這該死的狗攆走！有狗在這裏，想來救幼豺的母豺不敢靠近木樁的。」

「對對，要把狗轟走，不然的話，豺會發現我們在這裏打埋伏的。」

「噓——滾開！噓——滾開！」

幾顆小石子和幾塊土坷垃扔了過來，劈哩啪啦掉在白眉兒周圍。

白眉兒挨了打，心裏反而高興。假如獵人看穿牠豺的真面貌，扔過來的就不會是小石子和土坷垃了。他們完全把牠當做一條不懂事的前來搗亂的狗了。這正是牠所希望發生的誤會。牠裝著是條傻乎乎的狗，不懂得獵人在向牠喳呼些啥，更爲兇猛地撲向木椿。

牠終於到了幼豺身邊。幼豺們被麻繩拴在木椿上，好幾隻幼豺身上血跡斑斑。這是狗爪和人手製造的罪孽。

牠繞到木椿後面，這樣木椿就能擋住獵人的視線。牠狠狠朝前噬咬了一口。當然是咬在麻繩上。麻繩又粗又堅韌，牠只咬開了幾縷麻絲。牠又後退幾步，暴露在月光下，再次朝木椿撲咬。

「這瘟狗，要壞了我們的好事了。」

「他媽的，乾脆把這該死的狗斃了算啦。」

灌木林裏傳來粗魯的叱罵聲，還傳來嘩嘩拉動槍栓的聲響。

「別胡來，別亂開槍，」一個蒼老的聲音出面阻止道，「打狗要看看主人的面，別稀里糊塗跟誰結下怨仇。再說，打死了珍貴的獵狗，你們賠得起嗎?」

「可這瘟狗，比豬還笨，攆也攆不走，再讓牠胡鬧下去，那些誘子都會讓牠給咬死的呀!」

「阿龍，你去，用棍子攆走這瘟狗!」蒼老的聲音吩咐道。

一個瘦高男人從灌木叢裏探出身來，手裏提著一根結實的打狗棍，快步朝草甸子走來。

再也不能耽擱了，白眉兒想，一不做二不休，乾脆趴在木樁上，拚命啃咬那根麻繩。喀嚓喀嚓，啃咬聲響亮而急促。老天保佑，木樁遮住了獵人的視線，他們還以爲牠是在啃咬幼豺的骨頭了。

瘦高男人揮動棍子氣勢洶洶趕了過來。

砰，一聲輕微的悶響，那根把所有幼豺繫牢在木樁上的粗粗的麻繩被咬斷了。幼豺們雖然彼此間還被細麻繩拴結在一起，但總算擺脫了木樁的桎梏，歡呼著朝白眉兒簇擁過來。

白眉兒急忙跳到幼豺與灌木叢之間，尾朝灌木叢，頭朝亂石灘，竭盡全身力氣，汪汪汪發出一串撕心裂肺般的狗吠聲。聲音尖厲刺耳，窮兇極惡得就像一條瘋狗。

牠要把幼豺們驅趕進亂石灘去。

小傢伙脖頸上的細麻繩還沒解開，二、三十隻幼豺互相牽拉著，還處於危險的連環套中。瘦高男人舉著棍子逼近了，現在還不到歡慶勝利的時候呢。

歡天喜地的幼豺們受到驚嚇，掉轉頭來朝亂石灘奔逃。

幼豺們只要逃進亂石灘，早就等得心急如焚的母豺們就會不聲不響地躥到自己的寶貝前，迅速咬斷牠們脖頸上的細麻繩。

白眉兒在後面狂吠亂吼，幼豺們跌跌衝衝朝亂石灘逃。那情景，活像是得意忘形的獵狗在襲擊一群喪魂落魄的幼豺。

瘦高男人已追到白眉兒的身旁，咬牙切齒地說：「憨狗，把誘子全給放跑了，看我不砸斷你的腿！」

木棍貼著地面掃蕩過來，白眉兒早有防備，縱身一躍，躲閃開去。

真是節外生枝。就在白眉兒躲閃木棍之際，黃圓和黑圈不知是嚇暈了頭還是想來幫父豺共同對付瘦高男人，跑著跑著竟轉過身來；二、三十隻幼豺脖頸上的細麻繩都結牢在一根粗麻繩上，還沒解開，互相牽扯著，只能往同一個方向跑，冷不防有兩隻幼豺逸出群來朝反方向運動，立刻就亂了套，力量互相抵消，你拉我扯，在原地打轉轉，誰也走不了。

瘦高男人氣咻咻趕上來，暫且把白眉兒放下不管，彎腰就去撿那根粗麻繩。對瘦高男人來說，別讓好不容易抓獲的幼豺逃散了，這是最主要的，對付一條犯傻的瘋狗，怎麼說也是次要的。

瘦高男人只要捏牢粗麻繩頭，提綱挈領，一大串幼豺誰也休想跑得掉了。粗麻繩頭在草灰中扭曲翻滾，像條小麻蛇。瘦高男人撿了一次沒撿著，又撅起屁股來撿第二次，糟糕，竟然讓他撿到手了。

白眉兒嗖地一聲往他的雙腳間躥跳，這等於使了個絆子。撲通一聲，瘦高男人跌了個嘴啃泥，粗麻繩頭從他手中飛脫了。

白眉兒也被瘦高男人踢倒，滾得滿身都是草灰。黃圓和黑圈被嚇得又回轉身去，與其他幼豺一起朝亂石灘逃跑。

瘦高男人和白眉兒幾乎同時從地上翻爬起來。瘦高男人眼疾手快，朝白眉兒當頭一棍砸下來。白眉兒頭一偏，棍梢沒砸在牠頭上，而是落在牠一條前腿上，喀嚓一聲，腿骨被打折了，火燒火燎般疼。剎那間，牠忘了自己正在扮演的狗的角色，在極度疼痛的刺激下，反射動作地揚起脖頸慘嚣了一聲。

呦——叫聲尖厲粗啞，有一種血腥的顫動，夠標準的豺嚣。

霎那間，瘦高男人那張驢臉恐怖地扭曲了，眼睛驚駭得像要從眼眶裏蹦跳出來，扔下木棍，撒腿就往回奔。他雙手擎過頭頂亂舞亂招，用顫抖的聲音大叫道：

「是豺……這瘟狗是豺！我們上當啦，快，快開槍！」

這時，幼豺們已經跑進了亂石灘，黑黝黝的亂石灘裏一片沙沙聲。白眉兒曉得，這是母豺們在啃咬幼豺脖頸上的細麻繩。這需要時間。瘦高男人正處在亂石灘與灌木叢之間的位置，擋住了獵槍的射線，獵人怕誤傷同類，所以才遲遲沒扣動扳機的。一旦讓瘦高男人跑回灌木叢，子彈就會像蝗蟲般地飛來，不但牠白眉兒將死於非命，母豺和幼豺們也肯定會有大半被亂槍擊中，飲彈殞命。

需要一塊擋箭牌，瘦高男人是最好的擋箭牌！

白眉兒勾起那條傷腿，用三條腿不顧一切地撲躥上去。牠和瘦高男人相距僅兩三米，要是牠的一條前腿沒被木棍打折，牠完全可以撲到他的頭頂，一下把他撲倒在地，咬住他的後頸椎，使他沒有還手之力。但那條傷腿影響了牠的撲躍能力，牠雖然使出了吃奶的力氣，卻

只撲到他的腿上，沒辦法，只好將就著叼住他的腿肚子。

「哎約，畜生！」瘦高男人叫了一聲，回轉身來，雙手卡住牠的脖子。到底是獵人，不乏膽魄和力氣，同牠在草灰上滾作一團。

獵槍沒有響，這就好，牠就是要讓獵槍不敢輕易扣響。

瘦高男人顯得很有格鬥經驗，雙手死死卡住牠的脖頸，使牠尖厲的豺牙只能咬到月光下濕冷的空氣。牠的三隻豺爪狠命搔抓他的身體，他也不示弱，用手肘叩擊牠剛折斷的那條前腿。碎骨頭在傷腿裏喀嚓啦響，疼得牠全身抽搐，三隻好爪子也變得綿軟，不像在撕扯，倒像在搔癢。

那雙骨節粗壯的手掐在牠脖子上，掐得牠眼冒金星，快喘不過氣來了。

白眉兒雖然處境很不利，但並非被動得沒法脫身。牠和人打過交道，知道人的胯下部位是個薄弱環節，只要牠蹬準了，他一定會痛得鬆開手，牠就可以趁機逃走了。

可牠只是想想而已，沒這樣做。牠脫身容易，但豺群還沒離開亂石灘，還處在獵槍的有效射程裏，牠必須糾纏住瘦高男人，給母豺們爭取到寶貴的時間。

灌木叢裏傳來長刀出鞘的聲響，好幾個人影鑽了出來，要來幫瘦高男人的忙。

這時，亂石灘傳來母豺們如釋重負的輕嚣，月光下一長串黑影躥進離亂石灘不遠的樹林。白眉兒舒了口氣，母豺們終於咬斷了幼豺脖頸上的細麻繩，埃蒂斯紅豺群獲救了！

幾位獵人兇神惡煞般地趕過來了。白眉兒不敢再遲疑，兩條後腿迅速在瘦高男人胯下一蹬，隨著一聲慘叫，那雙掐住牠脖子的手痙攣了一下，白眉兒趁機彈跳起來，往亂石灘躥去。

牠遲了半步，一個光頭獵人就在牠轉身欲逃時趕到牠身後，揚起一刀。牠只覺得屁股上一陣發麻，好像什麼東西掉了，也來不及回頭看一眼，就一頭扎進亂石灘去。一塊一塊的大石頭立刻吞沒了牠的身影。

背後傳來獵人憤慨的叫罵聲，乒乒乓乓，獵槍隨即打響了，子彈打得樹葉紛飛，打得碎石迸濺。白眉兒貼著大石頭繞來拐去，謝天謝地，沒讓子彈給撞著。

獵人為了不暴露埋伏的位置，把獵狗都集中到一個地方拴起來了，要不然的話，牠白眉兒斷了一條腿，怎麼也逃不脫獵狗的追擊的。

第十七章　徹底絕望

獵人的吶喊聲叫罵聲漸漸遠了，槍聲也停歇了。月亮辛苦了一夜，也沉到山峰背後睡覺去了。危險已經過去，白眉兒這才放慢步子，想喘口氣。

一陣涼風吹來，牠覺得屁股上疼得厲害，習慣性地想擺擺尾巴——好像很不對勁，尾根空蕩蕩的，少了一樣什麼東西似的。牠側臥在地，頭尾向上翹動，這才看清，自己的尾巴已經給那個光頭獵人砍掉了，屁股尖也被削掉一大塊肉，滴著血。

雖然斷了條腿，掉了條尾，總算沒丟掉性命，也是不幸中的大幸。牠在箐溝裏找到一叢大葉藤，嚼爛了，吐在山泉旁稀濕的泥土裏，用爪子攪拌一下，然後坐上去。這是豺獨特的濕土療法，能止血養傷。

天亮後，尾根的創口終於止住了血。

牠一瘸一拐地往前走。牠要去追趕埃蒂斯紅豺群。牠沒了尾巴，又斷了一條前腿，很難獨自在險惡的叢林裏生存下去，即使不餓死，也忍受不了孤獨與寂寞。牠要回豺群去，那兒有牠的妻子和一對小寶貝。

牠熟悉埃蒂斯紅豺群的活動路線，濕漉漉的草地上滯留著豺群的氣味，牠嗅聞著，穿過叢林，蹚過河流，越過山巒，一路追趕。

夕陽西下時，牠來到日曲卡山麓下的尕瑪兒草原。湛藍的天空下是巍峨的雪峰，還沒結冰的碧綠的小溪和金色的牧草。豺群的氣味在草地上空瀰散著，卻望不見一隻豺。

白眉兒正在納悶，冷不丁從金色的牧草裏齊嶄嶄升起一片豺的腦袋。

哦，正是牠日夜追趕的埃蒂斯紅豺群。

白眉兒呦地歡叫一聲，顛著那條傷腿奔過去。

——我回來了！我終於找到你們了！

牠才奔了幾步，就不得不停下來。

氣氛很不對頭，豺群沒有任何歡迎的表示，連藍尾尖也沒流露出一絲一毫重逢的熱情。

牠又試探著朝前跨了兩步。夏索爾跳到眾豺前頭，用低沉的聲音向牠長嚣一聲。剎那間，所有的成年豺頸項和脊背上的絨毛都豎直起來，眼睛裏閃動著一片冷冷的敵意。

白眉兒無可奈何地停下來。牠明白了，豺群拒絕牠靠攏，也就是說，拒絕牠歸隊。

原因用不著牠們解釋牠也清楚，牠們發現了牠身上狗的血統，把牠看作異類。

這不公平，牠想，要不是牠冒著生命危險，用狗的吠叫和狗甩尾巴迷惑了灌木叢裏的獵人，二、三十隻幼豺此刻還被當做誘子拴在木樁上呢；要不是牠及時制止夏索爾魯莽的行爲，絕大部分母豺早就死在獵人的槍口下了；牠是幼豺們的救星，也是整個埃蒂斯紅豺群的救星！牠們理應像歡迎凱旋的英雄那樣歡迎牠的歸來。

不錯，牠是有狗的血統，牠有過兩年對豺來說極不光彩的獵狗的歷史。但這畢竟已成為過去的事。牠現在是道地的豺，要不是面臨種群毀滅的嚴峻關頭，牠這輩子是不會再發出一聲狗吠、甩一次狗尾巴的。牠自己都差不多把狗的過去遺忘了呀。

牠感到委屈極了，呦嚦呦嚦發出一串淒厲的豺囂。豺群無動於衷，仍敵視著牠。

這真是一群沒有心肝的用花崗岩雕成的豺。

尤其是夏索爾，不斷地用舌頭磨礪著爪和牙，那種肢體語言，分明是在警告牠趕快離開，不然的話，就要訴諸武力了。

夏索爾肯定在裏頭搗了鬼，白眉兒想，這遜位的前豺王從來就嫉恨牠，一天也沒停止過想要復辟倒算。夏索爾肯定利用眾豺恨狗的心理，搧風點火，推波助瀾，目的就是要把牠拒之於豺群外。牠離開了豺群，夏索爾就可以重新做豺王了。瞧眼前這架勢，眾豺呈一字形排列在金色的牧草間，而夏索爾卻鶴立雞群般站立在隆起的土丘上，顯然這傢伙已經篡奪了王位。

望著眼前的情景，白眉兒真是悔恨交加。要是自己在一年半前眾豺擁戴牠當豺王時，沒那份狗的惻隱，堅決按埃蒂斯紅豺群的規矩辦事，把遜位的夏索爾逐出豺群，讓牠當漂泊荒野無群可歸的孤豺，或者貶為地位最低等的苦豺，然後再找個機會讓其在險象環生的狩獵中死於非命，今天的事也許就不會發生了。

人類沒有後悔藥可吃，豺也沒有後悔藥可吃。

夏索爾不讓牠歸群的目的，無非是想搶班奪權，白眉兒想，自己跛了一條腿，還失去了尾巴，捕食能力銳減，相貌也變得醜陋，再做埃蒂斯紅豺群的豺王也確實不太合適，只要能同意牠歸隊，牠願意交出權柄，順從夏索爾的心願，做一個普通的臣民。牠愛藍尾尖，愛黃圓和黑圈，需要一個溫馨的家。

牠三條直立的豺腿發軟發顫，彎曲跪臥在地，嗚嚕嗚嚕哀叫著，朝夏索爾不斷乞求：

——我願意當順民，請收留我吧！

——我擁護你做豺王，請不要遺棄我！

夏索爾高昂著頭顱，完全不屑一顧。

白眉兒轉過身來，朝藍尾尖哀叫。藍尾尖，念在我們過去的恩愛，看在黃圓和黑圈的份上，來吧，到我身邊來，夫妻團圓，家庭團聚。

藍尾尖用一種陌生的眼光打量牠。

白眉兒不相信一夜之間，藍尾尖就翻臉不認牠，把夫妻恩愛拋卻乾淨。牠匍伏著向藍尾尖爬去。還沒等牠爬進金色的牧草，藍尾尖就側著身子跳到夏索爾身邊去了。藍尾尖乜斜著眼，歪咂著嘴，就像在躲避瘟疫。

到了夏索爾身邊後，藍尾尖不知是出於一種什麼樣的心理動機，竟將自己的玉體貼在夏索爾的脊梁上，玉頸黏在夏索爾的後頸項。夏索爾伸出舌頭，溫柔地舔舔藍尾尖的面頰，這是典型的母豺受到驚嚇後向有力量的公豺求救，公豺在安慰體貼的表現。

白眉兒腦袋裏爆出一團金星，氣得差不多七竅生煙了。牠也是一隻血性公豺，忍受不了這般奇恥大辱。牠火從心頭起，惡向膽邊生，嗖地跳起來，朝夏索爾撲過去。咬死這復辟篡位的蟊賊，奪回豺王寶座，殺一儆百，威懾眾豺，看誰還敢用看狗的眼光來看牠！

牠雖然跛了一條前腿，還失去了能在空中保持身體平衡的尾巴，但威風尚在，廝殺的經驗尚在，委屈和憤懣又使牠爆發出無限的勇氣和蠻力。牠撲躍得那麼漂亮，像道新生的虹，在空中劃出一道耀眼的弧線；牠的落點選得那麼準確，直刺夏索爾的頸椎；牠的動作那麼迅疾，如雀鳥起飛，不但散在金色牧草裏的眾豺沒反應過來，連夏索爾也來不及回轉神來，呆呆地像隻犯傻的企鵝。

白眉兒此時雖還躍在空中，心裏卻已有一種穩操勝劵的快慰，牠張開頷骨，亮出尖利的犬牙，一挺腰，像魚鷹似的腦袋向下刺將下去。牠肯定能一口咬中夏索爾的頸椎，牠的爪和牙已經用仇恨的鏃水淬過了，只消咬這一口，就能讓夏索爾永遠也休想再站起來。

就在這時，金色的牧草間躥起一條紅色，像片炙熱的火焰，燒到牠那條還沒受傷的前腿。牠半途摔下來，沒撲中夏索爾，而是落在夏索爾前面約一米遠的一叢枯萎的野罌粟花裏，咬了一嘴泥土。

牠不明白發生了什麼事，驚訝地望過去，哦，是藍尾尖站在牠和夏索爾中間。牠明白了，十分熟悉牠眼神和脾性的藍尾尖及時窺見了牠內心的衝動，曉得牠要反抗了，在其他豺還沒來得及醒悟的一瞬間，起跳阻截了牠的噬咬。

白眉兒心裏一陣絞痛，一陣麻木，又一陣絞痛又一陣麻木；絞痛和麻木的感覺交錯襲來，就像被劇毒的金環蛇咬中了似的。牠愛藍尾尖，願意為藍尾尖和一對小寶貝去死，可換來的是什麼呢，是絕情絕義！我贈你美味的羊肝，你還我有毒的蠍子。牠的心碎了。

牠氣得兩眼發黑，恍然間，藍尾尖幻變成了一條雙頭怪蛇，絲絲吐著兩道鮮紅的蛇信子，一道瞄準牠的肉體，一道瞄準牠的靈魂；牠要咬死這隻絕情絕義的母豺，就像咬死可怕的雙頭蛇一樣。你不仁我不義，這才算公平交易。

牠意念朝前躍動，但身體卻在原地紋絲不動。牠吃了一驚，低頭一看，這才發現自己另一條前腿被藍尾尖咬脫了臼，小腿骨在豺皮下晃蕩著，已經沒法再復原了。

牠悲憤地朝藍尾尖發出一聲長嚣。

豺群從呆愣狀態下回過神來，嘩地一聲把白眉兒圍了起來，每一隻成年豺眼中都蘊含著殺機。

白眉兒那顆似豺非豺似狗非狗的心涼成冰坨子。牠徹底絕望了，看來，不僅僅是夏索爾想篡位而趁機陷害牠，埃蒂斯紅豺群每一隻成年豺都恨牠，都不能容忍牠的存在。因為牠身上有狗的血統，因為牠曾經做過狗，豺和狗是水火不相容的。

妻子沒有了，兒女沒有了，家毀了，兩條前腿又都斷了，牠完蛋了，徹底完蛋了。突然間，牠揚起脖頸，發出一串汪汪汪的狗吠聲。這是絕望的瘋狂，是毀滅的發洩，是變態的撒野。牠活不成了，牠也不想活了。

汪汪汪，汪汪汪。

我就是狗，就是道地的獵狗，來吧，撲上來吧，野蠻下賤的豺，來吧，撕碎我，咬斷我脆弱的喉管，喝我的血，吃我的肉，來吧！

汪汪汪，汪汪汪。

你們不是最恨狗嗎，你們不是隻隻豺身上都有一本狗的血淚帳嗎？那麼就請來吧，用你們骯髒的豺爪豺牙，在我身上發洩你們對狗的世仇宿怨吧！道地的狗吠聲在靜謐的草原傳播得很遠很遠。一輪紅日給這悲愴的狗吠聲塗上了一層濃重的血色。

夏索爾沒有撲上來，眾豺也沒有撲上來。恰恰相反，夏索爾一步步朝後退卻，眾豺撤消了包圍圈，也跟著退進了金色的牧草。

猛地，豺群一齊掉轉頭去，飛也似地朝遠處一條幽深的山谷跑去。

牠們離開牠了，牠們拋卻牠了，牠們遺棄牠了。牠發瘋般地汪汪汪亂吠亂叫，想激怒牠們豺的聽覺神經，但無濟於事，遠方的山谷出現一群躍動的小黑點，再過一會兒，就什麼也看不見了。

牠孤獨地躺在尕瑪兒草原上，不知道自己究竟是狗還是豺。牠做過狗，也做過豺。做狗的時候是條好狗，做豺的時候是隻好豺。遺憾的是，狗也不讓牠做，豺也不讓牠做，牠覺得自己是非狗非豺的怪胎。

牠的兩條前腿都斷了，牠站不起來了，牠只能在地上慢慢爬行，牠連最笨拙的穿山甲也追攆不上了，牠會活活地餓死在這裏的。牠傷感地想。

天色漸漸暗下來，火紅的晚霞變成深紫色的雲塊，又是令豺煩躁的白天與黑夜交替的時光。

突然，牠看見暮色蒼茫的草原上，有一群小紅點奔馳而來。很快，牠嗅到了一股牠十分熟悉的同類的氣味。牠簡直不敢相信自己的眼睛和鼻子——是埃蒂斯紅豺群回來了！

牠們是良心發現，準備接納牠回豺群呢，還是捨不得牠這身鮮美的狗肉狗血狗雜碎，想來個狗肉宴會？不管怎麼說，總比把牠孤零零拋在荒野要好得多。

豺群在離牠五十多米遠的地方停了下來。二、三十隻幼豺從隊伍裏走出來，魚貫地來到牠面前，每隻幼豺都伸出細嫩的舌頭，舔了舔牠的面頰。

這是牠暴露了自己狗血統的秘密，冒著生命危險從獵人槍口下救出來的幼豺，是埃蒂斯紅豺群的未來。

那委屈的心境，總算有了一絲安慰；那生命的付出，總算有了一點補償。

其他幼豺舔過牠之後，又魚貫著返回隊伍去，唯有黃圓和黑圈還戀戀不捨地站在牠面前。牠們年歲尚小，還不懂得什麼叫出身、什麼叫血統、什麼叫成份、什麼叫陣營。

藍尾尖叼著一隻野兔走了過來，將野兔送到牠嘴邊，凝望了牠很長一段時間，然後領著黃圓和黑圈走了。

白眉兒聽到一絲唏噓和嘆息。

埃蒂斯紅豺群再次消失在草原盡頭那條幽深的山谷裏。白眉兒知道，這一次，牠們是真的走了，永遠也不會再回來了。

面子對人來說，有時比性命更重要。

牠知道他們一定會跟蹤追攆而來的。牠想像得到，他們看到一隻豺假扮成狗，輕而易舉地把他們坑騙了，一定氣得七竅生煙，賭咒發誓要報仇。他們決不會放過牠的。

人類既食草又食肉，是一種雜食性動物，身上有一股特殊的混合型氣味。牠聳動鼻翼，聞到人的氣味正走下日曲卡山麓，往尕瑪兒草原走來。人的氣味越來越濃，還伴隨著狗的吠叫。

牠沒有動，靜靜躺臥在金色牧草中。牠的兩條前腿都斷了，是無法逃過獵狗追捕的。再說，埃蒂斯紅豺群拒絕牠歸隊，牠已失去了一切，生命早就可有可無了，牠還害怕什麼呢？來吧，裝滿火藥的獵槍；來吧，豪情壯志的獵狗；來吧，怒火塡膺的獵人！

兇猛的獵狗很快把牠圍了起來。

牠的兩條前腿斷了，只好坐在地上，挺直身體，高昂頭顱。幾個獵人端著獵槍，一步步朝牠逼近；牠不認識他們，他們不是獵戶寨的村民。

「就是牠！」瘦高男人神經質地大叫起來，「就是這畜生，裝扮成一條狗，裝得好像哎。」

「不錯，是牠。」光頭獵人從兜裏掏出一條毛絨絨的尾巴來，晃了晃，證實道：「瞧，這是我從牠身上砍下來的尾巴，毛色金黃，和牠身上的毛一模一樣。嘿，你們不信的話，可以看牠的屁股，光禿禿，血糊糊的，沒尾巴的豺。確實是這傢伙裝扮狗壞了我們的好事。」

白眉兒瞧見了自己的尾巴，要是牠能躥跳起來，牠一定要奪回自己尾巴的。十幾條獵狗虎視眈眈地望著牠，圍著牠不停地繞著圈子，只等主人一聲吩咐，就準備撲上來把牠撕成碎片。

「嘿嘿，好聰明的豺，會裝狗叫，還會搖狗尾巴。他媽的，你有本事，現在再騙我們一次嘛。」瘦高男人譏笑道。

「是啊，是啊，你這狡猾的畜生，你有本事，現在從我們槍口和獵狗的包圍圈再逃走，算我服了你了。」光頭獵人嘲諷道。

「我以爲你是什麼了不起的東西，嘿，鬧了半天，還不是要被我們捉住，活剝你的皮，活抽你的筋，活開你的膛！」一個白頭髮獵手用蒼老的聲音幸災樂禍地說道。

白眉兒坐在原地，一動不動，等待著獵槍炸響。

「跟這畜生囉嗦什麼呀！打穿牠的腦殼，剁碎了餵狗，解解我們的心頭之恨！」另一個獵人說。

三、四支獵槍同時舉起，瞄準了白眉兒臉頰上那塊醒目的白斑。

「別開槍，讓我看看是什麼東西。」

突然，這夥舉槍準備射擊的獵人背後傳來一個洪亮的聲音，圍成圈的獵人和獵狗閃開了一條甬道。一個氣宇軒昂的漢子邁著矯健的步伐走進圈內，來到白眉兒面前。白眉兒一眼認出他就是牠昔日的主人阿蠻星。

阿蠻星皺著眉頭，仔細地打量牠，又抬頭望望天空，默默地沉思著。

「我看，這不像是豺，倒像是狗。」過了一會兒，阿蠻星緩緩地說道。

「不不，阿蠻星，牠確實是隻豺。」光頭獵人分辯道，「我們親眼看見牠放跑了那窩幼豺，我還親手砍下了牠的尾巴，你瞧！」

斷尾在空中掄出一片眩目的金黃。

阿蠻星仍搖著頭說：「我看不像是豺。豺都是紅毛，牠是黃毛；豺嘴都尖得像錐子，牠嘴圓得像橄欖。你們是誤傷了牠。」

「牠確實是豺，我用木棍敲斷牠前腿時，牠發出一聲豺嚚，好嚇人哪。」瘦高男人說。

「唔，我相信牠是狗。」阿蠻星說著，把手中的獵槍扔給光頭獵人，空著手緩慢地向白眉兒靠近。

他攤著兩隻手掌，大概是想表明他手中沒有武器，因此也就沒有傷害牠的陰謀。他的目光流露出一片溫情，顯得和藹可親。

「唔，我知道你不是豺，我知道你是條好狗，願意跟我回家去嗎？我會給你搭間溫暖的狗窩，養好你的傷。」

白眉兒雖然無法聽懂昔日的主人嘴裏發出的每一個音節的確切含義，但基本意思還是猜得出的：他讓牠苦海無邊回頭是岸，重新做一條狗。他表達善意的手就在牠面前，只要牠伸出舌尖象徵性地去舔一下，然後發出一串柔和的狗的吠叫，牠就算從瀕臨死亡的境地解放出來了。不僅能保全性命，阿鑾星還有辦法治好牠腿上和屁股上的傷。

舔一下手掌，發幾聲狗吠，對牠來說，簡直是小菜一碟，不費吹灰之力就能辦到。牠重新做狗，這並不困難，牠原本就有狗的血統，曾經做過兩年獵狗，重操舊業罷了。牠救過阿鑾星的命，相信阿鑾星絕不會再虧待牠了。

一種對生命的依戀，一種不甘心滅亡的本能，使牠衝動地伸出舌頭來。

「來吧，我曉得你不想死的。我們可以重新開始生活。你會成爲一條好獵狗的，唔，你治好傷後，能幫助我們剿滅那群惡豺的。」

阿鑾星說得很誠懇。

白眉兒打了個寒噤，伸出一半的舌頭又縮了回去。豺和狗是水火不相容的兩極，牠不能一會兒做豺，一會兒又去做狗。眼前這個人，害得牠妻離子散，好多隻公豺、母豺和無辜的幼豺都死在他的手裏，還差點使埃蒂斯紅豺群種群滅絕，他的雙手蘸滿了豺的鮮血，他是名副其實的屠宰豺的劊子手，牠怎能回到他身邊，再做他忠誠的獵狗？

生命固然重要，但世界上確實還存在著一種比生命更重要的東西。

牠的嘴向前刺探，不是用舌頭舔吻，而是用利齒噬咬。牠的兩隻眼睛高高吊起，目光兇狠，充滿憎惡，顯露出桀驁不馴的野性，完完全全是一副豺相。

阿蠻星的反應比牠想像的要快得多，閃電般地縮回手去，牠只咬到一團空氣。他不愧是個機敏的獵手，牠想，其實他心中早有防備的。

瘦高男人和光頭獵人見狀衝將上來，用槍管搗牠的嘴，把牠的牙齒也叩斷了好幾顆。

「我說嘛，這畜生就是十足的豺。」瘦高男人說。

「唉，」阿蠻星深深地嘆了口氣，「到底是豺窩子裏出來的，改得了叫聲，改得了毛色，改不了一顆豺心啊。」

「這就叫江山易移，本性難改。」白頭發獵手說。

呦嗽——呦嗽——呦嗽——白眉兒發出一聲聲豺囂。那囂叫聲尖厲刺耳，夾帶著野性的韻味，瀰散開血腥的氣流，令人毛骨悚然。獵人紛紛後退，獵狗汪汪汪咆哮起來。

呦嗽——呦嗽——呦嗽——我是豺！我是道地的豺！我是標準的豺！我是徹頭徹尾的豺！

「這確實是隻豺，是隻瘋豺！」光頭獵人手指壓著扳機說：「阿蠻星，牠叫得太嚇人了，斃了牠吧？」

阿蠻星喟嘆一聲，轉過身去，舉起右手，做了個有氣無力的劈斬動作。

砰，砰砰砰。

白眉兒只覺得胸膛一陣發熱，眼前的金色牧草還有獵人和獵狗都在搖晃。

牠用盡最後一點力氣，把臉移向日曲卡雪峰，那兒是埃蒂斯紅豺群出沒活動的地方。呦嘔，牠發出最後一聲豺囂，鮮血從嘴腔裏迸出來，與驚心動魄的囂叫聲攪和成一團，撒向蒼涼的群山和荒蠻的草原。

風雲動物文學

一代奇豺

作者　沈石溪
出版者　風雲時代出版股份有限公司
出版所　風雲時代出版股份有限公司
地址　105台北市民生東路五段一七八號七樓之三
風雲書網　http://www.eastbooks.com.tw
官方部落格　http://eastbooks.pixnet.net/blog
電子信箱　h7560949@ms15.hinet.net
服務專線　（〇二）二七五六—〇九四九
傳真　（〇二）二七六五—三七九九
郵撥帳號　一二〇四三二九一
執行主編　朱墨菲
封面設計　蕭麗恩
法律顧問　永然法律事務所　李永然律師
　　　　　北辰著作權事務所　蕭雄淋律師
版權授權　沈石溪
出版日期　二〇〇九年九月初版
定價　新台幣二四〇元
總經銷　成信文化事業股份有限公司
地址　台北縣新店市中正路四維巷二弄二號四樓
電話　（〇二）二二一九—二〇八〇
行政院新聞局局版台業字第三五九五號
營利事業統一編號二二七五九九三五

國家圖書館出版品預行編目資料

一代奇豺／沈石溪 著．-- 初版．-- 臺北市：
　風雲時代，2008.04
　　面；公分

ISBN　978-986-146-452-7（平裝）

859.6　　97004587

The Tale of Odd-Jackal